Farming life
in another world.

Presented by
Kinosuke Naito
Illustrated by Yasumo

「ロヒエール派筆頭、
スアルロウ
でございます」
スアルロウ
（天使族）
Sarurou / Angel
Farming life in another world. Volume 11

『ギラルの妻です』
グーロンデ
（竜族）
Gouronde / Hi Ancient Dragon

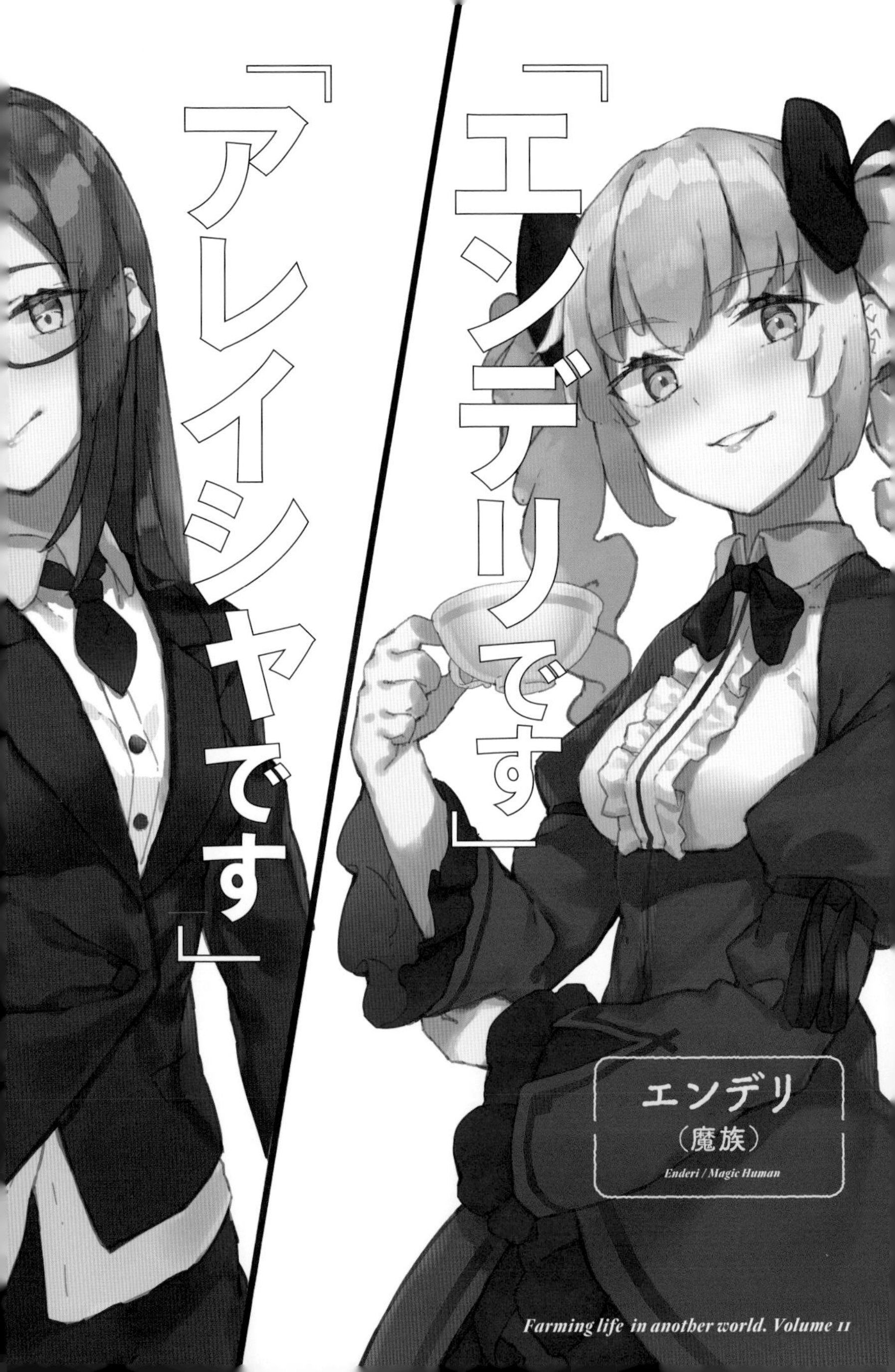
「エンデリです」
「アレイシャです」
エンデリ
（魔族）
Enderi / Magic Human

『キリサーナです』
アレイシャ
（魔族）
Aleisha / Magic Human
キリサーナ
（魔族）
Kirisana / Magic Human

「みんなで
Farming life in another world. Volume 11

栗《くり》拾い！」

異世界のんびり農家

Farming life in another world.
Presented by Kinosuke Naito
Illustrated by Yasumo

異世界のんびり農家

著 内藤騎之介

イラスト やすも

Farming life
in another world.

異世界のんびり農家

Farming life in another world.

Prologue

Presented by
Kinosuke Naito
Illustrated by
Yasumo

〔 序章 〕

腐《くさ》る体

痛い……。

体が腐っていくのがわかる。

痛い……。

体が治ろうとしているのもわかる。

痛い……。

体が治ろうとするのを邪魔《じゃま》する存在がいるのがわかる。

痛い……。

呪《のろ》いだ。

私を倒しに来た勇者たちが持っていた武具による呪い。

一つ、二つの呪いなら生まれついての肉体で跳《は》ね返せる。しかし、十、二十の呪いは私の肉体でも厳しい。

痛い痛い……。

どうして私がこんな苦しみを……。

許せない。

許さない。

復讐《ふくしゅう》してやる。

夫が私に代わって復讐してくれたが、私がもう一回やる。
もう殺している？
勇者は蘇《よみがえ》るはずだ。
蘇ったとしても寿命《じゅみょう》で死んでいる？
それがどうした。
それで許されると思うのか。
私のこの怒りが鎮《しず》まると思うのか。
許すわけがない。
必ず、そう必ず復讐してやる。
覚えていろ、人間どもめ。
いや、人間だけではない。
あの勇者に手を貸した者ども全てだ。
全てに復讐してやる。

そんなふうに考えていた時期もありました。
あれほどの怒りがどうして継続していたのか不思議でなりません。
いまはすっかり心穏《こころおだ》やかに日々を過ごしています。

いや、痛みは続いていますけどね。慣《な》れました。

この痛みや腐っていく体に関して、冷静に考えれば勇者の討伐隊を送り込まれるようなことをした私が悪いのです。

昔は気が立っていたというか、風が吹いただけで苛立《いらだ》って暴れていました。なにをそんなにと思うのですが……反抗期《はんこうき》だったのでしょう。反抗期だったということにしておいてください。反抗期が数百年続いただけです。

………。

すみません、反省はしています。

ですので、この痛みや腐っていく体がなんとかならないかなと思うのですが……なんともなりません。

夫が世界中を文字通り飛び回って、私の体を治療する方法を探してくれましたが、治療に必要な素材がありませんでした。

その素材は、世界樹《ユグドラシル》の葉。

世界樹と呼ばれる聖なる木の葉が必要でした。しかも、一枚二枚ではなく、それなりの数。

しかし、その木はもうありません。

昔、私が折って燃やしましたから。進路上にあったという理由で。

この事実を知ったときの私はさらに荒れましたが、今は大丈夫です。受け入れています。

全て、私が悪いのです。

ですので、この体と付き合っていくしかないと考えています。

そう長いことではないでしょうし。

ええ、長くないのです。

最近になって私の体の治癒する力が落ちており、腐る力が強くなっています。つまり、そういうことです。

心残りは二つ。

一つは娘のこと。

産んだだけで、ろくに顔を見せることもできませんでした。大きくなっているでしょうか？　死ぬ前に一度、見ておきたいです。

そしてもう一つは夫のこと。

夫には、私の治癒する力が落ちていることを知らせていません。

知らせれば、きっと無茶《むちゃ》をするでしょうから。

私はまだ何年かは生きられるでしょう。

そのあいだ、頑張って元気なふりを夫にします。

これは私が私に課《か》した罰《ばつ》なのです。

異世界のんびり農家

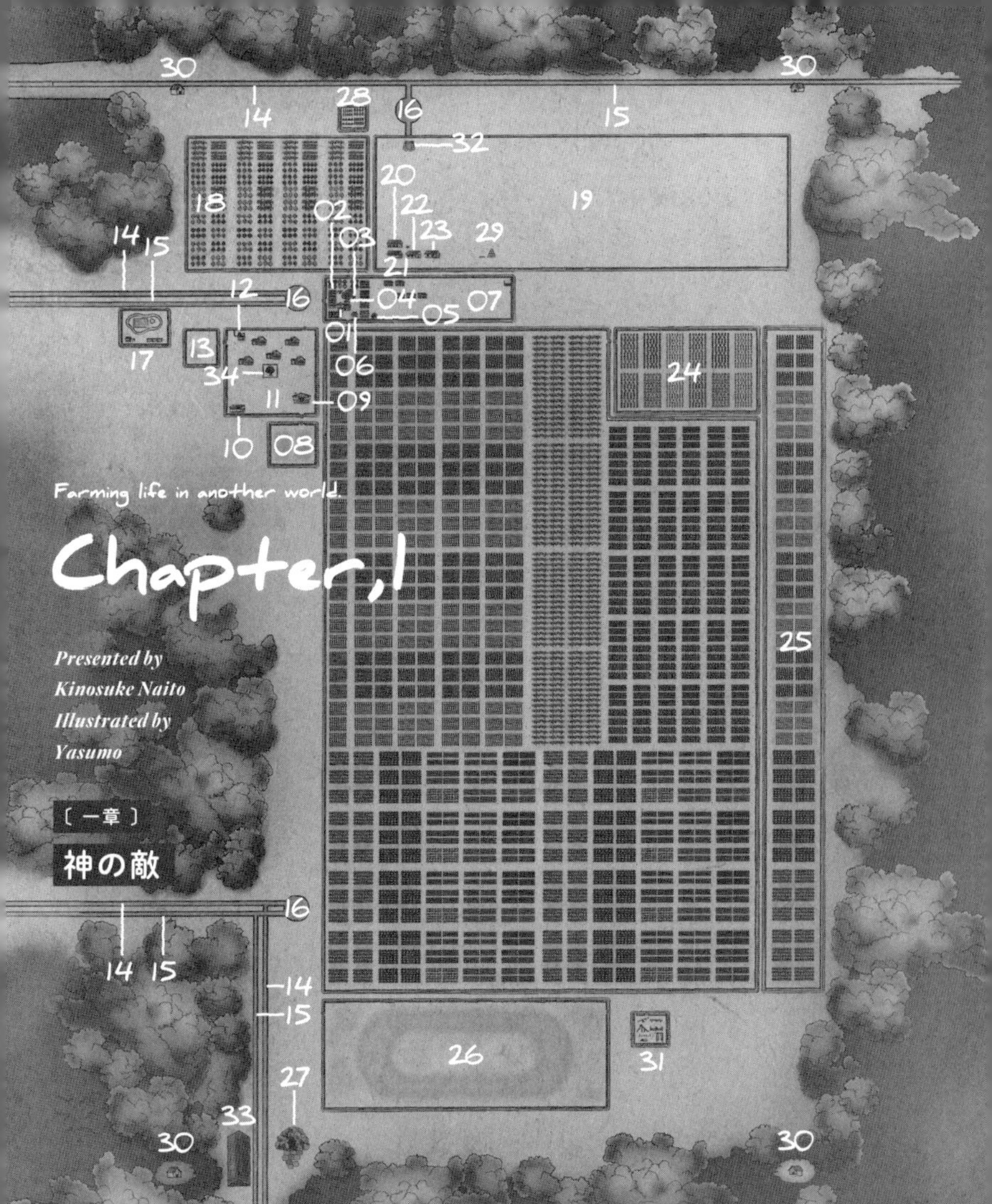

Farming life in another world.

Chapter,1

Presented by
Kinosuke Naito
Illustrated by
Yasumo

〔 一章 〕

神の敵

01.家　02.畑　03.鶏小屋　04.大樹　05.犬小屋　06.寮　07.犬エリア　08.舞台　09.宿　10.工場
11.居住エリア　12.風呂　13.ゴルフ場　14.上水路　15.下水路　16.ため池　17.プールとプール施設
18.果樹エリア　19.牧場エリア　20.馬小屋　21.牛小屋　22.山羊小屋　23.羊小屋　24.薬草畑
25.新畑エリア　26.レース場　27.ダンジョンの入り口　28.花畑　29.アスレチック　30.見張り小屋
31.本格的アスレチック　32.動物用温水風呂　33.万能船ドック　34.世界樹

1 畑の拡張《かくちょう》と背の低い天使族

俺《おれ》は村の畑の東側に、畑を拡張していく。〝五ノ村〟でオープンさせた店で使う原材料用だ。

少し大変だけど、今だけだ。

〝大樹の村〟以外から原材料を確保できるように、マイケルさんのゴロウン商会を通じて働きかけている。

ほかの場所からも原材料を仕入れられるようにしなければ、俺になにかあったときに困るからな。

一人が倒れたら崩壊する経営などもってのほかだ。

…………。

まあ、どうしても外せない人材というのはいるだろうが、その人材が風邪《かぜ》で倒れたぐらいでは動揺しない経営にしたい。

俺が畑を耕していると、ウルザを先頭にした子供たちがダンジョンに向かっていくのが見えた。

ウルザ、アルフレート、ティゼル、ナート、リリウス、リグル、ラテ、トライン、それにヒイチロウとグラルだな。子供たちの少し後ろにハクレンと、三人の鬼人族メイドが同行している。

あと、鬼人族メイドの後ろにリザードマンが二十人ほどいるが、あれは護衛だろうか？　いや、リザードマンの子供たちだな。歩き方でわかる。リザードマンの護衛なら、もっと綺麗《きれい》に足並みを揃《そろ》えている。子供たちは、頑張ってはいるが足並みが揃っていない。

その練習を兼《か》ねているから、後ろを歩いているのかな？　遊びに行くのだから、もっと気を抜けばいいのに。


ウルザたちの目的はダンジョンではなく、その奥にある転移門を使っての〝五ノ村〟。

今朝、アルフレートから〝五ノ村〟の麓《ふもと》にあるイベント施設に希望する子供たちで行きたいと相談を受けた。なんでも、子供向けのイベントがあるらしい。

アルフレートから言い出すのは珍しかったので俺は喜んで許可を出した。

一応、〝五ノ村〟で少し問題を起こした子供たちだけど、だからといって村に押し込めておくのは駄目だと思うしな。外に興味があるなら、もっと見てほしい。

俺が同行したかったのだけど、子供たちは同行者としてハクレンや鬼人族メイドを確保していたので諦《あきら》めた。まあ、畑の拡張作業もあるしな。少し残念。

トラブルは……子供だからな。トラブルはあって当然。だが、無事に帰って来ると信じている。

先頭を進むウルザが俺に気づいたので、手を振って挨拶《あいさつ》。楽しんできてほしい。


子供たちが向かったイベント施設は、少し前に子供たちが〝五ノ村〟の警備隊と揉《も》めたお詫《わ》びとして俺が用意した施設だ。

サバイバルゲームの市街地フィールドというのだったかな？

街の中での戦闘を、住人に迷惑をかけずに行える場所という意図とともに、建設を指示した。

フィールド内の建物は、俺としては簡単な建物を考えていたのだけど、〝五ノ村〟の大工見習いたちが競い合ったのでそれなりに立派な建物ができあがっていた。万が一のときは、避難所《ひなんじょ》として使えるぐらいに。

まあ、いざとなれば本当に避難所として使えばいいので問題はなし。〝五ノ村〟の警備隊員たちは、とても喜んでいた。

そういえばイベント施設が完成したとき、戦闘訓練だけでなく火災訓練もやってほしいと俺がお願いしたら、ピリカが真面目《まじめ》な顔でこう言ったな。

「火攻め対策ですか？」

あれは冗談だったのかな？　上手《うま》く笑えなくて申し訳ない。

火災訓練を開始し、住人たちの参加が増えていくとゲームなどをする場所としても利用が開始され、今ではなかなかの賑《にぎ》わいになっているらしい。

なので、そのイベント施設に近い《麺屋《めんや》ブリトア》が、新しくオープンした店の中で一番人気が出ると俺は思っている。イベント施設の隣、野球場だしな。

《麺屋ブリトア》。

このブリトアという名前は、グラッツの家名だ。

この店は、原材料の問題で甘味関係ではない店にしようと考え、近くにいたグラッツとロナーナに相談に乗ってもらったからだ。

ラーメン屋の意見はグラッツから出た。

なので、二人の結婚祝いも兼ねて、店名を二人からもらおうと思った。俺もグラッツも最初は《麺屋ロナーナ》を提案したのだけど、ロナーナ本人が恥《は》ずかしがったので《麺屋ブリトア》になった。

貴族の家名を使って大丈夫かなと思ったけど、グラッツ本人から使用許可が出たので問題なし。

ビーゼルが、その話を聞いてちょっと羨《うらや》ましそうにしていた。

ビーゼルの家名はクロームだったな。どこかで《麺屋クローム》をオープンするべきだろうか？

いや、ビーゼルなら孫娘の名前を付けるか。となれば、《麺屋フラシア》。……悪くない。

まあ、新規に店をオープンするのはしばらくは無理だけど。


お昼過ぎ。

畑の拡張作業を中断し、休憩。

『万能農具』を使っているから疲れてはいないのだけど、夏の暑い時期に延々と畑を耕していたら周囲から心配されるので、適度に休んでいるところも見せておく必要があるのだ。

…………。

休憩していると、ケンタウロス族の一人が俺のもとにやって来た。

「村長。すみません、ちょっとトラブルが発生しました」

トラブルは居住エリアで発生したそうだ。俺はケンタウロス族の背に乗せてもらい、トラブルの現場に行く。

現場は居住エリアの世界樹《ユグドラシル》。

周囲にはミノタウロス族やケンタウロス族が何人かいて、世界樹を取り囲《かこ》んでいる。

なにがあったかは聞いている。

俺はミノタウロス族の一人が指差す先を見た。そこには、すごく大きな芋虫《いもむし》……蚕《かいこ》がいた。

体長は……八十センチぐらいかな？　世界樹の木の枝に体を乗せ、葉を食べている。

この蚕、どこかからやって来た蚕ではなく、〝二ノ村〟で飼育している蚕の一匹だ。

以前、俺が世界樹の葉を与えたことで、その味を忘れられない個体が〝二ノ村〟の蚕小屋から脱走。この〝大樹の村〟の世界樹までやって来たそうだ。

森を通って、ここまで来たのか？　すごいな。違う？　村を行き来するケンタウロス族にくっついて、〝大樹の村〟にやって来たと。なるほど、賢《かしこ》いな。

「すみません。発見が遅れて。まさか、ここまで成長しているとは」

かまわない。世界樹に影響は……なさそうだな。

蚕に葉が食べられるそばから、世界樹は葉をつけている。だから発見が遅れたのだろう。

ああ、怒ってはいない。原因は俺が蚕に世界樹の葉を与えたからだからな。俺は大丈夫だ。大丈夫じゃないのは、向こう。

ルー、ティア。

以前、俺が蚕に世界樹の葉を与えたときに、すごい顔をしていた二人だ。

蚕を叱《しか》らないでやってほしい。処分はちょっと。ほら、これだけ大きい蚕だ。いい糸を出すかもしれないぞ。特別な糸になるかもしれない。この二人は俺がなんとかなだめられる。

だが、厳しそうなのは向こうの三人。

本当にたったいま戻ってきたグランマリアとキアービット、それと見知らぬ背の低い天使族。

三人は世界樹の葉を遠慮《えんりょ》なく食べ続ける巨大な蚕を見て、変な顔をしていた。いろいろな感情が整理できないようだ。

見知らぬ背の低い天使族は、ひょっとしてグランマリアのお母さんかな？　いや、顔がグランマリアには似てない。誰《だれ》かの妹かな？　あの顔はどこかで見た気がするが…………俺は答えが出せなかった。

答えを出すまえに、その見知らぬ背の低い天使族は一筋の涙を流し、泡を吹いて倒れたからだ。

近くに治癒魔法が使えるルーやティアがいてよかった。

2 蚕らしき生物の生態と糸の球

俺の知っている蚕は、幼虫のときに何度か脱皮を繰り返して大きくなり、ある段階で繭《まゆ》に包まれて蛹《さなぎ》となり、羽化《うか》する。

繭は一本の糸で作られており、羽化するときに繭に穴が開いてしまう。なので蚕糸《さんし》を確保するには、繭に包まれた蛹を釜《かま》などで茹《ゆ》で、羽化させない必要がある。

当然、茹でられた蚕は死んでしまうので、一部は次世代の繁殖用として残す。

しかし、こちらの世界の蚕はちょっと違う。

まず、蛹になるため以外にも繭を作る。幼虫状態で脱皮をするときだ。

自身より少し大きな繭を作り、その中で脱皮をする。

脱皮後、繭から外に出るのだが、このときに繭に穴を開けない。繭を作る段階で、出入りするための穴があらかじめ作られており、そこは葉で蓋《ふた》がされているのでその葉を食べて出てくる。

なので、養蚕《ようさん》業は脱皮後の繭を回収し、蚕糸を確保する。

どうしてこんな生態なのかは知らない。

魔物や魔獣がいる世界。ちょっとでも安全に脱皮をしたいのかもしれない。

しかし、この生態のお陰でこちらの世界の養蚕業者は繭を茹でたりはしない。俺が茹でる釜はどうするんだと聞いて、びっくりさせてしまったぐらいだ。

なんにせよ、一匹の幼虫が脱皮するたびに繭を作るので生産性は高そうに思えるのだが、世の中はそんなに甘くない。

まず、幼虫時に気に入ったエサを与えないとなかなか繭を作らない。しかも大食い。まあ、繭を何回も作る必要があるからな。

こちらの蚕は桑の葉以外も食べるし、個々に好みがあるらしく、養蚕業者はそれを見極めるのが大きな仕事だそうだ。

そして、食べているエサによって蚕糸の質が変化するので、その選別も必要となる。

蚕糸の質を統一したほうが価値が高いらしいというか、統一しないとなかなか売れない。養蚕業者は食べるエサによって飼育する部屋を分け、蚕糸を確保している。

そう聞いていたのだが……世界樹にいる巨大な蚕は、ちょっと違うようだ。

まず、攻撃のときに糸を吐《は》く。

巨大な蚕にちょっかいを出そうとしたフェニックスの雛《ひな》のアイギスが、蚕糸に包《くる》められてジタバタしていた。

その蚕糸、金色ですっごく綺麗。アイギスがクチバシで切ってしまったが。あ、もったいないとか思ってないぞ。アイギスのほうが大事だ。

でも、不用意に攻撃するのは駄目だぞ。別に巨大な蚕はアイギスに迷惑をかけていないだろ？

巨大な蚕と同じく、世界樹に巣を作っている鷲《わし》は……アイギスを仕方がないなぁと優しく見ているだけ。巨大な蚕を気にしている様子はない。

本当に気にならないのかな？

え？　この巨大な蚕と世界樹は共生関係？

世界樹は葉を巨大な蚕に与え、巨大な蚕は葉を食べながら、世界樹に迷惑な虫がつかないようにしている。ある意味、世界樹が巨大な蚕を飼っている状態と。なるほど、だから気にならないのか。

俺がそう納得していると、巨大な蚕は糸を吐き出して自身の頭の前に蚕糸の球を作り始めた。野球ボールよりも大きい。小玉のスイカぐらいのサイズだ。

それをどうするのかなと思ったら、俺にパスしてきた。

俺は蚕糸を受け取り、巨大な蚕を見ると……。

「へんっ、家賃だ。受け取ってくんな」

そんな目をしていた。

なるほど。

巨大な蚕本人は、飼われているつもりはないと。

わかった。たしかに受け取った。そこにいていいぞ。

ん？

…………巨大な蚕の後ろに、十センチサイズの蚕が何匹かいた。子供ではないよな。世界樹の葉を好む同士か。

「大きくなったら、蚕糸を納めますんで」

いやいや、無理するなよ。

それよりも、世界樹を頼んだぞ。鷲と揉めないようにな。

巨大な蚕とその仲間には、世界樹を守る仕事を頑張ってもらおう。

俺は集まっているミノタウロス族とケンタウロス族にそう伝え、解散を促《うなが》す。

「村長の持ってる蚕糸の球、金色だよな？」

「太陽神の羽衣を紡《つむ》ぐ糸って……あんな糸じゃなかったっけ？」

「馬鹿を言うな。誰も見たことのない糸だろ？　あれがそうだって言えるのか？」

「しかし、あの神々しさはそうとしか」

俺の持っている蚕糸の球が気になっているようなので、ミノタウロス族に渡しておく。糸として使えるようにしてもらえると助かる。布にしてくれてもかまわないぞ。

そしてザブトンの子供たち。糸の球を作らなくていいからな。お前たちには、これまでどれだけ助けてもらっていると思っているんだ。

ははは、よし、ザブトンの子供たち集合。

今日はお前たちと遊んで……クロの子供たちも集合しているな。

わかった、一緒に遊ぼうか。

その日は、ザブトンの子供たち、クロの子供たちと遊んだ。


夜。

子供たちが戻ってきた。

〝五ノ村〟のイベント施設はかなり楽しかったらしく、興奮して声が大きい。

食事は向こうで食べたのか。昼食は《麺屋ブリトア》で、夕食は《酒肉ニーズ》か。

子供たちを《酒肉ニーズ》に連れて行くのはどうなんだ？　飲ませていないだろうな。飲ませてなければかまわないが……。

同行していたハクレン、三人の鬼人族メイドからは大きな問題はなかったとの報告を受ける。

なにより。

こっち？　こっちはグランマリアとキアービットが戻ってきたことと、世界樹に巨大な蚕が住み着いたことだな。

あと、グランマリアとキアービットと一緒に背の低い天使族が来た。目は覚ましたらしいが、疲《ひ》労《ろう》がすごいらしく挨拶は明日になった。夏場で暑かったからかな。

背の低い天使族の名は、スアルロウ。双子《ふたご》天使のスアルリウ、スアルコウの母親だった。

どこかで見覚えがあるなと思っていたが、スアルリウ、スアルコウの二人だったか。

しかし、見た目……失礼ながらスアルリウ、スアルコウの妹に見える。でも母親。

マルビット、ルィンシァのときも感じたが、天使族は老けないなぁ。リアの母親、リグネもそうか。考えてみれば始祖さんもそうだし。

見た目で判断するのはよくないと思うが、どうしても若い見た目だと甘くなってしまう。特にスアルロウは背が低いから幼女っぽくも見える。気をつけよう。


その日の夜。

ザブトンが俺の部屋に糸の球を持ってきた。大玉のスイカサイズだ。

そして、それは真っ黒な球だった。見ていると吸い込まれそうな……。

その糸の球を、ザブトンは俺の部屋の片隅《かたすみ》に飾《かざ》った。

不要とは言わさない態度。

わかった、受け取ろう。ありがとう。

目立たない場所だが、そこでいいのか？　大々的に飾るぞ？　ここでいい？　ははは、了解。

ザブトンが帰ったあと、俺の部屋にやって来たルーとティアが驚《おどろ》いた顔でザブトンが飾った糸の球を見ていた。

魔力の糸とか、純粋な魔力の具現化とか深刻な声色でいろいろ言ってる。悪いが、欲しがってもそれは渡せないぞ。

でもって俺がいま作っているのは、その糸の球のお礼。

ザブトンからは糸の球以外にも服やなにやらもらってばかりだからな。いろいろと渡したいが、今は木を削《けず》ってボタンを作っている。普段、作るのは簡単なボタンだけど、今回は細工に拘《こだわ》ったものをね。

ボタン一つ一つにザブトンの姿を彫っている。もうすぐ終わるから待ってほしい。

あ、ザブトンの糸の球に夢中なのね。別にいいぞ。綺麗な糸の球だからな。

3 スアルロウの挨拶

お昼。

屋敷の食堂で、双子天使のスアルリウ、スアルコウの母親であるスアルロウが俺の前で片膝《かたひざ》をついていた。

「拝謁《はいえつ》を賜《たまわ》り恐悦《きょうえつ》至極《しごく》に存《ぞん》じます。ロヒエール派筆頭、スアルロウでございます」

…………。

スアルロウから挨拶したいと言われたから頷《うなず》いただけなのに、どうしてこんな感じに？　はじめましてー、いやいやこちらこそー、のフレンドリーな感じじゃ駄目なの？　周りにいる鬼人族メイドたちも面白がって、厳粛な雰囲気を作らないように。俺、食事の最中なんだけど。スアルロウも片膝をつくのはやめて。こっちが恐縮してしまう。勘弁《かんべん》してくれ。


スアルロウは、三回ぐらい強く言ってやっと立ってくれた。

顔を見る。

俺の中でのスアルロウの顔のイメージは、泡を吹いたときで止まっていたからな。元気そうでよかった。

ん？　なんだか、妙に気力に満ち溢《あふ》れているような気がする。

「このスアルロウ。ヒラクさまのために全てを捧《ささ》げることを、ここに誓います」

え？

「さあ、ご命令を。まずは魔族を滅《ほろ》ぼしますか？　それとも人間を？　両方を滅ぼしてしまうと、ヒラクさまの威光を後世に伝え残せませんが……ヒラクさまが望まれるのであれば私に躊躇《ちゅうちょ》はありません」

待って。ちょっと待って。えーっと……誰か助けて。

俺の救助サインを察《さっ》したのか、ティア、キアービット、グランマリアがスアルロウを抱《かか》えて退室した。

……………。

俺は食事を中断し、スアルリウ、スアルコウの二人に母親のことを聞いた。

「お母さまを簡単に説明するとですね……天使族が神人族《しんじんぞく》を名乗っていたころの武闘派で、ティアさまの前に最強を名乗っていました」

そうなの？

「天使族に対して思い入れが強く、敵対者には容赦《ようしゃ》がなかったと聞いていますが……私たちを産《う》んでからは丸くなったと言われています」

そ、そうなんだ。

しかし、丸くなったのにさっき魔族や人間を滅ぼすとか言ってなかったか？

「お母さまが所属しているロヒエール派は、簡単に言えば……天使族こそ神に認められし種族！　神と天使族がいれば世の中は平和で幸せじゃないかな？　というスタンスの派閥《はばつ》で、天使族のなかでは最も過激《かげき》な派閥と認定されています」

たしかに過激だ。

そ、そのロヒエール派の筆頭である彼女が、妙に俺を持ち上げているのはなぜなんだ？

「持ち上げているというか、崇《あが》めているのでしょう。たぶん、お母さまは村長のことを神に等しいと認めたのではないでしょうか」

神に等しいって、なにをどう見てそう思ったんだ？　わからない。

だが、なんにせよ俺は神じゃない。勘違いさせる原因があるなら、それを取り除かないとな。

「世界樹が育っているからではないでしょうか？」

…………。

「神から天使族に譲《ゆず》られたという世界樹。これまでずっと育たなかったのに、村長の手に渡った瞬間に大きく育ったら、そりゃ神だって思いますよ。誰だって思います」

いやいや、それは俺の力ではなく、『万能農具』の力。あ、でも『万能農具』は神様からもらったから、その勘違いも仕方がないのか。うーん。

とりあえず、心を込めて言うしかないだろう。俺は普通の人間だと。


再開。

「さきほどは失礼しました。どうも勘違いが先走ってしまったようで」

おおっ。

俺が説得するまでもなく、勘違いが解消されている。ティアやキアービット、グランマリアが頑張ってくれたのかな？　ありがとう。

「ヒラクさまは平穏をお望みとのこと。承知しました。この村に敵対する勢力を全て殲滅《せんめつ》していくことを、ここにお誓い申し上げます。いや、命令を頂こうと驕《おご》った自分が恥ずかしい。命令されずとも、自主的に動かねば」

はい、中断。

ティア、キアービット、グランマリア、頼んだ。スアルリウ、スアルコウ、集合。

「え？　なに？　君たちのお母さんって、殲滅させるのが好きなの？」

素で聞いてしまった。

「どちらかと言えば、好きなほうですね。ティアさまが活躍されるまでは、殲滅天使を名乗っていたそうですし」

そう言えば、そんな二つ名をティアが言ってたな。グランマリア、クーデル、コローネは、皆殺し天使だったか？　考えてみれば、物騒《ぶっそう》な二つ名だ。

この村で暮らしているティア、グランマリア、クーデル、コローネを見ているが、俺は彼女たちにそんな二つ名を付けようとは思わないけどな。

なんにせよだ。

まず確認するが、彼女はどれぐらい強いんだ？　ティアたちで抑《おさ》えられるのか？

「直接対決はしていませんが、最強はティアさまです。それにキアービットさまとグランマリア、クーデル、コローネが加勢すれば、負けることはないでしょう」

そうか。

では、クーデル、コローネを呼んでおこう。

「いえ、その……ティアさまたちが頑張らなくても、クロさまのお子様が十頭もいれば、なんとかなりますよ」

………。

考えてみれば、ティアも初めてここに来たときにクロたちにやられていたな。

では、クロの子供たちを呼んでおくか。

あ、もう待機ずみね。よし、スアルロウが暴走してもこれで大丈夫。さっきは俺が怯《ひる》んで中断してしまったけど、今度は頑張る。でも、ティア、キアービット、グランマリアの説得に期待。


再開。

「重《かさ》ね重《がさ》ねの無礼、ご容赦ください」

よし、まとも。しかし、油断はしない。

「改めて。スアルリウ、スアルコウの母、スアルロウでございます。以後、お見知りおきをよろしくお願いします」

こちらこそ、よろしくお願いします。

あと、もう少しフランクな話し方でかまいませんよ。慣れないから。

「はっ、ありがとうございます。では、多少軽く……」

おおっ、普通に話ができた。

話の内容は、スアルリウ、スアルコウがこの村でなにをやっているか。

二人は頑張っていると答えておいた。実際、頑張っている。多少、指示待ちな姿勢が強いけど、言われたことは確実にこなしている。村には欠かせない戦力になっている。

なので、盛りすぎないように注意しつつ、できるだけ正直に伝えた。

スアルロウは満足したようだ。よかった。

ところで昨日、気絶したのは……なるほど、世界樹が育っていることと、その世界樹の葉を食べている虫がいることに驚いたのね。

天使族は神が世界樹の葉を食べて生み出した種族？　そうなのか？

まあ、あの虫……巨大な蚕は世界樹が飼育しているようなものだから。敵じゃないからね。世界樹のためにいるような感じだから。見逃してやって。


大きな問題もなく、スアルロウの挨拶は終了。

スアルロウは客室に戻った。スアルリウ、スアルコウの二人はそれに同行。案内と見張りを兼ねるそうだ。

マルビット、ルィンシアがお金を出して建てた天使族用の別荘は完成しているが、内装が揃っていないからな。

内装に関しては、次の冬にマルビットとルィンシアが来たときに〝五ノ村〟で揃える予定になっている。

一安心したので、俺の腹が鳴った。

そういえば、食事を中断していた。完全に冷めてしまったが、もったいないのでちゃんと食べる。

食べながら、ティア、キアービット、グランマリアに、スアルロウにどう勘違いを解《と》いたのか確認しておく。このあと、俺が変なことをしてまた勘違いさせてはいけないからな。

「村長は人間のふりをしているので、それを暴くような真似《まね》は喜ばれませんと伝えました」

ティアの言葉に、俺の手が止まった。キアービットが続ける。

「ティア、グランマリアのように村長の子を儲《もう》けるチャンス。戦《いくさ》で世を乱《みだ》すよりは、スアルリウ、スアルコウに頑張らせては、と私は提案しました」

な、なるほど。たしかに先ほどの会話の端々で、夜の生活に関して匂《にお》わされた。

最後、グランマリア。

「神の軍に敗北は許されません。万が一の敗北を避けるため、日々の鍛錬《たんれん》をしつつ、号令が掛かる日を待つのが正しき姿ではないかと、私は進言しました」

…………。

つまり、三人は俺が神であるというスアルロウの勘違いを正さず、勘違いを利用して大人しくさせたのか。なるほどなるほど。

「いやいやいや、俺が神じゃないって説得してほしかったんだけど」

「そんな山を動かすような真似は、できません」

三人に口を揃えて言われた。

「スアルロウの勘違いを正すのって、山を動かすレベルなのか？」

「いえ、村長を神じゃないと言い張るのがです」

グランマリアが窓の外を指差した。

「死の森に村を作りました。これだけでも神の御業《みわざ》、神の奇跡です。これを誤魔化すのはどうやっても無理かと」

…………。

な、なるほど。わかった。

あー、確認だが、お前たちは俺を人間だと思っているよな？　大丈夫だよな？

もちろん？　よかった、一安心だ。俺は人間だぞ。神だなんて、ありえるわけがない。

…………ん？

どうして目を逸《そ》らす？　まさか、俺が人間のふりをしているって思っていたわけじゃないよな？

冗談だよな？

三人の冗談だった。よかった。ははは。

俺はしばらく、人間だとアピールする活動を行った。

ビーゼルやマイケルさん、ドライムたちは大丈夫だと信じたい。

4 スアルロウがいる夏の日

俺は畑を耕す。無心に。

ふふ、これが一番、落ち着く。

おっと、クロ。クワを持っているときに近づくのは駄目だぞ。ザブトンの子供たちも。

ははは、わかったわかった、休憩だな。たしかに太陽の位置がかなり変わっている。長く続けていたようだ。


休憩。

少し離れたところで、アルフレートたちが遊んでいるので様子を見る。

アルフレートたちが〝五ノ村〟のイベント施設でやったのは、施設から出される謎《なぞ》を解いての脱出ゲーム。

施設内には脱出のヒントや謎がいくつも用意されており、数人のグループを作って参加する。

脱出ルートは一つではなく複数あるのだが、それが逆に参加者を惑《まど》わす仕掛けになっている。

謎が子供用になっているとはいえ、それなりに難しいので企画サイドは脱出に一時間ぐらいはかかるだろうと予想していた。しかし、アルフレートたちはあっという間に脱出してしまったそうだ。なので、そのまま大人用の謎が出される大人の回にも参加。

冒険者たちがダンジョンで遭遇《そうぐう》した謎などを採用しており、頭脳だけでなく力が必要であったり、謎が理不尽《りふじん》なものも多かったらしい。

アルフレートたちは五つのグループに分かれての参加だったが、脱出できたのは一つのグループだけだったそうだ。そして、それが大人の回で脱出できた唯一のグループ。凄《すご》いぞ。

いまは……脱出できなかった者たちを鍛えているのか、錠前《じょうまえ》を弄《いじ》っている。

？

子供たちは錠前を見たことがなかったのか？　たしかに、この村では錠前はほとんど使われていない。村でメインに使われているのは、扉《とびら》に錠《じょう》が内蔵されたタイプ。しかし、まったくないわけではない。

錠前があるのは酒の保管場所、屋敷の地下の倉庫、フローラの研究室……子供たちが近づかない場所か。でも、錠前は〝ハウリン村〟でも作っているし、ゴロウン商会から購入もしている。これまで見る機会はいくらでも……。

子供たちが弄っている錠前は、俺の知っている錠前と少し違った。

見せてもらえるかな？　ありがとう。

おおっ、この錠前、普通に鍵《かぎ》を挿《さ》して回しても開かないのか？　鍵穴が五つあって、決まった手順で鍵を挿さないと開かないとは。こっちは、鍵穴がないぞ？　隠されている？　どこにあるか全然、わからない。おっ、ここが動くな。ふふふ、あれ？　動かしても鍵穴がない？　そういえば、鍵もない。

……………スイッチか。でもって、こうやって……こう。

開かない。

ウルザが任せろと言うのでパス。

ウルザが手早く錠前を三回ひっくり返したら、錠前は開いていた。どうなっているんだ？

分解して調べたい。しかし、子供たちの物を取り上げるのは駄目だよな。となると、この錠前はどうやって入手……〝五ノ村〟で鬼人族メイドに買ってもらったのね。なるほどなるほど。

俺が視線を横にやると、控《ひか》えていた山エルフたち。

その目は、私たちも気になっていましたと訴《うった》えている。わかっている。

「代金は俺が出す。〝五ノ村〟で購入してくるように」

買う店は、鬼人族メイドに聞いてくれ。ああ、いきなり分解するなよ。

畑仕事を再開。

無心に……少し離れた森で、始祖さんとスアルロウが殴り合っていた。

「腐れ吸血鬼がぁっ！」

「やーい、神人族ぅ」

……………。

無心。気にしない気にしない。周囲にルーやティアがいるから大丈夫のはず。


日が暮れそうになったので、作業を中断。

殴り合っていた始祖さんとスアルロウは、仲良くなっていた。

「ヒラクさまは神です」

「村長は神の使い。これは譲れません」

……………。

ルーやティアの姿はないから、安全なのだろう。

話し合っている内容は聞かなかったことにする。


夕食時。

太陽城こと、〝四ノ村〟からゴウが来ていた。

何かあったのかと思ったけど、ゴウの目的はスアルロウだった。

「スアルロウさま、お久しぶりです」

「ええ、六百年ぶりですね」

スアルロウは太陽城を知っていた。

一時的に生活していたこともあるらしい。

「それで、今日はどうしました？　わざわざ私の顔を見に？」

「はい。現在、太陽城は〝四ノ村〟と名を変え、こちらにおられるヒラク村長によって統治されております。そのことをお伝えしておこうかと思いまして」

「安心してください。その話はマルビットやルィンシァから聞いています。いまさら太陽城を望んだりはしません。ヒラクさまの……失礼、村長の統治下であるならなおのこと。私は村長に従う者です」

「その言葉を聞けて、安心しました」

「うむ。ところで燃料は大丈夫ですか？　私がいたころから、燃料が厳しいと言っていたと思いますが？　太陽城を求めたりはしませんが、村長の統治下であるなら落ちることは許しません」

「ご安心を。村長より万年飛び続けるだけの燃料をいただきました」

「さすがは村長」

「はい。さすがは村長です」

あー、お前たち。俺と一緒に食事をしているのだから、もう少しなんとかならないかな。

夜。

風呂に入るまで、山エルフたちと一緒に錠前を弄る。

いろいろと勉強になる。

とりあえず、俺は木製でコピー錠前を作っていく。

これは昼間、ウルザがひっくり返して開いた錠前。あ、中に移動する鉄球があるのか。なるほどなるほど。

しかし、これを扉に付けたら、ひっくり返せないんじゃないか？　表裏だけじゃなく、左右にも動かす必要がありそうだし。錠前を買った店から注意された？　これは扉には付けないようにと。

…………。

技術に溺《おぼ》れてはいけないという見本だな。面白い。

この錠前の仕掛けは、錠前ではなく宝箱に使うのはどうだろう。

鍵穴のない宝箱。

完成したら、〝五ノ村〟のイベント施設で使ってもらおう。


俺が作業をしているとき。

スアルロウは客間の応接スペースで、猫を膝に抱え、酒スライムと酒を飲んでいた。

「なるほど。マルビットやルィンシアが長く里を空《あ》ける理由がわかりました」

「そう言うお母さまは、いつお帰りに？」

スアルリウの質問に、スアルロウは少し考えた。

「村長より何かしらの命《めい》をいただけるまでは、お側《そば》でお仕えしたいですね」

その言葉をスアルリウは、即座に俺に伝えてきた。そんなに早く、スアルロウを帰らせたいのだろうか？　まあ、いいけど。

不用意な命令を出すと、大事《おおごと》になりそうだからよく考えよう。

5 酒を飲む環境

ドワーフたちは、常に酒造りに励《はげ》んでいる。

だが、それだけではない。

彼らは、常に美味《おい》しい酒の飲み方を研究している。酒自体を美味しくするのは当然として、酒に合う食べ物の研究に余念《よねん》がない。

そんな彼らに、新しい境地《きょうち》が開かれた。

「酒を飲む環境によって、味が変化する。わかってはいたが、それを主目的にして場を整《ととの》えるとは……」

ドワーフのドノバンが、驚いた顔で俺を見ている。いやいや、そう驚かなくても。宴会と同じだぞ。個人差はあるだろうけど、汚《きたな》い部屋と綺麗な部屋では、綺麗な部屋で飲むほうが美味しいと思う。綺麗な部屋と野外ではどうだろう？　飲む環境による温度《おんど》や湿度《しつど》の変化もあるだろうけど、飲み手が美味しく感じる環境というのは当然ある。宴会は、大勢で飲むという環境を作った結果だ。なので、大勢でわいわい飲むのが好きな人には、宴会は酒を美味しく感じる環境。逆に一人で静かに飲みたい人には宴会はイマイチな環境になるだろう。

今回、俺が準備した環境は万能船。そのデッキに酒を飲む席を用意した。

夏の暑い日の夜、万能船に乗って大空で風を感じながら酒を飲むというコンセプト。遊覧船や、ビアガーデンのイメージだ。

まあ、万能船には防護魔法が張ってあって、あまり風は感じられないが雰囲気は楽しめると思う。

万能船の船員と相談して、場所を決定。そこに長テーブルと椅子《いす》を並べる。

夜の飛行になるので、デッキでの明かりをどうしようか悩んだが、ルーが魔法でなんとかした。ありがとう。

酒はドワーフたちに頼み、料理は鬼人族メイドに頼んだ。夕食後に出発する予定なので、料理はそれほどいらないと思うが……念のため。

俺としては酒が好きな大人だけの参加と考えていたのだが、子供たちの視線に負けたので子供スペースを作る。眠くなった子供たち用の部屋も準備。クロの子供たち、ザブトンの子供たちの視線にも負けたので、場所を作る。

デッキだけのつもりだったけど、船内も使うことになった。


身内だけのつもりだったが、魔王、ビーゼル、ドース、ギラル、ドライム、始祖さん、スアルロウがどこから話を聞いたのか、すでに待機している。まあ、彼らは身内みたいなものだし、問題ないか。

ヨウコ、聖女のセレス、ユーリも参加すると聞いている。〝五ノ村〟での仕事が終われば、急いで戻ってくる予定だ。

住人たちから多数の参加表明が出ているが、さすがに大きさの問題で全員は乗せられない。日をまたいで、複数回の飛行を行うことになった。

うーむ。一度、遊覧船っぽいことをしたかっただけなのだが……。


夜。

夕食は全員、しっかり食べてもらう。船に持ち込める料理には限りがあるのだから。

そして、一日目の飛行開始。予定では、二時間ぐらいの遊覧飛行。

乾杯の挨拶の前に、一言。

絶対に落下しないように。

落下しなくても、危険な行為をする者が出た場合は、次回以降の開催がなくなるので注意を。では、乾杯。


朝。

昨夜は飲んだ。飲みすぎてしまった。雰囲気に流されたようだ。記憶が曖昧《あいまい》だ。

俺は危険な行為をしていなかっただろうか？　自分で注意しておいて、自分が危ないことをしていたら、笑いものだ。

思い出すと……。

うん、酒の席だな。わいわい飲んでいた。

子供たちにはジュース。ハクレン、鬼人族メイドのアン、ラムリアスが見張ってくれているので安心。妖精女王が子供たちとゲームをして盛り上がっていたな。

大人たちは……夜の空を楽しみながら酒を飲んでいた。

ハーピー族の数人が万能船の周囲を飛び、外敵への警戒と万が一の落下防止に努めてくれていた。ありがとう。

そして席の中央では芸をする者が数人。

そうそう、スアルリウ、スアルコウの二人が、お腹《なか》にタオルを巻いて登場。

「妊娠《にんしん》しちゃった」

と声を揃えたところで、二人の母親であるスアルロウが盛大に酒を噴《ふ》いていたな。あれはうけたのかな？　それとも娘たちの奇行《きこう》に驚いたのか、どっちだろう。


万能船の船首で、クロとユキが並んで夜空を見ていた。いい雰囲気だ。

ザブトンの子供たちは、万能船の帆にぶら下がっていたな。風に落とされないように注意を……魔法で守られているから大丈夫か。そういえば、ザブトンの子供たちが集まって、帆に絵を描いてもいたな。あれは見事だった。


うんうん、俺の行動に問題はなさそうだ。

……………あれ？　おかしい。

どうして俺はいま、太陽城こと〝四ノ村〟にいるんだ？　万能船も停泊しているし。周囲には、万能船に乗っていた者たちや、〝四ノ村〟の住人たちが酔《よ》い潰《つぶ》れている。ベルやゴウ、クズデンも潰れているな。

…………。

……………。

俺が酔って、〝四ノ村〟に突撃とか言っちゃったかな？　潰れずにまだ飲んでいるヨウコに確認。

「途中で料理がなくなったので、〝四ノ村〟から補給という流れだった」

なるほど。

「〝四ノ村〟に到着後、ここで宴会をすれば船でやるのと一緒だな。そう村長が言ったと覚えているが」

…………言われてみれば、そんなことを言った気がする。

駄目だなぁ。酒は控えよう。そして飲んでも飲みすぎない。これが一番。


ベル、ゴウ、クズデンを起こして謝罪。

〝四ノ村〟でこういった派手な宴会をやった経験が少ないから楽しかった？　それはよかった。

使った酒、食材はあとで補充するから。

鬼人族メイド、すまなかったな。料理をずっと任せてしまって。

そしてドノバン。

日が昇るのを見ながら飲む酒はどうだ？　そうか、最高か。俺としては夜酒を楽しんでほしかったが、それはそれでよしとしよう。

とりあえず、急いで帰るぞ。村の者たちが心配しているだろうから。

以後、数日。

万能船による夜間飛行の宴席が開かれた。

未参加の者優先。俺も同席するけど、酒は自粛。

そして、ドワーフたちは、酒を飲む環境作りにも拘り始めた。迷惑になるような場所は駄目だぞ。危ない場所もな。

発想はいいが、木の上は危ないと思うぞ。酔ったら落ちる。ため池に浮かべた船は、絶対にひっくり返ると思う。嫌いじゃないけどな。酒に合わせた店の内装を考えるとか、そっち方向でどうだろう。

俺はドワーフたちの発想の軌道修正を頑張った。

6 麦わら帽子《ぼうし》とラズマリア

ため池にはなんだかんだで魚が入り込んでいるのは、リザードマンたちから聞いている。巨大な魚はいないにしても、十センチクラスがそこそこいるのは俺も確認した。

なので、俺はため池に小船を浮かべ、釣り道具を持って乗り込む。まだ暑いので麦わら帽子を忘れずに。

この麦わら帽子は〝一ノ村〟の住人が作ったものだ。ずいぶんと上手《うま》くなった。

一緒に小船に乗ってきたクロにも麦わら帽子を被《かぶ》せる。クロに被せた麦わら帽子は、俺が作ったもの。一ノ村産に比べて、ちょっと不恰好《ぶかっこう》な麦わら帽子だが許してくれ。


二時間ぐらい経過しただろうか。竿《さお》に反応がない。ピクリともしない。

…………。

ため池に住むポンドタートルが、魚を追い込みましょうかとジェスチャーしてくる。その気遣いはありがたいが無用。魚がいると改めて教えてくれただけで十分だ。

一緒に小船に乗っているクロは、スヤスヤ眠っている。うん、それでいい。起きて待たれているほうがプレッシャーだからな。


夕方。

釣果《ちょうか》は聞かないでほしい。

これはリフレッシュ。そう俺はリフレッシュできたからいいんだ。悔《くや》しくはない。『万能農具』

を使わない俺なんて、こんなものだ。

とりあえず、新しい竿を作ろうと思う。釣り針も、もう少し工夫したほうがいいのかもしれない。一切、反応がなかったけど。

エサは問題ないんだよな。

ポンドタートルが言うには、釣り針がついていないエサには魚が食いついているそうだ。うーむ。糸か？　いやいや、糸はザブトン製の糸だ。問題ないはず。なにせ使用前にザブトンが糸に釣り針とエサをつけて、簡単に一匹を釣り上げていた。

とりあえず、ずっと寝ていたクロは元気だ。おっと、麦わら帽子を回収させて……角《ツノ》が麦わら帽子に刺さっているな。……わかった、この麦わら帽子はクロ専用にしよう。屋敷の玄関《げんかん》に飾っておくから、日差しのきつい日には被るように。

と言っても、自分では被れないか。

ん？　屋敷の門番をやっているレッドアーマーとホワイトアーマーが、任せろと足をあげてくれた。うん、任せた。

今度、お前たち用に小さい麦わら帽子を作って………………視線を感じる。クロの子供たち、ザブトンの子供たちからの視線を感じる。

全員分は……無理だな。材料はあるが、時間がない。夏、もうすぐ終わるし。

仕方がない。

クロの子供たち用、ザブトンの子供たち用にいくつか作るから、共同で使うように。喧嘩《けんか》は駄目だぞ。ははは。


夜。

ルーとティアから、子供たちの分の麦わら帽子を求められた。

いやいや、一ノ村産の麦わら帽子があるだろ？　俺が作ったのがいい？

…………。

悪い気分ではない。頑張ろう。


〝五ノ村〟で、祭りを行うことになった。建国祭ならぬ、建村祭だそうだ。

ヨウコの説明だと、村長である俺を讃《たた》える祭りとのこと。〝五ノ村〟に住む者たちの自主的な発案なので、止めずに許可を出したそうだ。

それはいいのだが……俺の像を作り、それを神輿《みこし》に乗せて交代で担《かつ》いで〝五ノ村〟を練り歩くのは止められないかな？　無理？

…………。

俺ではなく、創造神とか農業神でお願いしたい。俺が彫るからさ。頑張って彫るよ。始祖さん、忍《しの》び寄らないで。向こうに行って。


結果。

俺の像は〝五ノ村〟の住人が作る。俺は、それが目立たないように創造神や農業神の像を作ることになった。

俺の像だけよりは悪くないが……これって、俺と神様が同列に並べられるってことじゃないかな？ 不敬《ふけい》ではないだろうか。

聖女のセレスは問題ないと言ってくれるが、神様のほうが上の扱いにするように。担ぐ神輿に差をつけてもらう。

あと、俺以外にもヨウコの像を作った。

人の姿で座っているヨウコを背後から覆うように、九尾狐《ナインテール・フォックス》バージョンのヨウコがいる像。それを見て、ヨウコは大笑いしていた。美化しすぎだそうだ。ヨウコの娘、ヒトエは興奮していたけど。

まあ、このヨウコの像。大きくなりすぎて神輿に乗らなかった。痛恨のうっかりミス。人の姿のヨウコを等身大にしたのがよくなかった。九尾狐バージョンのヨウコも、ほぼ等身大になってしまったからな。

せっかく作ったので、祭りのあいだは〝五ノ村〟のヨウコ屋敷の前に飾ることに。祭りのあとは、〝五ノ村〟の転移門の近くに飾られる予定。

祭りでの俺の出番は最後だけ。

ザブトンコーディネートの服を着て、締めの挨拶。

文章は文官娘衆が考えてくれたので、そう難しくはない。凄い数の住人に挨拶するのは緊張するけど、無難に終わらせる。

一応、俺の挨拶で祭りは終わりなのだが、夜はそのまま後夜祭になる。賑やかでなにより。


村で夏の収穫を開始したころ、来客があった。

天使族のラズマリア。

第一印象、髪の毛ゴージャス、胸もゴージャス、落ち着いた物腰、柔らかい笑顔と言葉。天使族というより、女神っぽい。彼女がグランマリアの母親だ。

そして、俺への挨拶が終わると同時にスアルロウと殴り合いを始めた。その姿は……女神っぽくはないいな。

春にマルビット、ルィンシアを送りつつ、母親にローゼマリアを産んだことを報告に行ったグランマリアから、会って挨拶はできたと聞いている。一緒に来るかなと思ったけど、来たのはスアルロウだった。

スアルロウのインパクトに圧倒されて、その辺りを詳しく聞いていなかったが……。

「お母さまが、ラズマリアさまに用事を押しつけたようです」

スアルリウ、スアルコウから説明してもらった。

その用事はどこかの国の祭事への出席で、当初はスアルロウも参加していた。祭事の途中で、スアルロウが脱走。天使族の里でマルビットの仕事を手伝っていたグランマリア、キアービットを連れて〝大樹の村〟に向かった。

残されたラズマリアは祭事に最後まで付き合わなければならず、さらには〝大樹の村〟への案内人もいなくなっていた。だから、スアルロウとの殴り合いを終えたラズマリアの矛先《ほこさき》は、グランマリア、キアービットに向けられた。

「二人していなくなると、私《わたくし》が困るとはお思いにならなかったのかしら?」

殴り合いにはなっていないが、怖い笑顔でグランマリア、キアービットを見ている。

とりあえずだ……スアルロウは無事か？　ティアの前に最強だったんじゃないのか？　孫が見たいパワーに負けた？　そうかもしれないが……ちゃんと謝っておくように。

グランマリア、ラズマリアにローゼマリアを抱かせてあげて。

でもって、ラズマリアを案内してきたマルビット。来るの早いよな。いい笑顔だが、あとでルィンシアに叱られないか？　あとのことは考えない？　かまわないが、そのときに助けを求めるなよ。

とりあえず、収穫の手伝いをするように。文句を言わない。ドライムだって、ダイコンの収穫を手伝ってくれているんだぞ。スアルロウ？　彼女も収穫を手伝ってくれているぞ。ほら、あそこのニンジンはスアルロウが収穫したんだ。嘘《うそ》じゃないって。スアルロウ、回復したなら言ってやれ。

「村長は神」

いや、それじゃなくて。

マルビット、何を納得したのか知らないが頷かない。

7　夏を振り返る

俺は秋の収穫に向けて畑を耕しながら、今年の夏は〝五ノ村〟の店にかかりっきりだったなと少し反省する。

〝大樹の村〟での夏の祭りも、文官娘衆に丸投げしてしまった。今年の祭りは音楽祭。歌、演奏、音さえ出せればなんでもあり。審査員を用意して優勝者は決めるが、音楽を楽しんでもらえればいいというコンセプト。

優勝したのは歌うような鳴き声を披露《ひろう》したフェニックスの雛のアイギス。アイギスがあんな凄い特技を持っているとは思わなかった。間違いなく、優勝だ。

俺の横で同じように審査員をやっていたルーが、生命《いのち》の鳴き声と呟《つぶや》いていた。気持ちはわかる。

俺はあの鳴き声を聞いたとき、思わずアルフレートが生まれたときを思い出してしまったからな。

惜しかったのは牛たち。牛一家が並んで、鳴き声でコミカルに合唱していた。一頭、ラッパーがいるに違いない。

ほかに、ザブトンの子供たちによる楽器演奏、クロの子供たちによる遠吠《とおぼ》え合唱も悪くなかった。

ハイエルフたちの演奏は上手いのだが、イベントでよく演奏しているから聴き慣れてしまっていた。

新曲が待たれる。


祭り以外に今年の夏にあったのは、ガルフ騒動。

冒険者ギルドが〝五ノ村〟にもできているので、ガルフは冒険者として定期的に仕事をすることができた。以前、一定期間活動をしなかったので冒険者登録を抹消《まっしょう》され、一からやり直すことになったのでかなり助かると喜んでいた。

活動しなかったら登録抹消されるのは少し厳しいと思うが、冒険者ギルドとしては冒険者の身元保証をしているので冒険者として活動しない者を登録したままにはできない。それに、活動しなくても居場所の報告だけでもかまわないとしているのだから、十分に譲歩《じょうほ》しているそうだ。

これだけなら騒動になるはずがないのだが、ことの発端《ほったん》は〝シャシャートの街〟の冒険者ギルド。

ガルフは〝シャシャートの街〟の冒険者ギルドで、再登録をして冒険者としての活動を開始した。

〝五ノ村〟に冒険者ギルドができるまでは、〝シャシャートの街〟に報告に行っていた。

ガルフは冒険者として、すごく優秀なのだそうだ。だから、〝シャシャートの街〟の冒険者ギルドは、ガルフがいることを大いに宣伝していた。

しかし、〝五ノ村〟に冒険者ギルドができると、ガルフはそちらに報告に行くようになってしまい、〝シャシャートの街〟にはなかなか顔を出さなくなった。

そうなると、ガルフがいることを大いに宣伝していた〝シャシャートの街〟の冒険者ギルドは困り、あの手この手でガルフを〝シャシャートの街〟に呼ぼうと画策《かくさく》を始めた。

その動きを察した〝五ノ村〟の冒険者ギルドは、ガルフが〝シャシャートの街〟に行かないように活動。

なんだかんだと暗闘《あんとう》があったようで、最終的に、〝シャシャートの街〟の冒険者ギルド代表と、〝五ノ村〟の冒険者ギルド代表が決闘するまでになった。十人対十人の冒険者たちによる集団戦は〝五ノ村〟の麓のイベント施設で行われ、それなりに盛り上がったそうだ。

結果は、途中で乱入した警備隊五人の勝利。その五人の中に白銀騎士《シルバーナイト》や赤鉄騎士《アイアンナイト》がいて、大活躍だったそうだ。

勝負がうやむやになったところで、ガルフの一言。

「俺、この村の村長の護衛をやっているから〝シャシャートの街〟に行くのは無理」

〝五ノ村〟の冒険者ギルド、大勝利。

いや、まあ、最初から争う必要は欠片《かけら》もなかったのだが。

ガルフが態度をはっきりさせなかったというか、はっきりしていたのだがその表明が遅れたのには理由がある。

ガルフに初孫が生まれたから。ガルフの息子の子で、女の子。孫娘だ。

その際、ガルフの息子の奥さんが出産による疲労から回復するまで、毎日のように孫娘の面倒を見ていた。

息子が生まれたときの千倍嬉《うれ》しいと口を滑らせてしまい、ガルフの奥さんと大喧嘩。

そりゃ、ガルフの奥さんにすれば孫娘がかわいくとも、自分の産んだ息子と比べられていい気分にはならないだろう。俺が仲裁《ちゅうさい》に入ることになってしまった。俺も時々、失敗するからお互い注意しよう。

でもって、冒険者ギルドの件。次からはトラブルが大きくなる前になんとかするように。いや、ガルフは一切、悪くないのだけどな。


そうそう、プールだ。

今年の夏もプールを開放していたのだが、天使族のスアルロウが珍しがった。あとからやって来たラズマリアも。マルビットはプールの存在は知っていたが、夏場に来たのは初めてだった。だからか、大きな娘を持つ母親たちとは思えない盛り上がりだった。

エンジョイしているなぁと思いつつ、三人の水着姿は眼《め》に優しかった。

大きな娘たち、グランマリア、キアービット、スアルリウ、スアルコウに抓《つね》られてしまったが。ははは、君たちも素敵《すてき》だぞ。ん？　俺がラズマリアの胸ばかり見ている？　そんなことはない。絶対にだ。不名誉な疑惑はやめてほしい。あとで大変なんだから。


あと、夏にあったのは……妖精女王事件。

妖精女王は甘味を好む。好むのであって、甘味以外を食べることもできる。滅多《めった》に食べないけど。

問題となったのが子供たち用に作ったハンバーグ。

子供たちが喜んで食べていたので興味を持った妖精女王が、ハンバーグを所望《しょもう》した。

しかし、ハンバーグは子供の数だけしか作っていなかったので、要望に応えるために鬼人族メイドが急いでハンバーグを作ることになった。そのときにミスがあった。

子供たち用のハンバーグにはチーズが入っていたのだが、妖精女王に出したハンバーグにはチーズが入っていなかった。

誰も指摘《してき》しなければ気づかなかったかもしれないが、子供たちが言ってしまった。

「ハンバーグの中のチーズが美味しいよね」

妖精女王、目の前に半分残っている自分のハンバーグを静かに確認。

拗《す》ねた。めちゃくちゃ拗ねた。どこかに引き籠《こ》もるなら迷惑もかからないのだけど、俺の前でこれみよがしに拗ねた。さすがに邪魔だったので、相手した。

一日、甘味作り。

一人だと寂《さび》しかったので、子供たちと一緒に。

あと、妖精女王の機嫌が直ったころを見計らい、ハンバーグを作ってくれた鬼人族メイドに対して謝るように言っておいた。

チーズを入れ忘れたとはいえ、作ってくれたのだから。感謝の気持ちを忘れてはいけないぞ。


夏にあったのは、そんなものだろうか。

いろいろとあったように思えるが、意外と少ない。その分、平和ということか。いいことだ。


さて。

ギラル、そこで立たれても困るんだ。ギラルの奥さんがグラルに会いたがっているのは聞いたよ。

俺は止めないから、素直にグラルを連れて帰ったらいいと言っただろ。グラルがヒイチロウのそばを離れたがらないのは知っているけど、ヒイチロウは駄目だぞ。まだ小さい。

どうしてもと言うなら、ライメイレンが一緒に行くことになる。まあ、その場合、ライメイレンの説得はギラルがやって……いや、だから俺に言われても困る。ええい、手を放せ。

対策を考える。

ギラルの奥さんをこの村に連れてくるのは無理なのか？　それは駄目？　どうしてだ？　大怪我《おおけが》を負《お》っていて、あまり動けない？

…………。

なぜそれを先に言わない。治療は？　無理だから気にするな？　いや、気になるだろ。怪我をしたのは五百年前で、大怪我だが命の心配はない。その状態でグラルを産んでいると。そう言われると大丈夫そうだな。問題なのは人の姿になれないことと、外出が困難なことぐらいと。それはそれで大変そうだ。

本当に治療は無理なのか？

「うむ。世界樹の葉でもなければ、治らん」

…………。

………………え？

8 《神の敵》グーロンデ

ギラルの奥さんは竜《ドラゴン》の姿でやって来た。

その竜の姿は巨体。ドースの竜姿よりもふた回りぐらい大きい。体を覆《おお》う鱗《うろこ》は一枚一枚が大きく、尖《とが》った真っ黒な岩のようだ。だから、巨大な山が動いているように見える。

ひるがえって翼は巨体に似合わず小さめ。いや、それでもドースの竜姿の翼よりも大きいが。実際、翼の力で飛んでいるのではないので、翼のサイズはあまり関係ないようだ。

尻尾《しっぽ》は太く長い。体の三倍ぐらいある。普通に考えれば少々アンバランスなのだが、気にならないのはギラルの奥さんには他に目立つ箇所があるから。

その目立つ箇所とは、頭が八つあること。

体から八つの首が伸び、その先にある頭というか顔はどれもこれも風格があって怖い。見た目で判断して申し訳ないが、正義と悪なら確実に悪と判断されるビジュアル。あと、ギラルの奥さんだと聞いていなければ、女性と判断できなかった。

そのギラルの奥さんは北の空からやって来て、村の上空を通り過ぎて村の南に着地した。いきなり村の中に乱入せず、ちゃんと村の外から中に話しかける手順を踏むためだ。だから、俺も村の南で待機している。

ギラルの奥さんは南の森のギリギリのところに着地したので、尻尾が森に入って木々を圧《へ》し折《お》った。頭の一つが振り返って折れた木々を見て、失敗したぁって顔をしている。

そして竜の姿が消え、一人の女性が姿を現す。長い黒髪の……黒いドレスの女性。遠目から見ても、美しいとわかる。

が、その美しい黒ドレスの女性は数歩でこけた。盛大に。顔からいった。

……………。

俺は顔を背《そむ》けて見なかったことに。あとはギラルに任せる。

ギラルの奥さんは五百年近く人の姿になっていなかったと聞いている。歩く感覚を忘れていたのかもしれない。


さて、俺の前でかまえているクロとクロの子供たち。ギラルの奥さんを警戒しているのだろうけど、尻尾は下がり気味、足も震えている。ありがとう。無理するな。

ザブトンの子供たちも、糸を張り巡《めぐ》らさなくていいぞ。彼女は敵じゃない。ギラルの奥さんだ。

まあ、ドースやライメイレン、ドライムにハクレンから彼女の武勇伝を聞きまくったから、警戒するのもわかるけど。

彼女の名はグーロンデ。別名《神の敵》。この世界の歴史を繙《ひもと》くと、絶対に名前が出る竜だそうだ。

グーロンデはドースやギラルよりも年下らしいが、武勇伝はドースやギラルより多い。この村に来る前のハクレンも怖がられていたみたいだけど、グーロンデに比べるとハクレンは常識がある竜として扱われる。

その理由の第一は、会話が通じること。第二は、ドースやライメイレンが本気で嫌がることはしない。

だが、グーロンデは違う。ただ欲望のままに暴れまわるだけの存在だったらしい。そして強い。その強さは、ドースやライメイレンも、彼女との勝負を避けるぐらい。

グーロンデが暴れまわっていたのは今から八百年前。

暴れまわっていたと言っても、敵を探していたわけではなく、進路上にあるものに襲いかかる感じ。なので被害は大きいが、避難時間があるので人的被害はほとんどない。

そんな彼女が《神の敵》とまで言われるのには、二つの理由がある。

一つは、彼女に挑《いど》んだ軍を全て討ち取ったこと。彼女は逃げる者を追ったりはしないが、挑む者には容赦がなかった。その滅ぼされた軍のなかに宗教系の軍があり、《神の敵》と評された。

そしてもう一つが、世界樹の破壊。世界にたった一本しかないとされている世界樹を砕き、燃やした。ただそこに生えているという理由で。

一般的に世界樹は神より賜った奇跡とされており、それを破壊した彼女は《神の敵》と呼ばれるようになった。

何も考えていない暴力。ただ触れるものを攻撃するだけ。そう評価されたのがグーロンデ。

その彼女を止めたのがギラル。当時、いろいろと尖っていたギラルはグーロンデに負けるものかと勝負を挑んだ。

結果は返り討ちにあったのだが、なにがどうなったのかギラルとグーロンデは結婚。このまま世界を滅ぼすのではないかと噂されたグーロンデは、大人しく巣に籠もるようになった。

以後、巣に侵入しない限りはグーロンデが暴れることはなかった。


そして今から五百年前。

グーロンデの脅威が忘れられたころに、ギラルの不在時を狙って勇者が挑んだ。死んでも蘇《よみがえ》る勇者が十四人。その仲間が合計二百六十人。

そんな勇者たちには、グーロンデの脅威を忘れていない各勢力から魔法の武器が供給されていた。竜を倒すための武器が。


ギラルが巣に戻ったとき、グーロンデの七つの頭が潰され、翼と尾が切られていた。だが、グーロンデは生きていた。挑んだ勇者たちを殲滅し、彼らが持っていた魔法の武器を破壊し尽くしたグーロンデの勝利だった。

しかし、その勝利を喜ぶ者はいない。留守中に奥さんを攻撃されたギラルは怒りに震え、勇者を派遣した国に復讐《ふくしゅう》を開始した。

ギラルの復讐は苛烈《かれつ》であったが、冷静だった。

勇者は蘇る。だから相手にしない。

ギラルが攻撃するのは、その勇者を支える経済基盤。それを徹底して破壊した。そして、勇者が駆けつけると逃げた。

そのギラルの復讐は効果的で、勇者は活動規模を縮小。グーロンデの脅威はギラルの脅威に上書きされた。

ちなみにこのあと、勇者を派遣した国とギラルの仲裁をしたのがドース。ギラルは仲裁には応じたが、そのあとはドースとやりあったそうだ。


生き残ったグーロンデは巣で大人しく回復を試みた。

竜の再生力をもってすれば、時間の経過でこれまでなんとかなっていたからだ。

しかし、翼と尾は百年ほどで再生したが頭は戻らなかった。勇者たちが使っていた武器の影響だそうだ。

ギラルはその当時、もっとも優れた賢者と呼ばれる竜に助けを求めた。まあ、半分、誘拐《ゆうかい》みたいな感じだったらしい。

あらゆる治療が試みられ、数々の魔法や道具が使われたが頭は再生しなかった。そして最後に、治療に必要とされるのはグーロンデが砕いて燃やした世界樹の葉と言われ、絶望した。

グーロンデは自身の行いが返ってきただけと諦めた。

世界樹が村にあるって言ったときのギラルの顔は……いろいろな感情が混じっていた。

いやいや、世界樹の苗《なえ》を植えたあと、何回かギラルは来ていたぞ。知らなかったのか？　世界樹を見たことがないから、ただの木だと思っていた？　そうかもしれないが……。

とりあえず、世界樹の葉は頭一つに三枚必要とのことだそうだ。復活させたい七つの頭に三枚ずつで、二十一枚。まあ、竜だから三枚じゃ効かない可能性もあるよな。百枚ほど渡した。使い方は知っているそうだ。

ギラルが世界樹の葉を持って、凄い勢いで帰った。

そのギラルを見送りながら、世界樹には『万能農具』で耕した土を与える。

葉のお礼になったかどうかはわからないが、何人かのニュニュダフネが羨ましそうにしていたから大丈夫だろう。

でも、ニュニュダフネ。君たちにもちゃんと、『万能農具』で耕した土を渡しているだろ？　他人……ではなく、他木を羨ましがらないように。

すぐに連絡がきた。

グーロンデの頭は無事に復活。お礼に伺《うかが》いたいと。

慌てたのは俺の近くにいてそれを聞いていたドース、ドライム、ハクレン、ライメイレン。グーロンデのことをいろいろと知っていたので教えてもらった。

あと、夕食のときにそのことを伝えたら、マルビット、スアルロウ、ラズマリアが軽いパニック状態になった。どうも神人族と名乗っていた時代、グーロンデに挑んだことがあるそうだ。それと、勇者に魔法の武器を供給した勢力の一つでもあると。

村で揉めごとは困るので、和解の場を設《もう》けるのでそこで話し合うように勧めた。しばらくは隠れているそうだ。


でもって、グーロンデが到着したのだが……歩くのに手間取っている。

まだ俺のところに到着しない。ギラルが抱えようとして怒られている。

…………。

仕方がないなと、前に出たのはザブトン。

ザブトンがささっとグーロンデのところに行き、背中にグーロンデを乗せて運んできた。

ザブトンがゆっくりと俺の前にグーロンデを下ろす。

「お、お初にお目にかかります。グーロンデです。よろしくお願いします」

丁寧な挨拶。

「こちら、質素な品で申し訳ありませんが、ご挨拶の品です。手製の品で申し訳ありませんが、お納めください」

差し出された長めの箱。ずっしりと重い。

箱を開けて確認。

すっごい神々《こうごう》しい剣が、鞘《さや》と共にあった。

…………。

手製の品？　グーロンデは鍛冶《かじ》でもするのかな？

「私の切られた尻尾が変化した剣です」

そ、そうですか。

反応に困る。

とりあえず笑顔で。えーっと……。

「ご挨拶が遅れました。村長のヒラクです。ギラルの奥さんである貴女《あなた》を拒む理由はありません。どうぞご遠慮なく」

挨拶を返して、歓待の準備をしている俺の屋敷まで……。

すまないザブトン、グーロンデを運んでやってくれるか。

ちなみに。

村の南でグーロンデを待っているとき、ビーゼルがやって来た。

「あの《神の敵》が復活し、進路的にこの村を目指しているようなのですが……」

ビーゼルが神妙な顔でそう言うので、グーロンデがここに挨拶に来ると伝えた。

「あ、いつものやつですか。ははは」

ビーゼルは納得して帰っていった。

いつものやつってなんだろう？


俺は知らなかったが、空を飛ぶグーロンデを見た各地でパニックが起きていたらしい。

魔王国、長生きしている人が多いからなぁ。

9　グーロンデを迎えた数日

グーロンデを村に迎えて三日が経過した。

最初は緊張していたグーロンデだったが、いまではかなりリラックスしてもらえている。

グーロンデがやって来た初日の晩に、歩くのがまだ苦手なグーロンデ用に山エルフたちが車椅子を作った。室内用と野外用。両方とも、ちょっと重いのだけどギラルが押すので問題なし。

その車椅子を使ってギラルと一緒に行った温泉も、かなり気に入ったようだ。今朝も二人で温泉に行っていた。

食事では、森で狩ってきた牙《きば》の生えた兎《うさぎ》、巨大な猪《いのしし》を使った料理が好まれた。肉が好きなようだ。

野菜は……ギラルに言われて、キャベツを食べている。ほかにダイコン、キュウリ。味噌《みそ》をつけて食べている。

酒はあまり飲んでいない。

酒が嫌いなのかなと思ったら違った。グーロンデは酒が好きらしいのだが、酔うと人の姿を維持できなくなるかららしい。なのでグーロンデが酒を飲めるように、竜姿になっても大丈夫な野外に酒席を用意。酒スライムとドワーフたちが常に待機している。グーロンデは、ドワーフたちが驚くほど飲むそうだ。

そして明け方、竜の姿で酒樽《さかだる》を抱えて寝ているグーロンデをギラルが優しい顔で見ていた。長く怪我を患《わずら》っていたしな。世界樹があってよかった。

その世界樹関連だが。

まず、ドース。

「ギラルよ。すまなかった。お前の妻が怪我をしたのは知っていたが、世界樹の葉を必要としていたとは思わなかった」

ドースは〝大樹の村〟に世界樹があるのは知っていたので、そのことを謝罪。

「いや。俺も妻の怪我のことは隠していたからな。知らなくて当然だ。気にするな」

ギラルが大きく笑う。

グーロンデは巣の奥に引き籠もり、ギラルとグラル以外には声も聞かせなかったそうだ。

そのギラル、グラルにも、グーロンデは姿をほとんど見せていない。潰された頭が腐敗していたからだ。竜の再生力のお陰か、腐敗は頭で止まっていたそうだが、夫や娘に見せたい姿ではないそうだ。グーロンデは笑いながらそう話をしてくれたが、重い話だ。返事に困る。

続いて天使族のマルビット、スアルロウ、ラズマリア。

天使族は世界樹を神聖視しており、その世界樹を燃やしたグーロンデを敵としていた。

過去、凄惨《せいさん》な戦いが何度もあったらしい。

しかし、どうやってもグーロンデに勝てないので、天使族はグーロンデには関わらない方針に転換。それを明言していたのだが、五百年前の勇者が攻めたときに武器供与をした。しかも、竜に対して特に効果のある魔法の武器を。グーロンデの怪我の原因でもある。

その件を、天使族の長《おさ》としてマルビットが謝罪。グーロンデも世界樹を燃やしたことを謝罪した。互《たが》いに賠償《ばいしょう》は求めないことは事前の話し合いで確認している。

俺は謝罪の場を整えて提供したことで役目が終わったと思ったのだけど、マルビットが俺の服を離してくれなかったのでそのまま参加することに。

長年のわだかまりがそう簡単に消えるとは思わないが、謝罪は歩み寄るための大事な一歩。その一歩を踏み出せた双方の今後に期待する。

なぜか俺が偉そうなことを言って、場をまとめることになった。

謝罪のあと、マルビットと同席していたスアルロウ、ラズマリアから感謝の意を伝えられた。天使族に長々と刺さっていた棘《とげ》を抜いてくれたと。三人は天使族では派閥が違うらしいが、そんなことを感じさせない仲のよさだった。

そして最後に一言。

「グーロンデが冷静でよかった」

同様に、グーロンデからも感謝の意を伝えられた。

世界樹を燃やした自分が悪いのだが、なんだかんだと絡《から》んでくる天使族は面倒だったそうだ。その天使族に謝れたことは、確実に心が一つ軽くなったと。

そして最後に一言。

「天使族が冷静でよかった」

…………。

ま、まあ、互いに歩み寄れたことを喜ぼう。

主義主張は違うかもしれないが、〝大樹の村〟では喧嘩しないように。

議論はかまわない。暴力を伴《ともな》う喧嘩が駄目。

世界樹関連の話はこんなもの。

さて。

グーロンデに対しては歓迎ムードの〝大樹の村〟。

特に文官娘衆の一部と、子供たちが大喜び。

文官娘衆の一部は、武勇伝だらけのグーロンデから話が聞けるから。細かく話を聞いて、歴史的発見だと騒いでいる。

子供たちは、素直にグーロンデの竜姿に興奮していた。表現力が足りない子供たちはその興奮をどう表現していいのかわからず「凄い」「かっこいい」と叫びながら小躍りしていた。

その小躍りで目立ったのはウルザとヒイチロウ。小躍りではなく、大踊りと言ってもいいぐらいに激しい動きだった。

その様子にギラルは大満足。グーロンデは少し照れていたが。

ここで問題が発生。

ヒイチロウがあまりにもグーロンデのことを褒《ほ》めるので、気分を害した者が二人いた。ヒイチロウの祖母ライメイレンと、妻候補のグラル。

ライメイレンは最初、グーロンデに驚くヒイチロウを微笑《ほほえ》ましく見ていたのだが、いつの間にか竜姿になってヒイチロウの気を引こうとしている。

そしてグラルは最初、自分の母親が褒められることを喜んでいたが、いまでは母親を怖い目で見ている。それ、母親に向けていい視線じゃないから。恋敵に向ける視線だから。

ヒイチロウの母親、ハクレンは大丈夫なのかな？　俺がいるから大丈夫？　それは嬉しいが、ヒイチロウは……最後は母親に戻ってくる。なるほど。

万が一、戻ってこなかったら凄く拗ねるだろうな。いやいや、不吉なことは考えない。

なんにせよ、グーロンデ対ライメイレンとグラルという変則タッグバトルに発展しそうになって、ちょっと困った。竜姿での戦いはやめてほしい。いろいろと壊れるから。

ドースとギラルの二人に頼まれたので、俺が両者の真ん中に『万能農具』の槍《やり》を投げることで落ち着いた。

落ち着いた証拠に、三人は並んで肩を組んでいた。いや、それを俺に見せなくてもいいから、仲良くね。

あと、ヒイチロウ。

まだ子供だから仕方がないが、異性を褒めるのは時と場合が大事だぞ。いろいろとトラブルを起こしちゃうからな。もう少し大人になったら、俺がいろいろと教えてやろう。

ああ、大事な。本当に大事なことを。もちろん、アルフレートやリリウス、リグル、ラテ、トラインにもだ。

…………。

ウルザ、努力しているところ悪いが、どうやっても首を八つにはできないぞ。

グーロンデと話をしたので、いくつかの疑問が解消できた。

気になっていたのはグーロンデが竜姿のとき、頭が八つあるけど人格も八つあるのかな？　という疑問。

人格は八つ、あるそうだ。ただし、メイン人格は一つであり、残りの七つはサブ人格。サブ人格はメイン人格によって統制され、場合によっては統合される。人の姿のときも同じ。

ただ、これまで人格一つで、残りの人格が休んでいた状態だった。その休んでいた人格が復活したことによって、体が上手く動かせないらしい。この村まで飛んでくるのも大変だったそうだ。まあ、十年もすれば慣れるとのこと。

ギラルとの馴《な》れ初《そ》めは、ギラルにブロックされてしまった。


そして、グーロンデと話をすることで一番、収穫があったのが魔王。

「グーロンデ殿は、言葉だけでは不満だったと？」

「もちろんです。あそこの景色は綺麗だった、あれは美味しかったと話をしてくれるのは嬉しいですが、やはりそんな話をされると行きたくなるものです」

「むう。では、やはり私の妻も……」

「表立って不満を言うことはないでしょうが、そう思っているかと」

「そ、そうか」

魔王は、自分の奥さんと結婚するときに政治に関わらせないと約束したらしい。なので、いまだにこの村には連れて来ていない。

……………。

村に連れて来るのが、政治になるのかな？　まあ、魔王の妻となれば王妃。王妃が訪《おとず》れるとなれば、政治になってしまうのかもしれない。

「何度か誘ったのだが、いい返事はもらえなかったから」

「断ってはいても、ときには強引に連れ出してもらいたいものです」

グーロンデの言葉に、魔王は深く考えた。そして、村に奥さんを連れてくる計画をビーゼルと話し合い始めた。

俺は魔王国の学園に行っている獣人族の三人から、魔王の奥さんの人となりは聞いているが……。

「政治は関係ない、暇なときに一緒に遊びに行こう」

これで大丈夫そうだけどな。


グーロンデの言葉で魔王は深く考えたが、横で聞いていたギラルは動揺していた。

そしてギラルはグーロンデに小声で話しかける。

「つ、連れ出すほうがよかった？」

「ふふ。こうして、連れて来てくれたではありませんか」

「そ、そうだな。ははははは」

夫婦の仲がいいのは、いいことだ。

グラルも遠慮してないで行ったらどうだ？　お父さん、お母さんの邪魔はしない？　子供が邪魔なわけないだろ。まあ、夜中とかは困るかもしれないけど。

いや、なんでもない。いまは大丈夫だから、行ってこい。

10 グーロンデの鱗《うろこ》

グーロンデの鱗は、真っ黒な岩のようだった。実際、一枚が三メートル～四メートル四方の大きさ。厚さは一メートル……はないかな。八十センチぐらい。大きい。そして、硬い。超硬い。

いや、ハクレン、対抗しなくていいから。ライメイレンも自分の鱗を持ってこないように。

えーっと。この大きくて硬いグーロンデの鱗が二百枚、俺の目の前にある。

滞在費だそうだ。

最初はグーロンデの治療に使った世界樹の葉の代金だったのだけど、俺が遠慮した。俺の場合は病気だったが、動けない辛《つら》さは知っている。怪我で動けないと聞いては、俺は放っておけない。

それに、これで代金をもらってしまうと、世界樹の葉を蚕たちのエサにしにくくなってしまう。

だから遠慮した。

感謝の気持ちは俺にではなく、世界樹の苗を守っていた天使族にしてほしい。俺、葉を取っただけだしな。

遠慮した俺を見て、グーロンデとギラルは柔軟《じゅうなん》に発想を転換。

もうすぐ武闘会だから、グーロンデとギラルはまだ村にいる予定。なので滞在費に名目が変わった。滞在費なら受け取る。

問題は使い道だな。

いい加減、村の倉庫から竜の鱗が溢《あふ》れ出している。毎年、倉庫を作っている状態だ。さすがに、そろそろなんとかしたい。

鱗に価値があるのは教えてもらっているし、滞在費でもらったグーロンデの鱗を捨てるのは失礼。活用しなければ。

………。

ビーゼルに十枚ほど渡して、獣人族の子供たちが通っている学園に寄付《きふ》。

換金《かんきん》に時間がかかる？　高価だから、買い取れる者が限られる？　まあ、当然か。手数料でいくらか取ってもいいから、よろしくお願いする。

あ、一枚ずつじゃないと運べないか。ごめん、手伝う。

ルーにも十枚ほど渡して、〝シャシャートの街〟のイフルス学園に寄付。

換金手段がない？　マイケルさんに頼むのは駄目か？　たぶん、マイケルさんでも一枚が限界？

そっか。じゃあ、一枚で。

ヨウコにもと思ったけど、逃げられた。

〝五ノ村〟の運営費は十分だそうだ。それに、換金手段がないと……ないのか？　〝五ノ村〟にも商人がいるだろ……無理？　本来、俺が鱗を買い取る側？　そうなの？　残念。

換金手段がないのであれば、換金せずに素材として使えばいい。
『万能農具』頼んだぞ！
グーロンデの鱗を加工し、包丁《ほうちょう》を作ってみた。
黒い包丁。
ふふふ、悪くないんじゃないかな。
アンに試しで使ってもらう。
「切れすぎて危ないです。封印で」
倉庫の奥の奥に封印されてしまった。
食材だけでなくまな板とテーブルまで切れてしまう包丁は問題か。
五十本ぐらい作ってしまったのに残念だ。全部、封印。

日用品にしようとしたのが間違いだった。素直に武器にしよう。
剣、斧《おの》、鎌《かま》、槍。
柄の部分は森の木で作って……完成。

「禍々《まがまが》しくないですか？」

鬼人族メイドの感想。

黒い武器、かっこいいと思うけどな。たしかに禍々しいかどうか聞かれたら、禍々しいけど。

切れ味に関しては……どうだろ？　ガルフに試してもらう。

「これは駄目。駄目です。封印しましょう」

森のぶっとい木を一振りで切り倒せたのに、封印になった。

包丁と同じで、切れすぎる武器は危ないということか。

「いや、それだけじゃなく、一振りでなんかこういろいろと出ましたよ。禍々しいのが。あと、めちゃくちゃ疲れます。というか……すみません、倒れます」

俺が振ったときは、そんなことはなかったが……まあ、ガルフの意見を採用して武器は封印。

倒れたガルフは、ガルフの家に運んでおいた。


この調子だと、防具もやめておいたほうがいいか。

では……どうしよう？

適当なサイズにカットして、漬物石にするとか？

「あの、竜の鱗をそのまま使っているから問題なのでして……」

ガットが問題点を教えてくれた。

「竜の鱗は普通、砕いて粉にして鉄に混ぜて使います」

そうなのか？

「下級の竜の鱗であればそのまま使うこともありますが、この村に来られている竜は上級というか特級なので。なんとか粉にして、やっと使える状態になります」

ガットが実践して……無理？　俺が粉にするのね。了解。

『万能農具』の小刀で、グーロンデの鱗をガリガリと削る。粉をまとめて、小さな樽に詰めて渡す。

ガット、俺を崇めるのはやめてくれ。そういうのはスアルロウで間に合ってる。

ガットが慎重に鱗の粉を扱っているのを見て、竜の鱗が貴重品だと実感させられる。

手早く、ガットが二本の短剣を打ってくれた。

一本は普通の鉄で。もう一本は、鉄にグーロンデの鱗の粉を混ぜた鉄で。

見た目は同じだが、切れ味が全然違った。粉を混ぜただけで、ここまで違うのか？

「竜の鱗の粉が周囲から魔力を集め、短剣の切れ味を向上、維持していると言われています。ですので、鱗の粉を混ぜた短剣の刃は手入れ不要です」

ほう。

竜の鱗の粉に意思があるとは思えないが、どうなんだろう？　維持すると言ってるが、どの段階で維持しようとするんだ？　剣に加工している最中は、加工している最中だと認識しているのか？　不思議だ。

あと、手入れ不要というか、普通にやっても砥《と》げないだけな気もする。

まあ、了解。
とりあえず、グーロンデの鱗の使い道が決定。
全部粉にしよう。
…………え？　駄目？　いまある小さい樽で十分？　遠慮するなって。ははは。

小さい樽二つ分しか渡せなかった。
削ったのは武器や包丁にした鱗の余《あま》りだから、鱗の数が減っていない。
というか一枚しか使えていない。
うーむ、仕方がない。本格的に漬物石にするか。
持ちやすい形に加工して……一枚の鱗から、漬物石が何個も作れてしまう。
さすがに駄目だと自分で理解できる。

もっとこう、相応《ふさわ》しい使い道がないものか。
グーロンデの鱗を前に考える。
これだけ大きいしな。
…………。
鱗の片面を『万能農具』で磨いて、鏡にしてみた。

平らに、歪《ゆが》みのないように。おお、綺麗に映《うつ》る。映りすぎじゃないかなってぐらい映る。いいね。

ふふふ。大きなサイズの姿見《すがたみ》だ。

あれ？　鏡にドライムの執事であるグッチが映っている。なのに俺の後ろにはいない？　どういうことだ？

不思議に思っていると、グッチの姿がどんどんと大きくなり、作ったばかりの鏡からグッチが出てきた。

そのグッチが俺を見て、後ろの鏡を見て、また俺を見て微笑む。

「えーっと……すみません。一応、ルールなのでやりますね。ごほん。我《われ》を呼び起こしたのは貴様か。願いを言え」

え？　なにこれ？　願い？

あ、ああ、魔法のランプみたいなものね。なるほどなるほど。えーっと、それじゃあ世界平和で。

無難な願いだと思ったのだけど、グッチが小声で勘弁してくださいと言っている。駄目だったか。

じゃあ……これからもドライムたちをよろしく。で、どうだ？

「ふはははは。承知した。では、さらばだ」

グッチは鏡の中に入って……消えた。

そしてすぐ、俺の後方からダッシュでやって来て鏡に全力のパンチ！

鏡が砕けた。

そのあともパンチを続け、鏡が粉になった。俺が磨いて少し薄くなったとはいえ、あの硬い鱗を凄い。いや、違う。なにをするんだ？

「それはこちらのセリフです。故意《こい》ではないでしょうが、グーロンデさまの鱗であのサイズの鏡を作ったら、悪魔族を召喚してしまいます」

え？　そうなの？

「そうなのです。古い悪魔族によっては、ややこしいルールで縛られたりしますので、できれば二度と製作しないようにお願いします」

うう、迷惑になるならやめよう。

しかし、せっかくグーロンデの鱗の使い道が決まったと思ったのに。

「ああ、なるほど。持て余しているのですね。わかりました。私が買い取りましょう」

グッチの提案に、素直に感謝。百枚ほど買い取ってもらう。

あと、砕いた鏡の代わりに、銀の鏡をもらった。直径二メートルの円形の鏡。姿見としては少し不便な形だが、まあ十分か。屋敷の玄関に飾っておこう。

え？　玄関に飾るのは駄目？　専用の部屋を作って飾るもの？　そうなの？

グッチに言われるがまま、屋敷の空き部屋の一室に飾っておいた。

時々、ルーや始祖さん、ライメイレンが使っている。

…………。

あれ、普通の鏡だよな？

なんだかんだあったが、グッチに買い取ってもらったのでかなり数を減らせた。

よかったよかった。

「村長。この古い金貨の山。どうしましょう？」

鬼人族メイドが指差す方向を見た。

鱗を買い取ってもらったら、当然ながら代金をもらう。

ははは。倉庫、五つ分ぐらいの金貨の山か。

価値観が崩壊する。

そして、鱗のままのほうが場所を取らなかったと反省。いや、金貨なら使える。ヨウコ、〝五ノ村〟の運営資金に。

俺は逃げるヨウコを追いかけた。

異世界のんびり農家

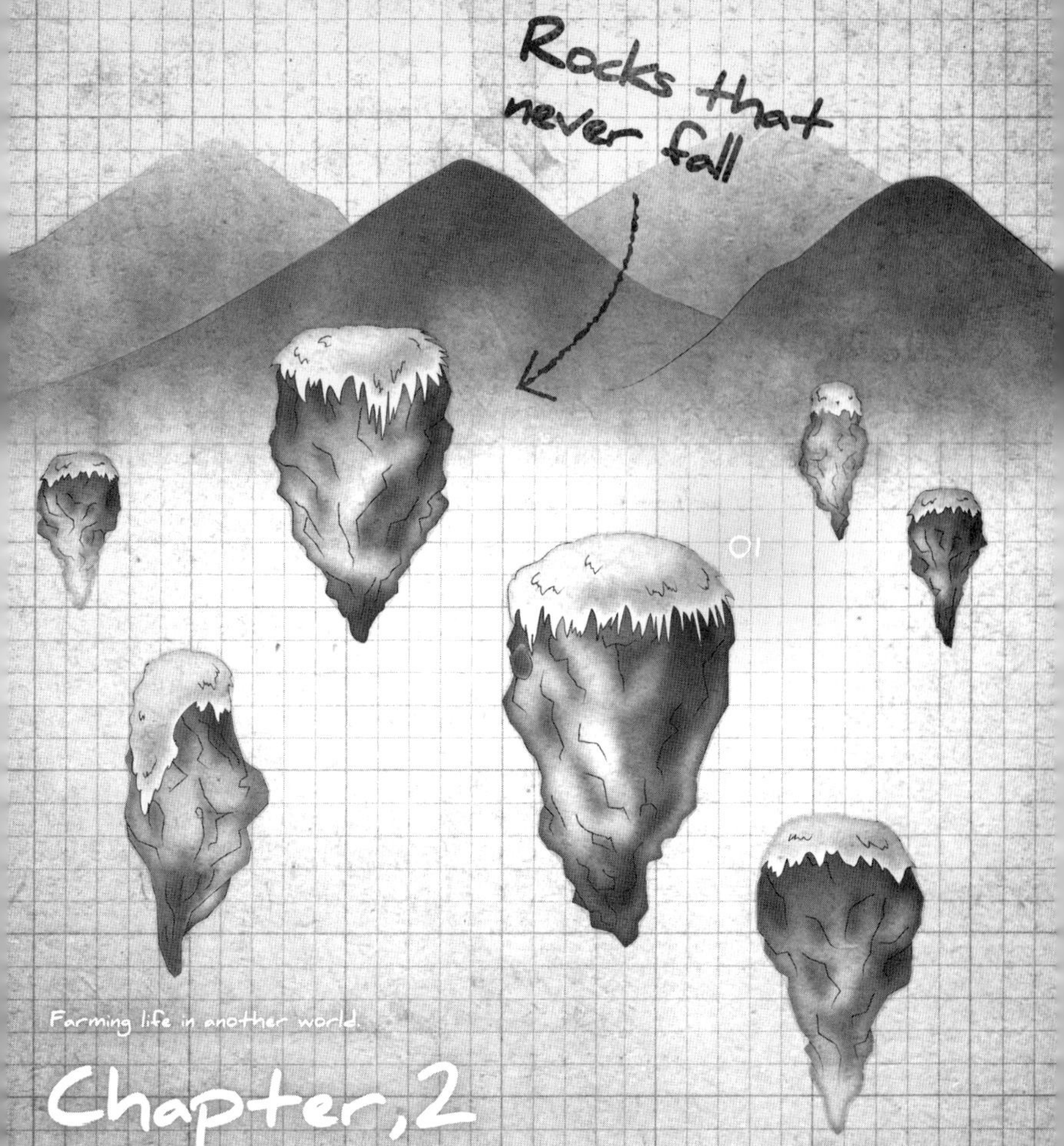

Farming life in another world.

Chapter,2

Presented by
Kinosuke Naito
Illustrated by
Yasumo

〔二章〕

落下した島

01.島

There is a river important here under.

1 ハンバーグと再戦と武闘会

武闘会が始まった。

魔王は奥さんを呼ぶのに失敗したようだ。少しションボリしている魔王を、ビーゼルが慰《なぐさ》めている。

魔王の娘のユーリは、母親が来ないことを気にしていないようだ。この時期は無理と予想していたのだろう。ビーゼルと一緒に魔王を慰めていた。


ゴール、シール、ブロンの獣人族の男の子たち三人、それとハイエルフのリグネも今回は不参加。

学園でいろいろと忙しいそうだ。武闘会に参加できないことを謝罪する手紙をもらった。

残念だが、仕事なら仕方がない。あ、いや、この考え方は駄目だな。

一日の休みも許可できない職場環境に文句を言わねば。それに、教師をしているとはいえ、あの三人はまだ子供なのだから。

…………。

手紙に書かれていたが、学園は教師不足らしい。

なんでも数年前に教師が何人か辞めてしまい、以降はなかなか補充ができていないと。

ふーむ、俺にはどうしようもないな。

少し前にビーゼルに渡した寄付金《きふ》……………まだ現金化できてないみたいだけど、それでなんとか頑張ってほしい。


そういえばルー。

〝シャシャートの街〟のイフルス学園では、教師不足とかないのか？　あ、やっぱり不足しているのか。どこも大変だな。

村ではハクレンを中心に、ラスティ、フラウ、ユーリが協力して、子供たちの勉強を見てくれている。恵まれた環境に、感謝しなければ。

ゴールたち三人とリグネは冬には顔を出すと手紙に書いていた。魔王の奥さんも、そのタイミングで来るかもしれないな。


武闘会の会場のそばでは、いつも通りに料理を提供するテントや屋台ができている。そのテントの一つで、グーロンデがグラルと一緒に炭火でハンバーグを焼いていた。

「お母さま、少し焼きすぎでは？」

「じっくり焼かないと中まで火が通らないと、村長が言ってましたから」

「焦《こ》げてませんか？」

「……表面を少し削《けず》れば」

「お母さま、無理です。諦《あきら》めましょう」

「仕方がありません。アナタ」

焦げたハンバーグは、横で控えていたギラルが食べる。

……大丈夫か？　奥さんの手料理だから平気？　愛だな。だが、このままだと焦げたハンバーグを食べ続けることになるので、グーロンデとグラルにアドバイス。

串にハンバーグを刺して焼いているが、炭火に近すぎる。あと、頻繁《ひんぱん》にひっくり返さない。片面が焼けたら、もう片面ぐらいの感じで…………いや、待て。鉄板で焼かないか？　そっちのほうが簡単だぞ。

グラルの賛同と説得があり、ハンバーグは鉄板で焼くことになった。すぐに道具を用意しよう。

ところで、テントの片隅で直立不動の三人……混代竜族《エルダードラゴン》の三人はどうしたんだ？　グーロンデとの挨拶《あいさつ》に感動して、固まっている？　…………気絶してないか？　大丈夫？　まあ、せっかく来たのだから、武闘会に参加したいだろう。起こしてやって。

一般の部はさっき終わったから、参加するのは戦士の部になるけど。


今回の武闘会では、特別にエキシビションマッチが組まれていた。

フェニックスの雛《ひな》のアイギスと、世界樹《ユグドラシル》の蚕《かいこ》の対戦。

これはアイギスからの申し出だ。以前、負けたことが悔《くや》しかったのだろう。アイギスのセコンドには、鷲《わし》がついている。対して世界樹の蚕のセコンドには、〝二ノ村〟代表のゴードン。

鷲はアイギスに何かアドバイスをしているようだが、ゴードンは蚕に世界樹の葉を与えているようにしか見えない。いや、実際に与えているのだろう。ゴードン、どうして俺《おれ》がここにいるんだって顔をしないように。どちらも頑張れ。

勝負はすぐに終わった。

開始と同時に文字通り飛び掛かったアイギス。それを糸で迎撃しようとする蚕。蚕の吐いた糸を華麗に避け、アイギスは蚕に肉薄したが、蚕はぴょんとジャンプしてアイギスに体当たり。驚いて動きを止めたアイギスに向かって蚕は糸を吐き、からめとって決着。

勝利した蚕はゴードンのもとに戻り、世界樹の葉をねだっている。負けたアイギスは鷲に糸を解《と》いてもらい、慰められていた。うんうん、惜《お》しかったな。

まさか蚕がジャンプするとは俺も思わなかった。びっくりしても仕方がない。

おおっ、アイギスの目が死んでいない。再戦に向けて燃えている。ははは。

……………あれ？　アイギスの身体、燃えてない？　ちょ、大丈夫か？　あ……すぐに鎮火した。よかった。

考えてみればアイギスはフェニックスの雛。火を纏《まと》うぐらいはできるか。

以前、屋根の雪を融《と》かそうと頑張ったこともあったしな。だが、急に火を纏うのは駄目だぞ。横にいた鷲がびっくりしているじゃないか。俺もびっくりした。

いまのは勝手に火が出ただけ？　じゃあ、制御が今後の課題だな。頑張れ。だが、練習は野外でな。室内では駄目だぞ。


武闘会は順調にスケジュールを消化していった。

今年の戦士の部の優勝は、ガルフの息子の奥さん。出産の疲労からは完全に回復したようだ。初出場ながら、強かった。

そして、混代竜族の三人は出場を見合わせたようだ。観客席から、大きな声援を送っていた。

騎士の部の優勝はレッドアーマー。こちらも強かった。ルー、ティア、リア、アンの強豪を次々に打ち破り、優勝した。

同じく出場していたホワイトアーマーは、一回戦でクロの子供に敗れてしまった。そのクロの子供はルーに負けたので、レッドアーマーが仇《かたき》を取ったと言える。

まあ、勝負に絶対はない。相性もある。また頑張ればいいさ。

ガルフとダガは一回戦を突破したものの、共に二回戦で敗退。

ただ、勝てたことを凄《すご》く喜んでいた。

反対に、ガルフとダガに負けたクーデルとコローネはティアだけでなく、観戦していたマルビット、スアルロウ、ラズマリアから説教されていた。
二人の油断ではなく、ガルフとダガが頑張った結果だと思いたい。


そして最後は模範試合。一部からは、英雄の部と呼ばれていたりする。

これは優勝者を決めるわけではないので、まったりと観戦。注目は魔王が誰《だれ》と対戦するか。

「参加を拒否することって、できないのかな？」

魔王の無駄な抵抗だった。

今年の相手はギラル。グーロンデの応援があるから、今年のギラルは強いと思う。あ、でもハンバーグの食べすぎでギラルのお腹《なか》がぽっこりしている。

………魔王、チャンスだぞ！

魔王もそう思ったのか、果敢に攻め込んだ。うん、頑張ったと思う。その勇姿は忘れない。ユーリ、食事に集中してないでもっと応援してあげて。ビーゼルも。


グーロンデは不参加。

人の姿では満足に動けないし、竜《ドラゴン》の姿になると舞台からはみ出してしまうから。

ただ、〝大樹の村〟以外からの参加者たちに、顔見せの意味で竜の姿を披露してもらった。酔ってよく竜の姿になっているから、驚かせないためだ。たぶん、今晩も飲むだろうし。

グーロンデの八つ首の竜の姿は、すんなりと受け入れられた。そして、相変わらず子供たちからの人気が凄い。ちょっと羨《うらや》ましくなる。


盛り上がったのはマルビットとスアルロウの戦い。

空中での激しい戦いを見せてくれたが、なぜか決着は舞台の上で関節技だった。

勝ったのはマルビット。

あれ？　スアルロウってティアの前に天使族で最強じゃなかったっけ？

「天使族の長《おさ》として負けられないものを背負っているから、勝てました」

なるほど。

スアルロウ、戦いを振り返って一言。

「あいつ、関節を極《き》めながら私の太ももを抓《つね》ってたのよ！　ずるくない!?」

えーっと、両者の健闘に拍手。


夜はいつも通りの宴会。

ドワーフたちが、グーロンデに勝負を挑んでいる。戦うほうではなく、飲むほうで。

子供たちにも夜更《よふ》かしを許しているが、限度はある。ヒイチロウはそろそろ寝る時間だな、頭がゆらゆらしているぞ。

ヒイチロウより小さい子供たちは、とっくに寝室に行っている。ヒイチロウは頑張ったほうだ。

よし、俺が抱えて連れて行ってやろう。俺じゃなくてライメイレンがいい？　わかったわかった。ライメイレンに任せよう。ライメイレンがすっごく喜んでいるしな。

ん？　ラスティ、どうした？　ああ、たしかにお前もライメイレンの孫になるよな。それを俺に言われても困るが。

扱いに差があるのは、ライメイレンがお前の母親グラッファルーンに遠慮しているからだぞ。自分の娘の子なら口や手を出せるが、自分の息子の妻の子ではライメイレンでも口や手は出しにくかったらしい。ライメイレンからそう聞いている。

ちなみに、ヒイチロウと同じく自分の娘の子になるヘルゼルナークは、生活している場所のせいでなかなか会えなかったそうだ。

ライメイレンが戻ってきたら、甘えてみるか？　恥ずかしがる必要はないだろ。あと、あっちでお爺《じい》ちゃんだぞって顔でドースが期待しているぞ。ははは。娘のラナノーンはもう寝ているし、こういった夜だ。気楽にな。話をするだけでも十分だと思うぞ。

武闘会の夜は更《ふ》けていった。

2 帰った人と残った人とやってきた人

武闘会が終わった翌日。

魔王とビーゼルは早朝に帰った。なんでもグーロンデによる混乱の余波が、まだあるらしい。そのせいで、ランダンやグラッツ、ホウは武闘会に来られなかった。

俺が悪いわけではないが……まあ、無関係とも言いにくい。すまない。

できることがあったら言ってくれと魔王に伝えた。


武闘会に少し間に合わず、夜にやって来た始祖さんは滞在。なんだか酷《ひど》く疲れた顔をしていた。忙しいらしい。フーシュが来られないのも同じ理由。

こちらの忙しいにはグーロンデは関係ないとのことで、俺は一安心。

始祖さんはいま、温泉に行っている。癒《いや》されてほしい。


ドース、ドライム、ライメイレンは滞在。

最近、村にいる頻度が高い気がするが、どうなんだろう。

滞在は歓迎だが、もともと住んでいる場所は大丈夫なのかな？　ドライムは時々、グッチに連れ戻されているけど。

ギラル、グーロンデも滞在。

ギラルはもうすぐ帰るが、グーロンデはこのまま〝大樹の村〟に残るというか定住する方向で話が進んでいる。できる限りグラルのそばにいたいというグーロンデ本人の希望だからだ。これまで、グラルを遠ざけていたことを気にしているらしい。

滞在費は十分すぎるほどもらったし、当面はまだ自由に動かせない身体の回復に専念してもらうとしても、村に定住するならなにかしらの仕事を持ってほしい。

働け、というわけではなく、役割を持ってこそ村の一員になれると俺は思うからだ。まあ、得意不得意はあるだろうから、ゆっくりとできることを考えてほしい。

などと思っていたら、魔法の達人であると判明した。村で魔法と言えばルーやティアなのだが、それを遥《はる》かに超える魔法使いだそうだ。

魔法の得意属性は闇《やみ》。でも、どの属性の魔法でも使えるとのこと。そして、どの魔法でもルーやティアより上手《うま》く使うことができた。

得意技は同時に八つの魔法を使うこと。まあ、それはそうだろうけど……人の姿のときでもできるの？　それは凄い。

なので、子供たちの魔法の教師に就任した。子供たち、大喜び。グーロンデは子供たちに人気だからな。

だが、あまり喜びすぎると、これまで魔法を教えてくれていたルーやティアが拗《す》ねるぞ。ほどほどにな。

グーロンデ、最初は無理せずにのんびりと。ハクレンやルー、ティアと相談しながら進めてほしい。よろしくお願いする。

ちなみに、グーロンデは俺の屋敷の客室で寝泊りしている。グラルのために建てた家があるが、グラルが俺の屋敷で生活しているからだ。

〝南のダンジョン〟のラミア族、〝北のダンジョン〟の巨人族は、半分が帰って半分が滞在。

もともと、ラミア族と巨人族は秋の収穫の手伝いと、収穫物の加工の手伝いのために来てくれていたが、それが常駐になった。〝大樹の村〟では年に三回の収穫があるので、人手があって困ることはない。

ラミア族、巨人族は〝大樹の村〟で仕事をして、その代金として村の作物を持ち帰っている。滞在している者は、村に出稼ぎに来ている形だ。その出稼ぎメンバーは、武闘会のタイミングで交代するようになっている。なので、武闘会のあとで帰るラミア族、巨人族たちからの別れの挨拶があるのだが……ちょっと苦手だ。寂《さび》しい。

ラミア族、巨人族は集団でそれぞれのダンジョンに戻るが、護衛としてクロの子供が数頭ずつ同行する。ラミア族、巨人族だけでも戻れるが、万が一を考えてだ。

護衛が終了したあとのクロの子供たちは、各地で狩りをしながら戻ってくるらしい。無理はしないように。

マルビット、スアルロウ、ラズマリアの三人は当然のように滞在。

帰る気配を見せないどころか、倉庫からコタツを引っ張り出して冬の準備を早々に始める始末。

まてまて、コタツで完全武装はまだ早い。あと、天使族用の別荘に行かないのか？　行かないのか。そうか。屋敷の客室に泊まるのね。かまわないが、別荘を掃除してくれているスアルリウ、スアルコウに感謝しておくように。

それと、まだ先だが秋の収穫は手伝ってもらう。文句を言わない。


でもって、マルビット、スアルロウ、ラズマリアの三人に遅れてやって来たルィンシア。

マルビット、スアルロウ、ラズマリアの三人を一方的に叩《たた》きのめした。

武闘会で言っていた、天使族の長《おさ》として負けられないものとはなんだったのか。あと、スアルロウが元天使族最強だったというのは嘘《うそ》じゃないかな。最近、そう思うようになった。

武闘会の疲労？　わかった、そういうことにしておこう。


それで、ルィンシア。

マルビットはわかるが、スアルロウとラズマリアを叩きのめしたのは？　ああ、彼女たちも仕事をさぼったのね。

わかったが、ラズマリアは許してやってくれ。孫に会いたかったんだろう。気持ちはわかるだろ？

すまないな。マルビットとスアルロウは俺が庇《かば》わなかったからと騒がないように。


ルィンシァは三人から、グーロンデとの会談の結果を聞いた。

聞いたあとで、俺に確認したことから、あの三人を信用していないのだろうか？　違う？　内容が内容だから、裏付けが必要？　特に片方の受け取り方だけを聞いて、全てを理解したつもりになるのは危ないと。なるほど。たしかにな。

それじゃあ、ルィンシァとグーロンデの会談の場も用意しよう……断られた。別にかまわないけど。ルィンシァはこのまま滞在するのか？　春までいる。了解。


去年の武闘会では一般の部をトーナメント形式にしたが、今年はまた例年通りに一対一の形式に戻した。

一般の部出場者にはトーナメント形式での連戦は厳しいと判断したからだ。それと、参加希望者の数が多すぎる。

ガス抜きとは考えていないが、この日を楽しみにしている者もいるので、戦える回数を重視した。

何回も戦いたい者は、何度も参加すれば問題ないだろう。

一対一の形式に戻したことによるデメリットは、明確な優勝者が決まらないこと。なので子供たちが不満を持った。

だからだろう。いま、子供たちだけで武闘会の真似事《まねごと》をしている。消化不良だったかな。

ガルフとダガが審判をやってくれているので安心だ。あと、ウルザは子供たちの指導に回っている。さすがは前回、一般の部優勝者。

そう思いたかったけど、実は違う。

ウルザは先日の武闘会で戦士の部どころか、騎士の部に出場しようとした。しかも、俺がグーロンデからもらった剣を持って。

そんなウルザを止めるのに、死霊騎士《デスナイト》が犠牲《ぎせい》に……頑張ってくれた。死霊騎士が本気で相手をすればすぐに制圧できただろうが、ウルザが子供なので手加減したのが悪かった。ウルザは止まったが、死霊騎士は負傷。俺と山エルフたちで作った死霊騎士の盾は活躍するも壊された。

ウルザの力もあるが、あの剣の力が大きかったのかもしれない。屋敷の客間に飾っていたが、封印するべきだろうか。

なんにせよ、勝手に持ち出したウルザには罰を与えた。その罰の一つが、武器の携帯禁止。なので子供たちへの指導に回るしかなかったのだろう。反省するように。

現在、死霊騎士は〝大樹の村〟で治療中。

死霊騎士という存在なので、治癒魔法ですぐに回復とはいかないそうだ。

治療中の死霊騎士の代わりに、温泉地には獣人族の女の子が数人、行ってくれた。ライオン一家と仲良くしたいとのことで、よろしくお願いする。

温泉地に残っている死霊騎士二人への説明は俺がやった。本当に申し訳ない。

そのとき、気づいたのだが……見知らぬ人というか……見知らぬガイコツがいた。

死霊騎士、増えた？　違う？　死霊魔導師《デスウィザード》？

ポーズを決められても、持っているのが掃除用のブラシだとちょっと……あとガイコツ姿だし。

最近、ここに来たばかり？　挨拶が遅れて申し訳ない？

〝大樹の村〟に行った死霊騎士が紹介する予定だったと言われると、何も言えなくなる。

死霊魔導師も、温泉地で働くことになった。

ちなみに、死霊魔導師は女性だ。なので服は着てもらえるかな。

いやいや、俺はガイコツ姿に欲情したりはしないぞ。ただ、女性でしょ？　せめて腰と胸は隠そう。用意するから。

魔導師っぽいのがいいのね。わかった、ザブトンに頼んでみよう。

3 〝大樹の村〟の様子

死霊騎士のために、新しい盾を作る。

死霊騎士は、盾の可変ギミックはとても有効だったと言ってくれた。特に初見の相手には、かなり効果があると。

ただ、対人専用のギミックなので魔物や魔獣退治ではほとんど使わない。いまのところ、出番は武闘会のみ。そして、武闘会に出てくる者たちは、この可変する盾の存在を知っているので効果半減。うーむ。

まあ、盾の大きさを理解して行動してくる者の不意をつくギミックだからな。次は可変ギミックはやめておくか？　かっこいいから継続採用で？　子供たちの人気もある？　そうかそうか。では、可変ギミックは継続採用の方向で。

しかし、まったく同じでは芸がない。

前回は盾の裏に隠されていた刃《ブレード》が盾の周囲に飛び出し、相手の剣を受ける、刃で相手を攻撃するギミックだったが……どうしよう。

グーロンデの鱗《うろこ》を削って作った小さい刃をたくさん作り、それを繋《つな》いでチェーンのように。この刃のついたチェーンを盾の周囲で稼働させる……には動力がないか。

山エルフ、その手に持っているのは？　ルーが作った魔力で動く装置？　ほほう。このサイズなら、こう組み込んで……スイッチ一つで、盾の周囲に刃が飛び出して回転！

…………。

すっごく危ない。中止。


結局、前回と同じ盾を作った。残念。


代わりに、死霊騎士の鎧《よろい》を新しくしようと思う。

これまでは温泉地でも錆《さ》びないように木製だった。だが、グーロンデの鱗を削って作った粉を混ぜた鉄なら錆びない。

ガットにお願いしたら、数ヵ月の仕事だと言われた。まあ、そうだろうな。木製でも大変だったのを鉄で作るわけだから。

暇なときでかまわないと言ったら、〝ハウリン村〟から人手を借りていいかと聞かれた。

時間短縮が名目だが、目的は〝ハウリン村〟の者たちにも〝大樹の村〟の鍛冶《かじ》場を見せびらかしたいそうだ。問題ないと返事。万能船のスケジュールを確認しておこう。

秋の収穫まで、まだ時間がある。

本来なら、冬の準備を少しずつ始めるのだが…………俺が頑張らなくても大丈夫な状態。つまり、暇だ。

…………。

天使族のマルビット、スアルロウ、ラズマリアの三人が引っ張り出したコタツに入ってまったりしている妖精女王に、フルーツを与えてみる。

まず、ライチ。

妖精女王はもぐもぐとライチを食べた。手が汚れるのがライチの弱点だな。はい、濡《ぬ》れたタオル。

でもって、次は少し凍らせたライチ。驚いている驚いている。

同じ果実だぞ。だが、食感の違いがここまで味を変えるのだ！　おっと、三つぐらいにしておきなさい。飽きるから。

わかったわかった。じゃあ、別のフルーツ。メロンとマンゴーでどうだ？　モモがいい？　モモは皮を剥《む》くのが大変なのだが……まあ、いいか。そろそろ子供たちも勉強が終わってやって来る時間だしな。

…………。

剥くモモの数が多かったので、鬼人族メイドたちに手伝ってもらった。ありがとう。

外に出て空を見ると、フェニックスの雛のアイギスと鷲が飛んでいた。

並んで飛びたいのだろうが、飛ぶ速さが違うので鷲は忙《せわ》しなく何度も同じ場所をぐるぐると飛んでいる。微笑《ほほえ》ましい。

微笑ましいが、アイギスは自分の遅さを再認識させられているようで、しばらくすると飛ぶのを止《や》めて拗ねた。ははは。頑張らないと、いつまでたっても世界樹の蚕に勝てないぞ。


ため池では、ポンドタートルがゆっくりと泳いでいる。

水面に飛び出しているポンドタートルの甲羅の数を数えると、ちょうど二十四。増えたな。

いやいや、邪魔じゃないぞ。ため池が狭《せま》く感じたら言ってくれ。ため池を拡張するか、新しい池を作るから。

ところで、全員で揃《そろ》って水を噴き出したのはなんだ？　綺麗《きれい》だったが。

芸？　練習中？　なるほど。

冬になる前に、村の住人たちに見てもらう機会を作ろう。


居住エリアから女性の悲鳴が聞こえた。

悲鳴の主はマルビットだ。続いてスアルロウとラズマリアの悲鳴が響《ひび》く。となれば、そのあとに続くのはルィンシァの怒声だろう。あ、やっぱり聞こえた。

マルビットたちは、別荘として作られた家で仕事に励んでいる。邪魔はできないので、スルー。

…………。

マルビット、服を掴《つか》まないでほしい。ルィンシァにマルビットを引き渡す。頑張れ。

そして、仕事が終わるまでは屋敷のほうには来ないように。食事は届けさせるから。


クロの子供たちと共に畑を見回り、北の花畑に到着。

妖精たちが賑《にぎ》やかに飛んでいる。

…………。

数、増えたな。

おっと、わかっている。ちゃんと持ってきた。

俺は短くカットしたサトウキビを台の上に並べる。そのサトウキビに、妖精たちが群がった。

時々、こうやって持ってきてやるから蜂《はち》の巣にちょっかい出すのは止めてくれよ。

ちょっと前、蜂から相談されたときは驚いた。


果樹エリアに行き、蜂たちの様子を確認する。

うん、問題はなさそうだ。ただ、数体の女王蜂が丸々と太っているのが気になる。太りすぎではないだろうか？　まあ、安心できる環境ということかな。

冬が来る前に、蜂小屋のチェックをしてやろう。万が一、傷んでいたら雪の重みで潰《つぶ》れる可能性があるからな。

牧場エリアで馬に乗る。

昔と違って、素直に乗せてくれるようになった。ただ、俺はまだ上手く乗れているとは言えないが……上手くないだけで、下手ではないと思う。

馬に乗って、牧場エリアを見回る。クロの子供たちもついてきた。

うん、山羊《やぎ》、羊、牛の数も増えたな。特に山羊。俺を見つけて、集団で突撃してきた。だが、馬は素早くかわしてダッシュ。あっという間に山羊を引き離す。ついてこられたのはクロの子供たちだけだ。

引き離された山羊たちは俺に興味ないですよーといった態度を取っているが、俺を乗せた馬が近づくとまた突撃してきた。

馬はかわすが、本当に危ないときはクロの子供がガードしてくれる。山羊たちもそれがわかっていて、じゃれているだけだ。だから、山羊たちは俺に恨みがあるわけではない。たぶん。大丈夫だよな？

馬の数もなんだかんだと増えた。みんな元気だ。

子馬たちは……俺には懐《なつ》いていないな。代わりに、ユニコーンの雌《めす》が俺に懐いている。まあ、懐いていても背に乗せてはくれないけどな。

ユニコーンだから、仕方がないのかな？　ははは、わかったわかった。今日の夜の食事にはニンジンを増やそう。

馬がニンジンを好きなのは迷信と聞いたことがあるが、この村にいる馬やユニコーンは喜んで食べる。もちろん、リンゴやハクサイなども喜んで食べるが。

ああ、子馬たちが俺に懐いていないのは、生まれて数ヵ月のころに畑に侵入したのを叱《しか》ったからかな。

子馬たちは、クロの子供たちが止めるのを聞かずにハクサイ畑を荒らした。叱るのは当然だ。

ただ、ザブトンの子供たちの糸で縛られていたのを俺が助けたのは、忘れているのかな。うーん。

どこかで仲直りしたいものだ。


夜。

夕食には海の魚が並ぶ。ゴロウン商会から仕入れた魚だ。

メインは当然、秋刀魚《さんま》と鮭《しゃけ》だ。秋といえば、これだよな。

季節的にはちょっと早いらしいが、気にならない。

秋刀魚は大きいので半分に切って、焼く。鮭は解《ほぐ》して、ご飯と一緒に炊《た》いた。うん、美味《おい》しい。

秋の味覚だな。

そうそう、果樹エリアを歩いたときに栗《くり》がそろそろ収穫できそうだった。キノコも収穫しないと。

今日はのんびりしたけど、考えればやれることはいろいろとあるな。

よし、明日は頑張ろう。

今日は風呂までの時間、子供たちと遊ぶ。

武器の携帯禁止を言い渡してから、ウルザはお淑《しと》やかにしている。反省しているのだろう。

俺だけでなく、ハクレンやザブトンからも叱られたからな。ただ、お淑やかなのは女の子らしいが、ウルザらしくない。

甘いと言われるかもしれないが、秋の収穫が終わったぐらいで武器の携帯を許そう。でも、当面は駄目だぞ。少なくとも、死霊騎士が完全回復するまでは駄目。しばらくはお淑やかな態度を続けるように。

ウルザが剣を持ち出してまで騎士の部に出たがったのは、早く大人として認められたいかららしいが……時間が経《た》てば嫌でも大人になるんだ。慌てて大人になる必要はないぞ。

4 魚の頭と落下した島

俺は秋刀魚の頭を台車に積んで、犬エリアに持っていく。クロの子供たちが欲しがるからだ。身の部分も当然欲しがるが、秋刀魚の数が限られているのを知っているので無理は言ってこない。言ってきたのは、食事のあとに残った秋刀魚の頭部分が欲しいとのこと。秋刀魚は八十センチぐらいあるので、頭もそれなりに大きいのだが……本当に秋刀魚の頭を食べるのかと思いながら与えたが、苦もなく食べた。そして、目をキラキラさせながらおかわりを要求してくる。以後、秋刀魚の頭はクロの子供たちに与えることになった。

しかし……秋刀魚の頭だけが大量にある状況は、それなりにグロテスク。まあ、クロの子供たちは気にせず、尻尾《しっぽ》を振って秋刀魚の頭にかぶりついているけど……こらこら、秋刀魚の頭で遊ばない。転がさない。食べ物には敬意を払うように。おっと、サイズで揉《も》めない。喧嘩《けんか》は駄目だぞ。そこ、穴を掘って秋刀魚の頭を埋めようとしない。腐るぞ。

俺が秋刀魚の頭を与え終えたあとにやって来たのは、鬼人族メイドが数人。
俺と同じように台車を押しているが、積んでいるのは秋刀魚の頭ではない。鮭の頭だ。
鮭も一メートル五十センチぐらいのビッグサイズなので、頭も大きい。マグロの頭みたいだ。

鬼人族メイドたちは、その鮭の頭をクロの子供たちに与えていく。秋刀魚の頭よりも、食いつきが悪いのは俺に遠慮しているからかな？　ははは、気にするな。そうだ、遠慮なく……秋刀魚の頭のときも思ったが、噛《か》む力が凄いな。鮭の頭の骨を気にせず、シャクシャク食べてる。

鮭の頭の骨って柔らかくは……ないよな。かなり硬い。おっと、悪かった。鮭の頭を横取りするつもりはないから、寂しそうな目で見ないでくれ。

クロの子供たちが鮭の頭を食べ終わったら、クロの子供たちを牧場エリアの水場に誘導。

注意して食べてても、魚臭くなっているからな。洗ってやろう。ははは。

山羊に突撃され、俺は水場に突き落とされた。

油断していた。クロの子供たちが、本気で山羊を追いかけている。俺は怒っていないから、ほどほどにな。

クロの子供たちを洗い終わったあと、俺は風呂に入る。濡れてしまったからな。

『健康な肉体』で風邪《かぜ》はひかないだろうけど、だからと言って無茶をしていいわけじゃない。

温泉地に行くことも考えたが、獣人族の女の子たちがお湯を用意してくれたので風呂になった。

ありがとう。

だが、一緒に入ろうとしないように。まだ日は高いぞ。

湯船に浸《つ》かりながら、温泉地に新しく増えた死霊魔導師のことを考える。

なんでも彼女は、数ヵ月前まで人間の国のとある場所で生活していたらしい。

とある場所というのがちょっと変わっていて、なんと空に浮かぶ島。太陽城のように移動することはなく、同じ場所に浮いているだけの島だそうだ。

その島で誰にも邪魔されずに魔法の研究を続けていた死霊魔導師だったのだが、なにが原因なのかその島が落下。しかも、落下した先には大きな川があり、その川を堰《せ》き止めてしまった。

その地域では大事な川だったらしく、急に川の水位が下がって川の下流の街や村は大混乱。原因を究明しようと大勢の冒険者が落下した島に送り込まれた。

そして、落下した島で生活していた死霊魔導師が、島の落下の原因と断定されてしまった。このままでは滅ぼされると慌てた死霊魔導師は転移の魔法を使って逃亡。

ただ、未熟な転移の魔法だったらしく、行き先はまるっきりの運任せ。死霊魔導師が転移した先は、温泉地の北にある山だった。山の中腹に、身体を半分ほど地面に埋めてしまったそうだ。さらに最悪なのは、埋まっている部分に頭部があったこと。

魔法を使うことができず、このまま朽ちていくのかと絶望に暮れているところ、ライオン一家の一頭に発見され、死霊騎士たちによって救助されたそうだ。

その後、救助のお礼というわけではないが、温泉地で働くことを決意。頑張っていたそうだ。

いろいろ、大変だったんだなと慰めておいた。もちろん、そのまま働くことを改めて許可。

あと、余裕ができたら彼女のために魔法を研究する施設を作ってあげないとなと思ったりした。

死霊魔導師が転移したあとの話があり、実はそれを俺は知っていた。

死霊魔導師を取り逃がした冒険者たちが、落下した島を調査する際に大きな魔法を使い、島を破壊。それによって、堰き止められていた川の水が解放された。当然、川の下流にあった街や村が大きな水害に遭《あ》う。

冒険者は馬鹿なのだろうか？　それとも魔法で島が壊れるとは考えなかったのか。

一応、直前に川の水が堰き止められたことで、そのあとに続く水害を畏《おそ》れた人々は事前に逃げていたので人的被害はほとんどなかったのだが、建物の被害が凄《すさ》まじいことに。

この救助、救援にあたったのがコーリン教。始祖さんが死ぬほど忙しかった原因はこれ。

始祖さんは温泉地で死霊魔導師を見かけたが、見なかったことにしたかったらしい。いろいろあるのだろう。でも、島が落下した原因を追究するためには必要だったので、しぶしぶ声をかけた。

浮遊島はほかにもいくつかあるらしく、それらが落下するかもしれないとなると放置はできないそうだ。

「冒険者が落下した島を破壊しなければ、もう少し詳しく調べられたのですが……」

島を破壊した冒険者たちは捕まり、投獄されている。

調べようとした行為の結果だからと許すには、被害が大きすぎるらしい。

「悪意がないのは判明しているので、半年ほどで釈放されます」

始祖さんの説明。

釈放時には、コーリン教と冒険者ギルドが共同で身元を請け負うことになると教えてくれた。どこも大変だ。

俺は風呂から出ると、屋敷に戻って始祖さんのもとに。

水害のあった地域への寄付を渡す。

え？　鱗のままじゃ駄目？　じゃあ、現金で。

5 集団飛行とキノコ狩り

空を見上げると、ティア、グランマリア、クーデル、コローネ、キアービット、スアルリウ、スアルコウ、マルビット、ルィンシア、スアルロウ、ラズマリアが飛んでいた。

速度を合わせた綺麗な横一列だ。

そして村の上空を一周すると、マルビットを中心にフォーメーションを組み変えて集団飛行を始める。カチッカチッと音が聞こえそうなフォーメーションチェンジは見事の一言。

一団を指揮しているのはマルビット。フォーメーションの中心で、合図を送っている。普段の様子とは違い、立派な指揮官だ。

彼女たちが集団飛行を始めた理由は単純だ。

まだ秋なのに子猫たちとコタツの奪い合いをしているマルビットを見たティゼルが、ティアに聞いたのだ。

「お母さま。天使族は、みんなあんな感じなのですか？」

一応、マルビットの名誉のために言っておくが、マルビットはルィンシァから割り振られた仕事を終えていた。久しぶりのまったりタイムだったのだ。だが、去年の冬の怠惰なマルビットを見ているティゼルからすれば、言いわけに聞こえるだろう。

これはいけないと、ティアがルィンシァに相談した結果がこの集団飛行。


集団飛行は、ティゼルだけでなく子供たちの心に響いたようだ。大きな歓声を上げている。

オーロラは……まだわからないか。でも、喜んでいるからよし。

ん？　クーデルがこっちに合図を……俺は駄目と腕をクロスさせて意思表示。

だが、クーデルは粘る。一回だけ、一回だけでいいからと合図を送ってくる。

駄目。絶対に駄目。

クーデルの要望は、クロの角を装備した槍《やり》の使用。あれは子供たちの睡眠時間外でないと許されない。しかも、今の時間はルプミリナとローゼマリアが寝ている。あれを響かせたら、アンたちが激怒する。

俺は改めて駄目と意思表示。

近くにいたクロの子供たちにも協力してもらい、地面に人文字ならぬ狼《おおかみ》文字で×印を描く。見えなかったとは言わせないぞ。

ん？　クーデルはフォーメーションから離れ、屋敷に…………そして、しょんぼりしながら屋敷から出て空に戻った。

アンを説得できなかったようだ。また今度、機会を作るから。今日は子供たちを喜ばせてやってくれ。


集団飛行によって、ティゼルだけでなく子供たちの中で天使族の地位は保たれたかどうかはわからない。だが、多少はマルビットを見る目が変わったのはたしかだ。

だからマルビット。今はコタツに入るのを控えよう。今だけ。うん、今だけだから。いや、明日ならって問題ではなく……わかった。天使族の別荘にコタツを設置するから。あっちだと仕事がついてくる？　大丈夫だ。屋敷のコタツに入っていても、同じだから。

あと、ライメイレン。ヒイチロウに言われたからって、竜を集めないでくれるかな。

竜の集団飛行を見たいかと聞かれたら見たいと答えるけど……以前の太陽城みたいに何かがやって来たらどうするんだ？　それを避けるために自粛していたんだろ？　何かが来るなら、とっくに来ている？　いや、そうかもしれないけど。とりあえず、今日はやめて。

天使族の集団飛行を見て、俺も少し考えた。

俺は子供たちからどう思われているのかと。

威厳《いげん》がある父親ではないと思う。物分かりは悪くないと思うが……どうだろう。あまり甘えられた覚えがない。うーん。

考えていても仕方がない。天使族の集団飛行と同じ、父親としていいところを見せればいいのだ。

しかし、畑は耕してしまった。森で狩りをするのも悪くないが、子供たちを同行させるわけにはいかない。

子供たちに見せる……いや、一緒にやれたらいいのだから……よし、キノコ狩りだ。

思い立ったら即行動……もうすぐ夜だから、今日は無理だな。じゃあ明日だ。

子供たちと一緒に、キノコ狩りに行く。俺はそう宣言した。

翌日の朝。

子供たちが集合している。アルフレート、ティゼル、ウルザ、ナート、リリウス、リグル、ラテ、トライン、ヒイチロウ、グラル、リザードマンの子供が二十人ほど。

リザードマンの子供以外は、森に入っても大丈夫なように長ズボンと長袖《ながそで》だ。そして、使う機会はないだろうけど、安全のために短剣などの武器を持っている。

武器の携帯禁止が言い渡されているウルザにも許可。さすがに森に武器なしで入れとは言わない。

グラル、ヒイチロウは……素手でも問題ないか。


子供たちのほかにいるのが、ハクレン、ラスティ、ライメイレン、ドース、ドライム、あと、籠《かご》を背負った大人のリザードマンたちが十人。

子供たちと一緒に行動してもらう予定だ。

そして、ここにいる一団のほかにハイエルフのリアを中心とした一団が、先行して俺が作ったキノコの収穫場所に向かっている。魔物、魔獣がいたら危ないからな。クロの子供たちやザブトンの子供たちもリアと一緒に先行してくれたので、安心だ。

過保護？　いやいや、油断はしない。


出発。

ハクレンやドライムから、竜姿で送ろうかと言われたが、子供たちが歩くと言ったので歩くことにした。俺も子供たちと一緒にいる時間は、少しでも長くしたい。

一時間ほど森の中を歩き、キノコの収穫場所に到着した。

道中、いろいろと話ができた気がする。満足。

………。

目的を思い出す。

キノコ狩りだ。

昔、この辺り一帯で、俺は〝食用キノコ〟と念じながら『万能農具』を振るった。なので、地面をよく見ればシイタケ、マイタケ、マツタケ、ヒラタケがそこかしこに育っている。

まず、子供たちにはそれらを収穫してもらう。夢中になって森の奥に行きすぎないように。

周囲にいるリアたちに合図を送り、見張りを改めて頼む。


ある程度の収穫が終わったら、場所を移動。

次の場所もキノコだけど、種類がトリュフ。

トリュフは地中にできるので見ただけでは、場所がわからない。なのでクロの子供たちに出てきてもらう。

子供たちには何人かでグループを作ってもらい、そこにクロの子供が一頭入ってトリュフ掘り。

こらこら、素手で掘ろうとしない。ちゃんと道具を用意しているから、それで。

ライメイレン、ドース。ヒイチロウばっかり見てないで、ほかの子供たちも見てやってくれ。

ドライム、見本は一回でいいぞ。やりすぎると子供たちが掘る分がなくなる。

本当なら、子供たちが一日かけても採り切れない量があるのだが……どうも魔物か魔獣に先を越されたらしい。半分ほど、荒らされていた。見張り、置いてないからな。仕方がない。

少ししたら、別の場所に移動しよう。そっちは荒らされてないといいな。

ん？　見張りをしているリアから合図があった。

魔獣が出たらしい。

クロの子供たち、ザブトンの子供たちが向かっているが……魔獣の数が多い⁉

まずい。

俺は子供たちに集合と声をかける。ハクレン、竜の姿で子供たちを空に避難させてくれ。

そう指示したところで、巨大な猪《いのしし》が一頭、姿を現した。こちらに突撃してくる。

その猪にザブトンの子供たちが何匹か乗っていたが、俺の姿を見て飛び離れた。俺の邪魔にならないようにだろう。助かる。

俺は『万能農具』のクワで、巨大な猪を仕留めた。

そして、ザブトンの子供たちの案内で、次の巨大な猪のもとに向かった。


巨大な猪は全部で八頭いた。なかなかの群れだ。

俺たちよりも先にトリュフを掘っていたのは、この巨大な猪たちのようだ。俺たちが来たことで、縄張りを荒らされたと思ったのかな？

ちょっと申し訳ない気がするが、トリュフは俺が育てたものだからな。

冬前に大量の肉を手に入れられたと喜ぼう。

ただ、キノコ狩りはここで中止。狩った巨大な猪を村に持ち帰らないといけない。残念だ。

トリュフを見つけて、子供たちにいいところを見せたかったのに。

え？　巨大な猪を狩ったところがすごかった？　そ、そうか？　照れるなぁ。……うん、満足。

巨大な猪の輸送のため、ドライムに何往復かしてもらった。ありがとう。

子供たちも、ライメイレンに乗って村に帰った。帰りは疲れているからな。

俺も村に戻ると、フーシュがいた。すごく疲れた顔をしていた。始祖さんと同じく、落下した島関連で忙しいらしい。

え？　島を壊した冒険者、脱獄したの？　怖いなぁ。あ、もう捕まえたんだ。よかった。

まあ、フーシュものんびりしてよ。今晩はキノコ鍋《なべ》だから。そう、子供たちが頑張ったんだ。

6 怨念炉《おんねんろ》

久しぶりにスイレン、マーク、ヘルゼの一家がやって来た。ほんとうに久しぶりだ。

三人の人の姿は……あまり変わらない。人の姿は自由自在らしいから、気にしなくていいのか。

スイレンたちがやって来た理由は、ライメイレンに呼ばれたから。本気で竜による集団飛行を計画しているようだ。ヒイチロウがこれでもかと期待していたからな。

ライメイレンは帰ろうとしていたギラルまで引き止める力の入れようだ。なので、邪魔はしない。


とりあえず、スイレン一家にギラルとグーロンデを紹介する。

………。

うん、俺を盾にしないで。ギラルとは前に村で会ったよな。違う場所でも何度か会っている？

よかった。え？　ギラルはマークの憧《あこが》れの竜？　そうなんだ。

妻と娘に甘い普通の竜だが……とりあえず、マーク。「憧れの竜」の部分で、向こうにいるドースの耳がピクッとしたから、あとでフォローしておくように。


でもって、俺を盾にしているのはグーロンデが対象かな？　グーロンデは……あー、マークは昔、一回やられたと。じゃあ、今日は仲良くなるチャンスだな。頑張れ。

スイレンとヘルゼもグーロンデに怯《おび》えているのか？　噂《うわさ》しか聞いてないんだろ？　大丈夫だ。彼女も、旦那《だんな》が大好きな竜の女性だから……グーロンデ、照れるのはかまわないがギラルを殴るのは止めてやって。ギラルは喜んでいるけど、スイレンとヘルゼが怯えるから。


このあと、スイレン一家を軽いお茶に誘って近況報告。

お茶のつもりだったのに、鮭ご飯を希望されてしまった。ドースやライメイレンが自慢していたらしい。別にかまわないけど。

余談だが、世間一般では鮭の卵であるイクラを食べる者は少ない。

昔やった〝シャシャートの街〟での食事会……ではなく、海の種族との揉めごとの解決のための試練に、イクラを食べるというのがあったぐらいだ。

なので、この村でもイクラを食べる者は少ない。最初から喜んで食べたのは俺と鬼人族メイド、山エルフぐらいだ。俺と鬼人族メイドはイクラに忌避感《きひかん》はなく、山エルフたちはイクラというか海産物を知らなかった。

まあ、苦手なものを無理に食べろとは俺も言わない。食べたい者だけが食べればいいと思う。だから、スイレン一家がイクラ丼《どん》を要求しても、素直に出した。

最近、ドースやライメイレンもイクラを食べるようになったからなぁ。

スイレン一家との近況報告のときに、死霊魔導師が生活していた空に浮かぶ島に関しての話題になった。

正確には、空に浮かぶ島が一つ減ったという話。

あの辺りには大小二十の空に浮かぶ島があったが、それが一つ減って十九になった。スイレンたちは、どこに行ったのかなと話し合っていたそうだ。ただ、その話題の中に聞き逃《のが》せないセリフが二つ。

一つはマークのセリフ。

「あそこは昔から十九で、いつの間にか二十になっていたって爺さんが言っていたな」

もう一つは、スイレンのセリフ。

「最近、あの辺りを飛んでいるときに攻撃されたわ。反撃はしてないわよ。急いでいたから」

俺は見逃したけど、イクラ丼に釣られてやって来た始祖さんが聞き逃さなかった。


そして詳しい話を聞くと導き出される結論。

死霊魔導師が生活していた空に浮かぶ島は、普通の空に浮かぶ島じゃなかった。

…………。

俺はスイレン一家から話を聞く始祖さんから離れ、ルーに質問する。

普通の空に浮かぶ島ってなんだ？


世の中には、空に浮かぶ物質というのがあるらしい。

その塊が、空に浮かぶ島。一定の高度で安定し、ほとんど動かない。台風などで移動させられたとしても、時間が経《た》てば元の場所に戻るらしい。それが一般的な空に浮かぶ島。

その数が増えるのは、大きな地震や火山の噴火などで新たな島が地中から出たとき。その数が減るのは、竜などによって破壊されたとき。普通は落下で減ることはない。

「つまり、落下した島は、太陽城のように人工的な何かで浮かんでいた島ということになる」

始祖さんが断言する横で、俺は頷《うなず》いておいた。

そうか、そうなるのか。

ということで、始祖さんは死霊魔導師にさらなる話を聞きに行くことに。

え？　俺も同行するの？　まあ、いいけど。


スイレン一家はハクレンに任せて、俺と始祖さんは温泉地に。

まず、死霊魔導師はいつから空に浮かぶ島で生活をしていたのか？

詳しく覚えていないらしい。ただ、記憶にある出来事を始祖さんが分析し、だいたい千年ぐらい前と推測。

あそこで何を研究していたのか？

怨念炉だそうだ。

俺は聞き覚えがないが、怨念炉の名前を聞いた始祖さんはすっごい嫌そうな顔をしていた。なんでも、人の怨念を力に変える装置だそうだ。そして、とても危険な装置。

ルー、興味深そうに聞き耳を立てない。いつの間に来たんだ？　最初から一緒にいた？　え？

そうなの？

仕切り直して。

俺としては、その怨念炉とやらが暴走して、島が落下したのかなと思ったけど違った。

なんでも死霊魔導師は、すっごい恨みを持って、その復讐《ふくしゅう》のために怨念炉の研究に埋没していたそうだ。しかし、今から六年~七年ぐらい前にその恨みがすーっと消えてしまったらしい。

それからはのんびりとした研究をしていたそうだ。例えば、花の色をもっと鮮やかにする研究とか。ルー、興味なさそうな顔をしない。

なので、島の落下には怨念炉は関係ないというのが死霊魔導師の主張。始祖さんもその主張に納得した。

「なるほど、封印されているのでしたら怨念炉の暴走はありえませんね。では、いったい何が落下の原因なのか……」

んー?

始祖さんの呟《つぶや》きに、死霊魔導師がすっごく動揺したぞ。何かを思い出したみたいに。

まさか、ひょっとして……。

怨念炉、封印せずに放置したままだったそうです。

始祖さんとフーシュは、怨念炉がある前提で落下現場を再調査するらしく、帰っていった。大変だな。

死霊魔導師の主張では、島の動力に怨念炉を使っていたわけではないので、島が落下した原因とは考え難いそうだが……まあ、それも調査結果待ちだな。

死霊魔導師も始祖さんに同行しようかと言ったが、島が落下した付近では死霊魔導師が指名手配中なのでフーシュに止められた。混乱は避けたいらしい。

とりあえず、死霊魔導師は温泉地にて通常活動。

それはかまわないが、何か忘れているような……とジェスチャーしているのが少し気になる。まあ、思い出したら、教えてもらおう。

村に戻って、まったりモードの俺。

今日の夕食は、ウルザが作った野菜のスープがメイン。うん、美味《おい》しいぞ。

ウルザが野菜のスープを作ったのは、武器の携帯禁止を解くため。俺としては秋の収穫後ぐらいに解除するつもりだったが、明言していないので現行は無期限禁止と同じ扱い。

それはかわいそうだと、ハクレンに訴えられて禁止を解くための条件を出した。

条件は一つ。なにか料理を覚えること。料理を一つでも覚えれば、将来の助けになるだろうと考えて。

ただ、料理の審査はする。俺、ハクレン、アンの三人が満足すればＯＫ。

俺とハクレンは、ウルザが作ったものなら多少の焦げがあっても合格にするが、アンは厳しい。

実質、アンが納得する料理を作れたらという条件になってしまった気がする。

お陰で、ウルザはずっと料理の勉強をしている。ちょっと嬉《うれ》しい。目的は女の子っぽくないけど。


ところで、使っていない土鍋に入って仰向《あおむ》けになっている猫のライギエルはどうしたんだ？

なにやら反省しているらしいが、なにをやったんだ？　かわいいぞ。

しかし、アンが睨《にら》んでいる。あ、水を用意し始めた！　逃げろ！　煮《に》られるぞ！


夜。

風呂前の時間に俺は鍛冶場《かじば》に向かう。

ガットと一緒に一本の剣を作っているからだ。といっても、俺が担当しているのは柄《つか》の部分。

木を削って作った。すでに完成している。ガットに渡して、あとはお任せだ。

ウルザの剣。

ウルザの手の大きさを、こっそり調べるのが大変だった。いや、調べるのはそれほど大変ではなかったか。捏《こ》ねているパン生地についた手形から、割り出した。

大変だったのは、パン生地を調べる様子をアンや鬼人族メイドに見つかり、変な目で見られたことだ。変なことをしているわけではない。そして、新しい料理を考えているわけでもない。


ガットの鍛冶場には、ガットと弟子二人以外に、二十人ほどの獣人族が作業に従事している。〝ハウリン村〟からやって来た者たちだ。全員、鍛冶師。

〝大樹の村〟の鍛冶場を嬉々《きき》として使っている。人数が多いので、交代で二十四時間稼働。なので、完成まで数ヵ月必要と思われた死霊騎士用の鎧《よろい》は、すでに完成していたりする。

現在、一部の注文品以外は自由な創作活動。

さまざまな形の剣や、斧《おの》、鎚《メイス》などが次々に作られている。この創作活動の燃料代、材料費は〝大樹の村〟持ち。あと、食費と滞在費も。代わりに創作活動の完成品を村に納めるそうだ。

村はかまわないけど、やって来た獣人族の手元に何も残らないけど、それで問題ないのかな？

まったく問題なかった。好きな物を自由に作れるだけで満足なのだそうだ。

実際、鍛冶師が自由な創作をする余裕などなく、常に注文された物を作らないと生活できない。生活のために、同じ物を延々と作ることもよくあることだそうだ。

例えば、スプリング。

ここ数年、ずっとスプリングを作っていたと……すまん。その注文したの、〝大樹の村〟だ。あ、いや、注文を止めたりしないから。安心してくれ。

スプリングを使ったサスペンションを搭載した山エルフの改造馬車は、月に何台も売れている状態だ。まだまだ注文は続く。

サスペンション以外にもスプリングの使い道はあるしな。

獣人族の鍛冶師がここで自由に鍛冶をやっているのは、勉強と気分転換のため。それはかまわないが、ガットの指示には従うように。

十日後、始祖さんとフーシュが戻ってきた。

重大な事実が判明したそうだ。

「あの島には死霊魔導師以外にもう一人、生活していた者がいたはず」

……………。

死霊魔導師に質問した。

すっごく思い出した顔をした。うん、いたんだな。

死霊魔導師と一緒に生活していた者の名はクエンタン。

彼は人間や死霊、それに類するものではない。一本の剣だ。

インテリジェンス・ソードと呼ばれる魔法の剣で、自我を持った剣だそうだ。

死霊魔導師はそのクエンタンに怨念炉の管理を任せていた。任せていたと言っても、剣が使用人のように動けるわけもなく。怨念炉に直結してコントロールしていたそうだ。

そして、放置。

………。

そうか、放置しちゃったか。いや、死霊魔導師に悪気がないのはわかるが、俺に謝られても。そのクエンタンに謝ってやってくれ。うん、ここにあるから。


俺の手にあるのは一本の剣。

インテリジェンス・ソードのクエンタン。始祖さんに同行したフーシュが持ってきた。

なんでも触れた者の意識を乗っ取るそうで、厳重に保管して持って来てくれたのだが……不注意にも俺は触ってしまった。

しかし、俺は意識を乗っ取られなかった。始祖さんやフーシュが驚いていたが、一番驚いていたのはクエンタン。

俺の意識を乗っ取ろうと、いろいろやってきた。だが駄目だったらしく、クエンタンは諦《あきら》めた。

俺としては催眠術に一人だけかからなかったみたいで、ちょっと寂しい。

そのあとのクエンタンはうるさいのなんのって。

とりあえず、一番いい場所に飾れと言うから、屋敷の壁に飾ってやろうと思ったら、クエンタンは活動停止。

どうしたんだと聞くとクエンタンは小さな声で、こう言った。

「馬鹿者、喋《しゃべ》りかけるな。俺はただの剣だ」

なにを言っているんだと思ったら、クエンタンは壁に飾ってあった剣を意識していた。

グーロンデの尻尾が変化した剣。

ああ、その場所がいいのかとグーロンデの尻尾が変化した剣を取ったら、クエンタンが折れた。物理的にも精神的にも。

「勘弁してください。剣の格が違いすぎます」

その後、許可なく人の意識を乗っ取らない約束をさせ、ガットたちに修理を依頼。先ほど、受け取ったところだ。


そのクエンタンを、死霊魔導師は手にする。

「死霊魔導師さま、お久しぶりです」

「ええ、お久しぶりです。あれ？　なんだか、以前より刃に力があるような……」

「あ、俺の変化、わかります？　竜の鱗の粉を使ってもらって、ちょっとパワーアップしているんですよ。いやー、何か試し切りしたいなー」

「じゃあ、死霊騎士さんに頼んでみます？　私よりも剣の腕が立ちますよ」

「え？　ほんとうですか？　やったー！」

死霊魔導師とクエンタンの会話なのだろうが、俺にはクエンタンが一人で喋っているように聞こえる。

死霊魔導師、魔法以外は発声できないからな。クエンタンが代わりに声を出しているのだろう。

あ、これは便利だ。喋れない死霊騎士とかの声も聞けるのかもしれない。あとでやってもらおう。

とりあえず、死霊魔導師はクエンタンに謝罪するように。クエンタンは……あ、死霊魔導師のそばにいたいのね。

閑話　クエンタン、動く！

俺の名はクエンタン！

自我のある剣、インテリジェンス・ソードのクエンタン！

俺はいま！　怨念炉の管理をしている！　あらゆる敵を討ち倒す剣として生み出された剣だけど、

自我があるからと！　死なないからと！　怨念炉の影響を受けないからと！　便利な道具扱い！　いや、俺は道具だから道具扱いに文句はない！　用途に問題がある！　俺は剣だから、何かを斬《き》ることに使ってほしい！　あ、いや、死霊魔導師さま、紐《ひも》の端《はし》を切ったりとか、そういうことではなく。敵を打ち倒すために！　ここは空中に浮かんでいる島だから、敵は来ないと？　そうかもしれませんが……あ、はい、仕事、頑張ります。

何年ぐらい続けただろうか。五百年を超えたのは覚えている。千年ぐらいかな？　怨念炉に問題はない。常に快調。膨大なエネルギーを生み出し続け、それを貯蓄タンクに流し込み続けている。

……貯蓄タンクはそろそろいっぱい。死霊魔導師さまー、そろそろ貯蓄タンクを交換しないと危ないですよー。

返事がない。どこかに出かけているのだろうか？　このままだと爆発するので、生み出されたエネルギーを貯蓄タンクには流さず捨てる。もったいないが、爆発させるよりはいい。そのうち、死霊魔導師さまも来るだろう。

死霊魔導師さまが来ない。五年ぐらい。

…………ちょ、どういうことだ？　これまで、どれだけ期間を空けても一年に一回は怨念炉の様子を見に来ていた。

死霊魔導師さまは死んでしまったのか？　いや、すでに死んでるから浄化されたとか……言葉なんぞ、どうでもいい！　死霊魔導師さまのあの根深い恨みを考えれば、自決、自浄は考えられん！

つまり、他者による浄化！　もしくは封印された！　これは一大事！　ええい、動けないこの身が恨めしい！　どうしたら、どうしたらいいのだぁぁぁ！

…………。

どうしようもない。俺にできるのは怨念炉を弄《いじ》るだけ。あとは放出している怨念炉のエネルギーを、こうやって放り投げるだけ。

あ、竜に当たりそうになった。まずい。怒ってここを攻撃されるかも！

…………。

……………。

竜、向こうに行った。よかった。危ないところだった。

ん？　これか？　竜ほどではないにしろ、なにかを怒らせて島を攻撃させる。そして、俺に触れさせることができれば、そのあとはなんとでもなる。

おおっ！　いい考えじゃないか！

では、さっそく……。

………周囲、なにも飛んでないな。

だよな。ずっと平和だったもんな。さっきの竜が変なんだよな。

しかし、さすがの俺でも竜を相手にはできない。そんなのは竜退治専門の剣に任せればいいんだ。

だから悔しくない。

とりあえずだ。いつ、なにが来てもいいように準備だけしていよう。

まずは怨念炉からエネルギーを……俺に集めてみるか。大丈夫だろう。


大丈夫じゃなかった。

爆発した。島も落下した。酷《ひど》い目に遭った。だが、俺は無事。頑丈さには自信がある。しかし、ピンチだ。

目の前に、怨念炉によって生み出されたエネルギーを溜《た》め込んだ貯蓄タンクがある。落下によってタンクにヒビが入っている。これ、割れたら爆発するよな。

さすがに、その爆発に巻き込まれたら死ぬ……死ぬでいいのかな？　死ぬでいいか。死ぬかもしれない。ピンチ。

ど、ど、ど、どうしよう。

パニックになっていると、見知らぬ男がやって来た。チャンス。俺、俺を触れ！

おっと、いきなり剣が喋ったら怪しまれるか？　いや、見逃されても困る。ここは度胸だ！

「ここに高価そうな剣が落ちてるぞー」

よし、男の気を引くことに成功！

俺に……触れた！　意識を乗っ取る！　俺を握れ、そして逃げるんだ！

ん？　なんだ、ほかにも人がいるのか？　俺には関係ないが……ええいっ。

「ここは爆発するぞ！　急いで逃げるんだぁぁぁぁぁぁっ！」


なぜか捕まった。

俺が意識を乗っ取っている男が爆発の犯人にされてしまったようだ。すまん。

俺は男の手から離されているが、まだ意識は乗っ取っている。うーん。

とりあえず、出してやろう。頑張った。すぐ捕まった。

コーリン教から派遣された部隊が強すぎる。どうしたものか。


悩んでいたら、偉そうな神官がやって来た。ちょっと見ただけで、凄い力を持っているのがわかる。竜並みか、それ以上だ。

意識を乗っ取るのは不可能だろう。これはどうしようもない。

普通の剣の振りをしながら隙《すき》を窺《うかが》う。

…………いかんな。

インテリジェンス・ソードであることがバレたか？　厳重に保管されてしまった。

いや、ただのマジック・ソードとして俺を保管しているのか？　俺、見た感じは高価な剣だからな。

…………。

森の中にある村に連れて来られた。ここはどこだ？　いや、なんだここは？　ここにいる連中は誰も彼も、俺では意識を乗っ取ることはできそうにない猛者《もさ》だ。

もっと脆弱《ぜいじゃく》なやつはいないのか？　いるだろう。いないなら絶望だ。ここは神に祈るべきなのか？

ん？　いた！　おおう、どこからどう見ても村人！　頼むぞ。俺に触れてくれ……って、なんだこの猫は？　勝手に触れるな。猫の意識を乗っ取っても意味がない。

お、俺にじゃれる猫を抱えようとして、村人が俺に触った……ふはははははははっ！

…………あれ？　あれ？　え？　乗っ取れない？

「どういうこと？」

思わず喋ってしまった。


神官が俺に質問を投げかけてくる。

悪いが、協力する気はない。俺には目的があるのだ。そう、死霊魔導師さまの仇《かたき》を討つという目的が！　それまでは、雌伏《しふく》のとき！

ええい、乗っ取れないなら乗っ取れないでかまわん。そこの村人、俺をちゃんとした場所に飾るのだ。安易な場所に置くなよ。

壁に飾る？　まあ、悪くはないな。隅《すみ》は駄目だぞ。真ん中に飾れ。

…………。

んんん？

…………。

俺は死んだ振りをする。馬鹿者、喋りかけるな。俺はただの剣だ。

壁に飾られていたのは、圧倒的に格の違う剣。近づくのもおこがましい。

あ、待て。村人、なにをする気だ？　え？　俺とあの剣を取り替えるって……ちょっと待て。待て。待って！　うおおおおおおおいっ、聞け、聞いて！　お願いだから聞いて！　うるさそうにしないでぇぇぇぇ！

俺は死霊魔導師さまの仇を討つことも忘れ、自決した。自分の力では動けないはずだが、頑張った。それぐらい耐えられなかった。

村人のやっていることは、王様に席を譲れと言うのと同じなの。わかる？　わからない？　わからないか……そっか。まあ、猫と遊んでいる男を、魔王って呼んでるぐらいだもんな。

俺は自分で刀身を砕いたが、生きてた。

でも、柄《つか》だけの役立たずに成り下がった。物陰にでも置いておいてください。ええ、ゴミ箱の中でもかまいません。へへっ、俺のような小物にはそこが似合いの席ってもんです。

卑屈《ひくつ》になるな？　そう言われても……許可なく、誰かの意識を乗っ取らないと約束するなら、修理する？

約束してもいいけど、俺を修理って簡単じゃないぞ。腕のいい鍛冶師が……めっちゃいた。

復活！　やったね！

そしてなんと、村人……村人ではなく、村長だった。

村長は死霊魔導師さまの居場所を知っているという！　おおおっ！　生きて……生きているわけじゃないけど、生きておられたのですね！　よかった。ほんとうによかった。

はい、死霊魔導師さまにお会いできるなら、なんでも話します。よろしくお願いします。

こうして、俺はまた死霊魔導師さまの手に戻ることができた。嬉しい。

死霊魔導師さま、雰囲気が変わりましたね。あ、俺も変わったんですよ。わかります？　竜の鱗の粉を使ってもらって、パワーアップしているんですよ。ははは。

何か試し切りしたいなー。あ、森の木は駄目ですよ。あと、竜の鱗で作った盾も。

俺が落ち込むことになるので。

8 小さい事件

クエンタンによる代弁と補足で、死霊魔導師の生活していた島のことが少しわかった。

あの島は人工の島。太陽城のようなものだそうだ。

製作者は不明。未起動品を死霊魔導師が発見し、起動させたとのこと。

この辺りは死霊魔導師よりも、クエンタンのほうがよく覚えていた。

あのころは世の中を壊してしまいたいほどの恨みによって、わけのわからない行動を繰り返していたという死霊魔導師の供述。

ちょっと怖い。それほどの恨みの対象はなんだったのかと思うが、今は綺麗《きれい》さっぱり忘れてどうでもよくなっているそうだ。無理に思い出させることもないか。


クエンタンを製作したのは、これまた不明。

クエンタン曰《いわ》く、少し変な魔法使いのグループが作ったそうだ。ただ、詳しくは覚えていないというか記憶が消されているらしい。製作された時代も、よく覚えていないそうだ。

死霊魔導師と出会ったのは、こちらも詳しくはわからないが、だいたい千年ぐらい前とのこと。

うーん、時間の概念が変になる。

死霊魔導師が、どうして剣と出会ったのか少し気になった。

魔導師なのだから魔法使い。剣とは無縁のように思える。

素直に聞くと、死霊魔導師は懐かしそうな顔で教えてくれた。

「私の生きてた時代では、魔法使いも剣術や格闘術を使いこなしていましたよ。魔法だけで生き残れるのは極少数で」

なるほど。

実際、死霊魔導師の剣の腕はかなり上だ。死霊騎士には敵《かな》わないが、ガルフやダガ相手には苦もなく勝利する。凄い。俺も教えてもらおうかな。

ちなみに、クエンタンが持ち手の意識を乗っ取らない場合は、ただの喋る剣でしかない。

…………。

喋る意味あるのかな？

「ある！　アドバイザーだ！」

おおっ、剣の構えで相手の流派を見抜いたりとか？

「いや、出かける間際に忘れ物がないかとか、そういう……た、戦いの最中に余計なことを言っても、気を散らすだけだろう！」

すまない。

クエンタンは一度折れてから……いや、俺の『万能農具』を見てからかな？　俺には丁寧に喋るようになった。ただ、時々喋り方が戻る。俺は気にしないから、喋りやすいほうでいいぞ。

喋りと言えば、クエンタンは死霊騎士の代弁ができるのかという疑問。

結論、できた。

これまでジェスチャーを解読していたが、すっごく便利。しかし、クエンタンに頼りすぎてもいけないので注意だ。

現在、死霊騎士のジェスチャーは、芸の域にまで達している。この芸を失うのは惜しい。個人的にそう思う。

転移門を管理するために温泉地に常駐している、マーキュリー種のアサも頷いてくれている。

ライオン一家、お前たちもそう思うよな。

クエンタンが複数あれば常時携帯させることも考えるのだが、一本しかないし。クエンタン本人は、死霊魔導師のそばを離れたくないと主張。なので、死霊騎士の代弁は時々ということになった。


〝大樹の村〟の上空を、竜が並んで飛んだ。

ドース、ギラル、ライメイレンが少し前を飛んでおり、ハクレン、スイレン、マーク、ドライム、グラッファルーン、セキレン、クォルン、ドマイム、クォン、ラスティ、ヘルゼが続く。天使族の集団飛行のように綺麗ではないが、迫力がある。

それを見て大きな口を開けているのがヒイチロウとグラルとラナノーン。その三人の様子を見て、グーロンデがニコニコしている。グーロンデは並んで飛ぶことに自信がないので、参加を辞退したそうだ。

ドースたちも天使族の集団飛行のように、フォーメーションをチェンジ。天使族ほどの機敏さや優雅《ゆうが》さはないが、妙な格式の高さがある。

〝大樹の村〟の住人も、大空を見上げている。たぶん、〝一ノ村〟や〝二ノ村〟、〝三ノ村〟の住人も見上げているだろう。事前に連絡しておいたから、混乱はない。

そう思っていたら、ドースたちは一塊になって、一斉に火球を吐き出した。

…………。

それは連絡していない！　うおおおおおおい！　なにやってるの？　サプライズ？　いや、たしかにびっくりしたけど！　火球はやりすぎだろ！

え？　あ……火球はどこにも落下せず、空中で霧散《むさん》した。

な、なるほど。演出ね。よかった。

…………。

火球、一つ消えてないけど。

森に落ちてドーンってなってるけど？　中止！　降りてくる！　犯人探しをしない！　誰か、俺を火球の落ちた場所に運んで！　火を消しに行くから！

ちょっとドタバタした。

〝大樹の村〟では、各種族の代表が集まる種族会議以外にもう一つ、大きな会議がある。俺と、俺の子供を産んだ者だけが参加できる母親会議だ。子供は参加できない。

ここで話し合われるのは、おもにローテーションと子供の教育に関して。ローテーションに関しては黙秘したい。今回、大事なのは子供たちのほう。

前々からウルザが急いで大人になろうとしていると思っていたが、その理由がわかった。

「お父さんの部屋に入りたいから」

たしかに俺の部屋は、昼も夜も子供たちは立ち入り禁止。理由は察してほしい。意地悪ではなく、子供たちの教育を考えての処置だ。

そんな俺の部屋に入りたくて、早く大人になりたいというのは……ウルザの答えを耳にした大人たちの内心はパニックだった。そして、さらに追い討ち。

「入ってどうするって？　それは秘密」

今回の会議召集となったわけである。

最初に言っておこう。ウルザは俺の娘だ。以上。

その後、俺が怪しい行動をしていないかを精査。みんな、どうして俺よりも俺の行動に詳しいのだろう？　クロの子供、ザブトンの子供にも情報収集。

結果、俺にかけられた不名誉な疑念は晴らされた。よかった。

しかし、それならどうしてウルザは？

ハクレンが、ウルザから答えを聞き出してくれた。

「お父さんの部屋、隠し通路があるって聞いたから」

だそうだ。

ウルザはまだまだ子供と一安心。


母親会議は解散。

俺の部屋がもう一つ、用意されることになった。子供たちが入れる俺の部屋が。もちろん、隠し通路付き。

ハイエルフ、山エルフたちが頑張ったから隠し部屋、隠し窓、隠し棚なども完備。

…………。

忍者《にんじゃ》屋敷かな？

子供たちが喜んでいるなら、かまわないか。

これで、ウルザが急いで大人になろうとしなくなってくれれば嬉しいのだけど……子供は、あっという間に育つって聞くしなぁ。

9 ウルザの料理

秋の収穫が始まった。

手の空いている村の住人が総出で収穫。天使族のマルビット、ルィンシア、スアルロウ、ラズマリアも参加。ドースたちも手伝ってくれる。

今回、率先して頑張っているのはグラッファルーン。ドライムのダイコン収穫に影響されたのだろうか……あ、違うな。うん、これはあれだ。少し前の竜の集団飛行での失敗。火球を霧散させなかったのって、グラッファルーンか。ライメイレンが怒っているから、言い出せないんだろうな。

なので、そのことは言わない。収穫の手伝い、その調子で頑張ってくれ。

〝南のダンジョン〟のラミア族や〝北のダンジョン〟の巨人族も手伝ってくれる。

そういえば、東のダンジョンのゴロック族はどうしているかな？

以前、俺との会談を調整したが、ゴロック族が村に向かっている最中に巨大な猪に襲われ負傷。流れてしまった。

ゴロック族が回復したら、俺のほうから会いに行く予定だが……そろそろ回復しただろうか？

今度、確認しておこう。

今は収穫に集中。

妖精女王、柿《かき》の収穫を手伝ってくれるのは嬉しいが、カゴに入れる量より食べている量のほうが多くないか？　硬い柿より、柔らかい柿が好き？　柿は硬いほうが俺は好きだな。

…………。

そうじゃなくて、食べないように。

クロの子供たちや、ザブトンの子供たちも羨《うらや》ましそうに見ているだろ？　いや、分けろってことじゃない。

収穫が終われば、油や砂糖、干《ほ》し芋や干し柿など、作物の加工を行っていく。

小麦も挽《ひ》いて小麦粉に。

収穫したキャベツとハクサイの一部は、ため池に持っていく。ポンドタートルたちの冬眠前の食事だ。冬眠前には食べないとな。

ポンドタートルたちは、目をキラキラさせながらキャベツとハクサイを食べていく。

それなりの量があったのに、すぐになくなった。おかわり、いるか？　ポンドタートルたちは遠慮しつつも、俺が追加で持ってきたキャベツとハクサイを平らげた。気持ちのいい食べっぷり。

世界樹の蚕たちも、冬の準備を始めていた。

世界樹の木の枝の下に、枝と同じ色の糸で繭《まゆ》を作っている。蚕たちは、この越冬《えっとう》用の繭の中で、冬を過ごす。また来年。

そう挨拶した俺の横で、怒っているのはフェニックスの雛のアイギス。勝負は次の春までお預けだな。

アイギスは鷲に任せ……いない？　珍しいな。

そう思っていたら、鷲は遠くの空にいた。

同じ場所をグルグルと旋回したと思ったら、急降下。おおっ、なかなか大きい牙《きば》の生えた兎《うさぎ》を仕留めたようだ。

鷲はその兎を足で摑んで、村まで運んできた。

最近の鷲の食事は、村で用意しているので狩りをする必要はないのだが、こうやって手伝ってくれている。ありがたい。

本来なら、その兎はハイエルフたちに渡すのだが、今回はアイギスの前に置いた。アイギスはその兎に登り、兎の毛を毟《むし》る。毟る、毟る、毟る。ほとんど毟れていないが、毟る！

そして、兎の上でアイギスは、満足気な顔をした。アイギスの機嫌が直ったようだ。さすがは鷲だな。

その後、兎はハイエルフたちが回収。

少し傷んだ兎の皮は……これぐらいの傷みは普通？　アイギス、頑張って毟ったんだけど……イタズラじゃないから、叱らないでやって。

ウルザの腰に、新しい剣があった。今のウルザに合わせたサイズの剣。

武器の携帯禁止の解除と同時に、プレゼントした。大事にしてほしい。

ウルザの武器の携帯禁止の解除は、アンを満足させる料理を完成させたから。

実はその料理、俺がアドバイスした。

ウルザは食材を切ることや、炒めること、混ぜることにはそれほど難はない。難があるのは、火の調整。どんな料理のときでも、火力が強すぎるのだ。なので、火力が強くても作れる料理を俺が教えた。

チャーハン。

最初に食材を切って準備し、熱したフライパンに順番に投入して炒めていくだけ。火力は高ければ高いほどいい。ただし、手早くしないと焦げる。

これがウルザに合った。

チャーハン用に作った中華鍋《ちゅうかなべ》を巧《たく》みに操り、ウルザはチャーハンを完成させた。たぶん、俺が作るより美味しい。そして、それをアンも認めた。

「ご主人さまは、娘に甘いですね」

アンは笑顔だが、俺は知っている。

これは俺を責めている言葉であるということを。

責めているのは、ウルザにアドバイスをしたことをではなく、チャーハンの存在を今まで教えなかったことかな？　そうらしい。

いやいや、昔は米の収穫量が少なかったし、炊いた米をさらに調理するのは手間だったから。はい、今から教えます。中華鍋も用意します。

数日の間、昼食と夕食がチャーハンだった。


ギラルが帰ることになった。

もっと前に帰る予定だったが、延期が続いていたからな。いろいろとすまない。それと収穫を手伝ってくれてありがとう。

竜姿のギラルの背中には、それなりの量の作物が積まれている。お土産《みやげ》だ。

ギラルはグーロンデ、グラルと別れを二時間ほど惜しんだあと、帰っていった。

続いてスイレン一家、セキレン一家、ドマイム一家も帰った。

もう少しのんびりしたそうだったが、それぞれ仕事があるらしい。無理に引き止めることもできないので、お土産を渡して見送る。

残るはドース、ライメイレン、ドライム、グラッファルーン。

グラッファルーンは、ライメイレンの機嫌がいいところを見計らって、集団飛行時のミスを謝罪したようだ。すっきりした顔で、孫であるラナノーンをあやしている。

ドライムは、ラスティに頼まれて干し柿作りの手伝い。ライメイレンは……ドースとなにやら話し合っている。

本格的にここに移住とか聞こえるが、正式に話が決まるまでは聞かなかったことに。

ライメイレンは、ヒイチロウに甘いが、厳しい面もある。ただ甘いだけじゃない。叱るべきところは、きっちりと叱っている。

そして、それはほかの子供たちに対しても。なのでヒイチロウ以外の子供たちからは、いまいち人気がない。人気がないというか、怖《おそ》れられている。だが、大人たちからは人気がある。

なにせ、ハクレン、スイレン、ドライム、セキレン、ドマイムと五人を育てた母親でもあるからな。なので、いろいろと頼られている。ライメイレンも満更でもなさそうだ。

ただ、その様子を見て始祖さんが変な顔をしていた。

「子供が反抗的になったとかならなかったとかって、神代竜族《エンシェントドラゴン》の重鎮《じゅうちん》にする相談じゃないと思うのだけど……」

気にしてはいけない。

10 挨拶

ザブトンとザブトンの子供たちが冬眠の挨拶に来た。

もうそんな時期か。寂しくなるな。また春に会おう。わかっている。春のパレードでの衣装、楽しみにしている。

そして、冬眠せずに起きていてくれるザブトンの子供たち、無理はしないように。外に出るときは保温石を持つのを忘れちゃ駄目だぞ。

レッドアーマー、ホワイトアーマーは寒さに強いのは知っているが、門番は屋敷の中でやるように。大丈夫だ。それでも門番だから。

続いて、ポンドタートルたちがやって来た。

お前たちも冬眠か。一気に冬眠しなくても……いや、止めるわけにはいかないな。すまない。また春に会おう。

村を見回ると、出歩いているスライムたちの数が少ない。暖かい場所に移動しているのだろう。いま、出歩いているスライムは寒さに強いスライム。寒さに強いといっても、雪が降るぐらいの気温になると出歩かなくなる程度だが。

おっと、寒さに震えて動きが鈍くなっているスライムを発見。回収して、屋敷の中で解放する。外に放置していても問題はないが、スライムも村の一員だからな。助けたくなる。

…………。

ほかにもいるかもしれない。見回ろう。

本格的な冬が始まった。寒い。

だが、屋敷の中は暖かい。外に出にくくなる。

客間に設置されたコタツは三つ。

一つ目のコタツはマルビット、ルィンシア、スアルロウ、ラズマリアが囲んでいる。仕事は全て終わったらしく、完全にまったりモード。

それぞれの手にはドワーフたちが作った酒。そしてコタツの上にはローストビーフ。いや、兎肉のローストだから、ローストラビットかな？　あと、双六《スゴロク》の板とコマがあるから、それで遊んでいたのだろうが……双六のマスに書かれていた内容に不満があって、途中で放り出したようだ。ゲームだから、気にしないように。

ただ、誰だ？「娘に立場を奪われる」とか「孫が悪い異性に引っかかる」とかを双六のマスに書いたのは？

二つ目のコタツはドース、ライメイレン、ドライム、グーロンデが囲んでいる。

コタツの上には麻雀《マージャン》用の板が置かれ、麻雀を楽しんでいるようだ。何かを賭《か》けているのか、全員が真剣な顔。牌《パイ》を切る顔が怖い。

グラッファルーンは、さすがにそろそろ帰らないといけないらしく、ラナノーンのところで別れを惜しんでいる。

帰るって聞いたのは二日前なんだけど、まだ帰らないのかな？

最後のコタツは、ドライムの執事であるグッチと、ブルガ、スティファノが囲んでいる。

コタツの上には羊羹《ようかん》とお茶。羊羹はまだ試作段階なので、俺としては満足度がいまいち。だが、村の住人たちからの評判は上々。甘みが強いのは妖精女王や子供たちに、甘みを抑えたのは一部の大人たちに人気だ。

そして、グッチは甘みを抑えた羊羹を好み、ブルガとスティファノを相手にその良さを語っている。そんなグッチだが、善哉《ぜんざい》のときは甘みが強いほうが好みなんだよな。本人はモチの存在が大きいと言っていたが。


俺の部屋のコタツは、クロとユキが占領している。

俺の姿を見てクロがスペースを空けてくれたので、ちょっとだけ入っていく。

…………。

反対側に仰向けで寝ている妖精女王がいた。他人の部屋で仰向けで寝るとは、なかなかの大物っぷり。

その妖精女王の左右には、子狐《こぎつね》姿のヒトエと子猫のサマエルが妖精女王に寄り添って寝ている。

ヒトエは、猫たちと仲がいいんだよな。

猫たちも自分たちがヒトエの姉であるように振る舞っている。それはかまわないが、ヒトエにはもう少し子供たちと交流してほしいと思わないでもない。

しかし、ヒトエは人の姿になっても三歳ぐらいだからな。あまり無理はさせられない。年齢的には、俺よりも遥《はる》かに年上だけど。

母親のヨウコによれば、時期がくれば一気に大人になるそうだ。それがいつかは不明。ただ、子供期間が長ければ長いほど強くなるそうなので、ヨウコはまったく焦《あせ》っていない。

俺としては、子供の成長が見られないのは寂しいけどな。

そう呟いたのを聞かれたのか、ヨウコは俺の前で年齢を変化させた姿を見せてくれた。五歳ぐらいのヨウコ、十歳ぐらいのヨウコ、十五歳ぐらいのヨウコ、二十歳ぐらいのヨウコ。

「大人になれば、これぐらいは自由自在。気にするでない」

そう言って、ヨウコは笑っていた。そんなものか。


その日の夜、ヨウコが変身する様子を見ていたルーに問い詰められた。

浮気じゃないぞ。

え？　そうじゃなく？

しかし、身体の年齢を変えるのって、ハクレンとかラスティもできるし…………ああ、そうか。すまない。

ルーの変身が一番だ！


そんなことを思い出しながら、俺はコタツで少し温まる。

サマエルがここにいるってことは、魔王はまだ来ていないのか。近々、魔王の奥さんを村に連れて来るそうで、その相談と準備で頻繁に来ている。今日も来るはずだが……と、サマエルが目を覚まして部屋から出て行った。

魔王が来たようだ。俺も行かねば。

俺が立ち上がった場所に、酒スライムが潜《もぐ》り込んだ。

ここには酒はないぞ。

ん？　どうして隠している場所を知っている⁉　昨日、隠したところだぞ！


魔王と話し合い、三日後に魔王の奥さんを連れて来ることになった。

そのとき、獣人族の三人、ゴール、シール、ブロンも一緒に来るそうだ。

でもって、さらに十二人。

十二人は〝五ノ村〟で俺と会いたいそうだ。別に村に連れて来てもかまわないが？　いやいや、無理にとは言わない。了解。

それで、〝五ノ村〟で会う十二人の目的は？　結婚の挨拶？　誰が結婚するんだ？　獣人族の三人？

…………。

前に村に戻って来たとき、それっぽいことは言っていたが……そうか、小さな子供だったあの三人が。

まあ、詳しい話は三人から直接聞こう。

ところで確認なんだが……いや、シールの相手が多いのは察しているんだ。やんわりとアドバイスも求められたし。そこは追及しない。本人の口から聞く。

ただ、覚悟をしておきたい。だから確認だ。

この十二人、全員が結婚相手ってことはないよな？　相手側の親族も含めた数だよな。四天王のホウの名前もあるし。

ホウの妹か従姉妹《いとこ》が結婚相手なんだよな？

閑話　魔王の妻の来訪

私の名はアネ＝ロシュール。ガルガルド貴族学園の学園長をしております。そして、魔王の妻でもあります。

魔王の妻であることは、夫には申し訳ないと思いながらも不満です。

結婚した相手がいつの間にか魔王になっていただけで、私は魔王と結婚したつもりはなかったのですから。なのに名前まで変わっちゃって。

ですが、なってしまったものは仕方がありません。愛する夫のために、できることはします。

夫とは数え切れないほど話し合いました。

結果、夫とは別居気味な生活を送ることになってしまいましたが、受け入れています。夫は頻繁に会いに来てくれますし、会おうと思えばいつでも会えるので寂しくはありません。

寂しいといえば、一人娘のユーリ。まだまだ子供だと思っていたのに、あっという間に学園を卒業して働きに出てしまいました。

娘の成長を喜びたいですが、寂しいのは隠せません。


ある日、夫が私を旅に誘ってきました。

旅と言っても日帰り。クローム伯の転移魔法で送り迎えしてもらえるそうです。

とても魅力的な提案ですが、タイミングが悪かったです。

今は夏。

学園は建国祭への参加を本格化したので、準備でかなり忙しいのです。

ですが、無理すれば一日ぐらいは休めます。いえ、休みます。そう夫に伝えたのですが、日帰りなのだけどその後に二日ぐらいの休みがなければ厳しいとのこと。

………。

夫は、私をどこに連れて行く気なのでしょうか？　なんにせよ、三日も休むのはさすがに厳しいです。

秋は秋で学園を卒業する者を見送る仕事があり、これまた忙しいです。

基本、生徒はだいたい決まった時期に卒業するのですが、突発的に卒業しなければいけない生徒が出た場合、呼ばれます。

最悪の場合でも、生徒を三日待たせるだけなのですが……突発的に卒業しなければいけない生徒というのは、爵位《しゃくい》を継《つ》がなければいけなくなった生徒や、結婚しなければいけない生徒などです。

一日の卒業の遅れで人生が変わったりします。待たせるのはできるだけ避けたいです。

というわけで、私は学園に張りついています。夫の誘いを断るのは、ほんとうに心苦しい。

ですが、突発的な卒業を望む者が十数人も出たので、学園に残って正解でした。

そして驚きが一つ。

まさか貴女《あなた》が卒業するとは……本当にお相手が見つかったのですか？　詐欺《さぎ》とか、そういうのではないのですね？　焦ると、そういうのに引っかかりやすいと聞きますよ。お相手の身元は大丈夫ですか？　ニヤニヤしない。こっちは真剣に心配しているのですから。

古い友人が、泣きながら帰ってくるかもしれないと考えると……不安です。

あと、学園の教師が問題を起こして二回、呼び出されました。

問題を起こしたのは、あの三人組です。

不本意ですが学園に残って正解でした。


冬。

やっと三日の休みがとれました。ふふふ。

準備を始めます。

着ていく服と、着替え。日帰りとはいえ、何があるかわかりませんからね。

夫の話では、知り合いのいる村に行くということでした。

わざわざ私を誘うのですから、景色が素敵なのでしょうか？　それとも、美味しい食べ物があるとか？　楽しみです。

ですが、油断は禁物です。

魔王の妻という立場は、狙われることもあります。夫の足手まといになるなど、耐えられません。

万全の準備をしておかなければ。


出発当日。

なぜか夫は私の着替えを追加で持ってきました。そんなに汚れる場所なのでしょうか？

そして見慣れた獣人族が三人。

一緒に行くのですか？　少し嫌な予感がします。

ですが、いまさら行かないとは言えません。


送迎《そうげい》してくれるクローム伯に挨拶し、移動開始。相変わらず見事な転移魔法です。

転移場所は村の外。

夫やクローム伯は村の中に直接転移してもいいぐらいの関係を築いているそうですが、初めて訪れる私と獣人族の三人がいるので、村の中に転移するのはマナー違反です。

村は……なかなか大きい村ですね。畑も広いようですし、今が冬でなければと思わずにはいられません。

………。

ところでアナタ。

この村に到着したと同時に、私の所持していた護符《アミュレット》が全滅したのですが？　七つ、全部。注意するのを忘れてたって顔をしないでください。護符は意味がないから所持するだけ無駄？　どういうことですか？

あと、村の中や外から、尋常ならざる気配を感じます。夫が私に危害を加えるとは思えません。となるとクローム伯が裏切った？　一緒に来た獣人族の三人は、クローム伯とも知り合いだったはず。これは完全にしてやられ……獣人族の三人は村に走っていきました。

………。

えっと……獣人族の三人を出迎えたのは、一人の男性と数人の女性。

女性のなかに見覚えがある顔というか、娘のユーリと、クローム伯の娘のフラウレムがいます。

ここで私は思い出します。

昔、あの獣人族の三人が生徒として学園にやって来た日を。

彼らが持ってきた手紙の差出人は、ユーリとフラウレム。

ユーリはたしか、〝五ノ村〟で管理員として働いているはず。フラウレムもどこかの村の代官に就任したと聞いています。

つまり、ここは〝五ノ村〟？

…………。

どう考えても違いますよね。

〝五ノ村〟は、小山にできた村というか街だと聞いています。ここはどう見ても村。小山もありません。

山は遥か遠方にぐるりと取り囲むように……あれ？　空に浮かんでいるのは太陽城？　昔の姿？

私はいったい、どこに連れて来られたのでしょう。

とりあえず、クローム伯が私を罠《わな》に嵌《は》めたわけではないのですね？　よかった。

となると……アナタ。私に説明していないことがありますね？　ええ、説明を求めます。いろいろと聞きたいことがありますが、まずは一点。

少し遠くで竜二頭が争っていますが……あれは大丈夫なのですか？　それとも、あれは私にだけ見える幻覚《げんかく》でしょうか？　誰も気にしていませんが？

11 挨拶の順番待ち

魔王の奥さんがそろそろやって来る時間なので、村の居住エリアに向かう。

目的地は、居住エリアの南側の出入り口の一つ。ここを村の正面入り口ということにした。

以前は新畑の南端が正面入り口扱いだったのだけど、その南に大樹のダンジョンを作ってしまったので入り口には似合わないかなとルーやティアに指摘されたからだ。

俺としてはどこでもいいのだけど、なぜか村の住人たちが拘《こだわ》るので聞き入れる。今度、ちょっと立派な門でも作ろう。


寒いので俺だけでと思ったけど、フラウとユーリ、それとアンが同行してくれた。ありがとう。

ん？　レッドアーマーも同行してくれるのか？　かまわないぞ。

クロの子供たちも同行したそうだが、魔王から出迎えは極少数でとお願いされている。クロの子供たちが同行するとなると十頭単位になる。すまないが、今回は遠慮してくれ。


俺が居住エリアの南の出入り口の一つに到着すると、すでに魔王一行は到着していた。

魔王、魔王の奥さんであろう女性、ビーゼル、そして獣人族の男の子たち三人。俺の姿を確認したのか、獣人族の男の子たち三人が駆け寄ってきた。

そのまま俺にタックルするかと思ったが、俺の横にいるフラウとユーリを見て急停止。ゆっくりと俺の前に来て頭を下げた。

「村長、ただいま戻りました」

おかえり。


魔王の奥さんは、到着と同時にトラブルがあったようだ。

周囲に小さい物をいくつも落としている。アクセサリーの紐が切れてしまったのかな？　魔王とビーゼルが拾っている。

俺も手伝いたいが、まずは挨拶とフラウに止められた。

なので挨拶。

魔王、ビーゼルとは顔見知りなので不要。必要なのは魔王の奥さんだけ。

まずは魔王の奥さんの挨拶。

魔王の奥さんは一歩前に出て、胸を張った。

「庶民、出迎えご苦労！　魔王の妻、アネである！　これより……もが？」

魔王の奥さんの挨拶はまだ続きそうだったけど、横にいた魔王とこちらから飛び出したユーリによって封じられた。

そしてフラウとビーゼルが並んで俺の前に立ち、魔王の奥さんを隠した。

「すみません。打ち合わせが不十分だったようで。少々、お待ちください」

フラウの指示で、その場で待つ。

魔王とユーリが、魔王の奥さんにいろいろと説明している声が聞こえる。

貴族語ってなんだろう？　宮廷言葉みたいなものかな？


仕切り直し。

「はじめまして。魔王の妻、アネ＝ロシュールです。よろしくお願いします」

魔王の奥さん、普通に挨拶。

「私はこの〝大樹の村〟の村長、ヒラクです。貴女を歓迎します」

準備していた挨拶を返す。

挨拶がそっけない気もするが、フラウとユーリによる監修の結果なのでこれが普通なのだろう。

あとは、それぞれ同行者を紹介するだけだが、大半が顔見知りなので俺がアンとレッドアーマーを紹介するだけで終わった。魔王が出迎えを極少数でと希望したのは、このあたりの挨拶を簡単に済ませるためかな？


アンの先導で、居住エリアを案内しながら俺の屋敷に向かう。

それにしても魔王の奥さん、魔王とラブラブだな。最初は普通に並んで歩いていたのに、魔王の

手を握ったと思ったら、いつの間にかお姫さま抱っこされていた。

一応、確認するけど……歩くのが辛《つら》いなら、馬車を用意するよ？　違う？　知ってた。

とりあえず、お姫さま抱っこされている魔王の奥さんに、村の施設を説明。

向こうに見えるのが酒の工場で、ドワーフたちが酒を造っている。

あっちは風呂、村の住人なら自由に入れる。

あの木は、世界樹の木。枝の付け根にいくつかあるのは蚕の繭だから、触らないように。

あ、そっちは来客用の宿で、俺の屋敷は向こうの大きいの。距離があって申し訳ない。

え？　ああ、森で喧嘩しているのはグラッファルーンとラスティ。親子喧嘩。

グラッファルーンが孫のラナノーンと別れられず、連れ帰ろうとしたのが発端。見苦しいものを見せて申し訳ない。ここまで被害はこないから大丈夫。ドースが結界を頑張って作ってくれているから。

ちなみに、ラナノーンはライメイレンが相手していたりする。

ライメイレンはヒイチロウだけでなく、ラナノーンもかわいいのだけどグラッファルーンに遠慮があったからな。今が、かわいがれるチャンスなのだろう。


俺の屋敷に到着。

クロの子供たちが玄関前で整列して待ってた。同行したいと言ってたときより数が多い。よしよし。寒いのに待たせて悪かった。

ホワイトアーマーも門番、ご苦労。

俺が手を振ると、ホワイトアーマーは片足をあげて挨拶を返してくれる。レッドアーマーも門番に戻るか。頑張ってくれ。ちゃんと休憩するんだぞ。


屋敷の中は暖かい。

魔王の奥さんも落ち着けるだろう。

まずはホールで、待機していたルーとティア、セナ、ガルフ、ガットを紹介。

ルーとティアは俺の奥さん代表として挨拶。

普段、屋敷にいないセナがいるのは、魔王の奥さんに獣人族の男の子三人がお世話になっているからだ。セナは村の獣人族の種族代表として挨拶する。

ガルフとガットはセナの付き添いなので、セナが紹介する。


本来ならアルフレートたち子供も紹介するのだけど、事前に魔王から省略を願われていたので後回し。

子供たちも、この時間は勉強時間だしな。夕食のときにでも紹介しよう。

ところで魔王の奥さん、ルーやティア、ガルフに過剰に反応していたように思えるけど、気のせいかな？

次は魔王の奥さんを客間に……あ、先に着替えたいのね。

そういえばユーリも初めて村に来たときは、何度も着替えていた。そういう文化なのだろう。

大丈夫。客室を用意しているので、そちらでどうぞ。

アンが案内を……魔王が連れて行くのね。仲がいいなぁ。


着替え終わった魔王の奥さんが客間に来たのは、少し時間が経過してからだった。女性の着替えは時間がかかるからな。文句は言わない。

俺が文句を言うのは、客間のコタツに入って飲んでいるマルビットたち。今日は来客があるから遠慮しろって言っただろ。

大丈夫って何が大丈夫なのかと思ったけど、魔王の奥さんとマルビット、顔見知りだった。魔王の奥さん、奇声を上げるぐらいびっくりしていたけど。その後の罵倒の嵐。

そうだよね。ガーレット王国の偉い人が、こんな場所で酒飲んでグダグダしていたら駄目だよね。

俺もそう思う。もっと言ってやって。あ、ルィンシアにも矛先が向いた。

補佐長はもっと長《おさ》を締め上げろという内容。いや、ルィンシアは頑張っていると思うぞ。本当に。

スアルロウのことも知っているみたいだ。

魔王国で危険視されている天使が、のんきに昼間っから酒を飲んでるんじゃない、悪事を働け、もしくは計画しろと言っている。魔王の奥さん、さすがに悪いことを推奨《すいしょう》するのは止めていただきたい。

あと、スアルロウは危険視されているのか？　知らなかった。

ラズマリアのことは……知っていた。魔王の奥さん、天使族が神人族と名乗っていたころを知っているので、古い天使族は概《おおむ》ね知っているとのこと。

ただ、魔王の奥さん。相手の身体的特徴《とくちょう》を絡めるとただの悪口になるから。無駄乳とか言わない。

落ち着いて。魔王、助けて。


ふう。

魔王の奥さん、落ち着いたようだ。マルビットたちと挨拶をやり直している。よかった。

次はドースたちなのだが、いまはグラッファルーンとラスティの喧嘩のほうに行ってるからな。後回し。

じゃあ、こちら……えっと、始祖さんの本名なんだっけ？　あ、自分でやるから大丈夫？　では任せた。

魔王の奥さんは、再び奇声を上げた。


現在、魔王の奥さんは魔王による猫たちの紹介を受けている。

猫のライギエル、宝石猫のジュエル、姉猫のミエル、ラエル、ウエル、ガエル、子猫のアリエル、ハニエル、ゼルエル、サマエル。

魔王、すっごく詳しく紹介しているな。魔王の奥さんもしっかり聞いている。そして笑顔。すっごい笑顔。この村に来て一番の笑顔かもしれない。夫婦で猫好きなのかな？

ただ姉猫、子猫たちよ。

俺が呼んでも来ないのに、魔王が呼ぶと勢揃いするのな。いや、文句があるわけじゃないが。今度、俺の部屋のコタツを使いに来ても追い返そうと考えただけだ。

ライギエルとジュエルはかまわないぞ。お前たちは俺が呼んだら来るからな。おっと、あまり猫たちにかまうとクロたちが怒る。魔王の奥さんに挨拶するため、クロとユキが待機しているからな。

俺はクロとユキの頭を撫《な》でながら、もう少し待ってくれとお願いした。起きているザブトンの子供たちも、挨拶の順番待ち。挨拶代わりにダンスを見せると待機している。

俺も楽しみにしているぞ。

閑話　アネの滞在

我が名はガルガルド。魔王国の魔王である。

そして、横にいるのが我が妻、アネ。

アネは我よりも年上ではあるが、実は容姿は幼い。人間でいうなら……十三歳から十五歳ぐらいの姿。魔族なので、容姿が若いまま固定されることは珍しくはない。所有する魔力量が多い証拠でもあり、誇るべきことだ。

しかし、幼い姿では貴族学園の長《おさ》として威厳が足りないと、普段は魔法で姿を変えている。だいたい……人間の三十歳ぐらいの姿に。

威厳を考えるなら六十歳ぐらいにしたらと言ったことがあるが、あのときは無言で殴られ、胃の中にあった夕食を床にぶちまけた。

以後、我はアネの姿に関してはなにも言わないようになった。だが、今回は言わせてもらおう。

「アネ、姿が戻っている。村長が驚いているから変身、変身」

「キブスリー、私ね。すごく怖い目に遭ったの」

キブスリーとは、我が魔王になる前の名だ。アネと結婚したときは、我はまだ魔王ではなかった。

我が魔王になってからは、アネは我をキブスリーとは呼ばないようになった。寂しいと思ったが、仕方がない。我は魔王なのだ。だが、久しぶりに呼ばれて嬉しく思う。あ、いや、そうじゃない。

「アネ、大丈夫か？　ちょっと記憶が混濁《こんだく》しているぞ。ここは我の家ではなく、周囲にはほかの者もいる。もう少しとりつくろった……」

「いや」

いかん。

完全にアネは昔に戻っている。頬《ほお》を膨《ふく》らませ、拒絶《きょぜつ》のポーズ。

こうなれば抵抗は無駄。我、知ってる。

くっ、仕方がない。

アネが正気に戻ったときのことは考えない。今を楽しもう。

ちょうど、我とアネの目の前ではデーモンスパイダーの子供たちによる一糸乱れぬダンスが披露されている。

「キブスリー、すごいね。すごいね」

「ああ、ほんとうに凄いな」

たしかに見事。

そして、小さい紳士帽子《トップハット》が似合っている。

おっと、一匹が前に出てソロパートだ。鉄板の上で、カタカタとリズミカルな足音を刻む。

足に鉄靴を履いているのもあるが、音声拡大の魔法を使っているので聞きにくいことはない。

ソロパートを担当していた一匹がフィニッシュを決めると、左右に控えていたほかの子供たちが並んで出てきた。

今度は複数で足音を刻むのか？　その数で大丈夫か？　ミスは目立ち難いと思うが……おおっ、乱れない足音。素晴らしい。

我は惜しみない拍手を送る。

そして、デーモンスパイダーの子供たちによるダンスが終わると、次は竜王《エンペラードラゴン》のドースが控えていた。アネに挨拶するために。

えっと、向こうでやってた戦いは……終わりましたか。そうですか。

……………。

我はアネを見た。正気には……まだ戻っていない。

竜王との挨拶は、あとにするか？　いや、今の状態で挨拶したほうが楽だな。

我は竜王にアネを紹介する。タイミングを合わせてアネが挨拶。

「アネ＝ロシュールです。よろしくお願いします」

よかった。このあたりはちゃんとできるようだ。さすがアネ。

竜王もアネに挨拶。

「竜王、ドースだ」

挨拶のとき、立場が上になればなるほど言葉が少なくなる。

不用意に言質《げんち》を取られないようにするためだ。なので我は竜王の挨拶に不満はない。だが、アネは違ったようだ。

「ちょっと、挨拶はもっとしっかりしなさいって教わらなかったの」

……………。

我、死んだと思った。そう思ったの、この村に来るようになってから何十回目かだけど。

竜王が、笑ってくれたので助かった。本当に助かった。だからアネ。これ以上、何も言わないで。

お願いだから。


夕食前。

アネは正気を取り戻した。

猫たちによる癒し効果だろう。我も何度、猫たちに癒されたか。アネ、サマエルは我のだから。あまり抱き締めないで。ほら、こっちの猫のぬいぐるみで我慢するように。これなら強く抱いても大丈夫だから。

アネはやらかしたことをなんとなく覚えていたらしく、悶《もだ》えたアネの矛先は我に向けられた。

我はそれを受け止める。それが愛だと信じて。

夕食のテーブルにつく前に、アネと共にやらかした相手に謝罪。謝罪した数は考えない。


夕食は鍋料理。

魔道具によって加熱されている鍋の中は、味噌《みそ》ベースのスープに、豚肉、鶏肉、魚、ハクサイ、キノコ、ニンジン、ダイコンといろいろ入っている。

寄せ鍋というらしい。

我はアネ、ユーリと同じ席。こうして家族で鍋をつつくというのも、不思議なものだ。王城にいたときは考えられなかった。我が魔王になってしまったから。その点では、申し訳ないと思う。

ただ、我が魔王にならなければ、魔王国は大混乱に陥《おちい》っていた。それを回避するためだと、わかってほしい。

…………。

アネ、その姿でいいのか？　若いままだぞ？　ユーリには、あまりその姿を見せたくなかったのだろう？　あと、ゴールたちがお前のその姿を見て、慌てているが……。

「いろいろと諦めました。あの三人に関しては……古い友人のために、この姿でちょっと接触したもので」

そ、そうか。

そのアネに対してユーリは……。

「私が小さいとき、時々現れては姉だと名乗る人の正体が判明してよかったです」

アネ、なにやってるの？　いや、ウィンクされても……かわいいけど。わかった。細かいことは横に置いて、今は鍋を楽しもう。

具材が減ったら麺類を投入するからな。

「私はよくわからないので、お任せします」

「お父さま。麺類のまえに、モチを入れましょう。お母さまにも味わっていただかなければ」

おお、たしかにその通り。

では、モチを投入！　モチは離して入れないと、くっつくので注意だ。おっと、アネ。ユーリに結婚の話は駄目だぞ。まだ早い。たしかに孫は羨ましいが……。

そうそう、昼間の戦いは門番竜《ゲートドラゴン》が乱入して決着したらしい。さすが門番竜だと思うが、一番被害を受けているのも門番竜。妻と娘の戦いを、身体を張って止めたそうだ。すごい。我に真似できるだろうか？

そうだ。アネ。竜王の横にいるのが台風竜《タイフーンドラゴン》のライメイレン。台風竜の横にいるのがグーロンデ。そう、あの《神の敵》。竜姿を見たけど、すごかったぞ。あとで挨拶に行こう。

ん？　遠慮する？　遠慮の必要はないと思うが……まあ、お前がそう言うなら、わかった。

麺類のあとは、米を投入して締め料理を作る。

この変化が鍋の良さだな。ただ、このあとにデザートがあるそうだから、腹いっぱいにしないように。

それから、食後にみんなで温泉地に行こう。うむ、馬車でのんびり行くのもいいが、ビーゼルに頼もう。温泉はいいぞ。日頃の疲れが癒える。男女別なのは残念だがな。

あ、いや、変な意味ではなく、家族で温泉に入りたかったなと。それだけだぞ。わかっている。無理を言ってユーリに嫌われたくはない。

デザートを待っているときに、村長が息子たちを連れて紹介にきてくれた。

アルフレート。

見るからに優秀そうな息子で、羨ましい。娘に不満はないが、息子も欲しかった。

まだ望みがないわけではないが、学園長という立場で妊娠は難しい。ユーリのときは無理してもらったが、いろいろと大変だった。あれをもう一度となると、躊躇《ちゅうちょ》してしまう。……今晩、話し合おう。


ウルザ。

活発《かっぱつ》な娘だ。

そして要注意人物。うん、要注意人物。

注意してどうなるってわけではないけど、覚悟を決めることはできる。

来年、アルフレートと一緒にアネのいる学園に入学するらしいが……大丈夫だろうか。ゴールたちに、頑張ってもらおう。

いや、村長にお願いして村の住人を何人か学園に派遣してもらうべきか？　ウルザを抑えられる者として……駄目だな。誰が来ても悲惨な未来しか見えない。覚悟だけしておこう。

大丈夫。覚悟していれば、耐えられる。


食後、家族で温泉地に向かった。

…………。
死霊騎士、死霊魔導師、ライオン一家のことをアネに言ってなかった。
アネよ、すまない。
ほーら、猫ちゃんのぬいぐるみだぞー。正気にもどれー。

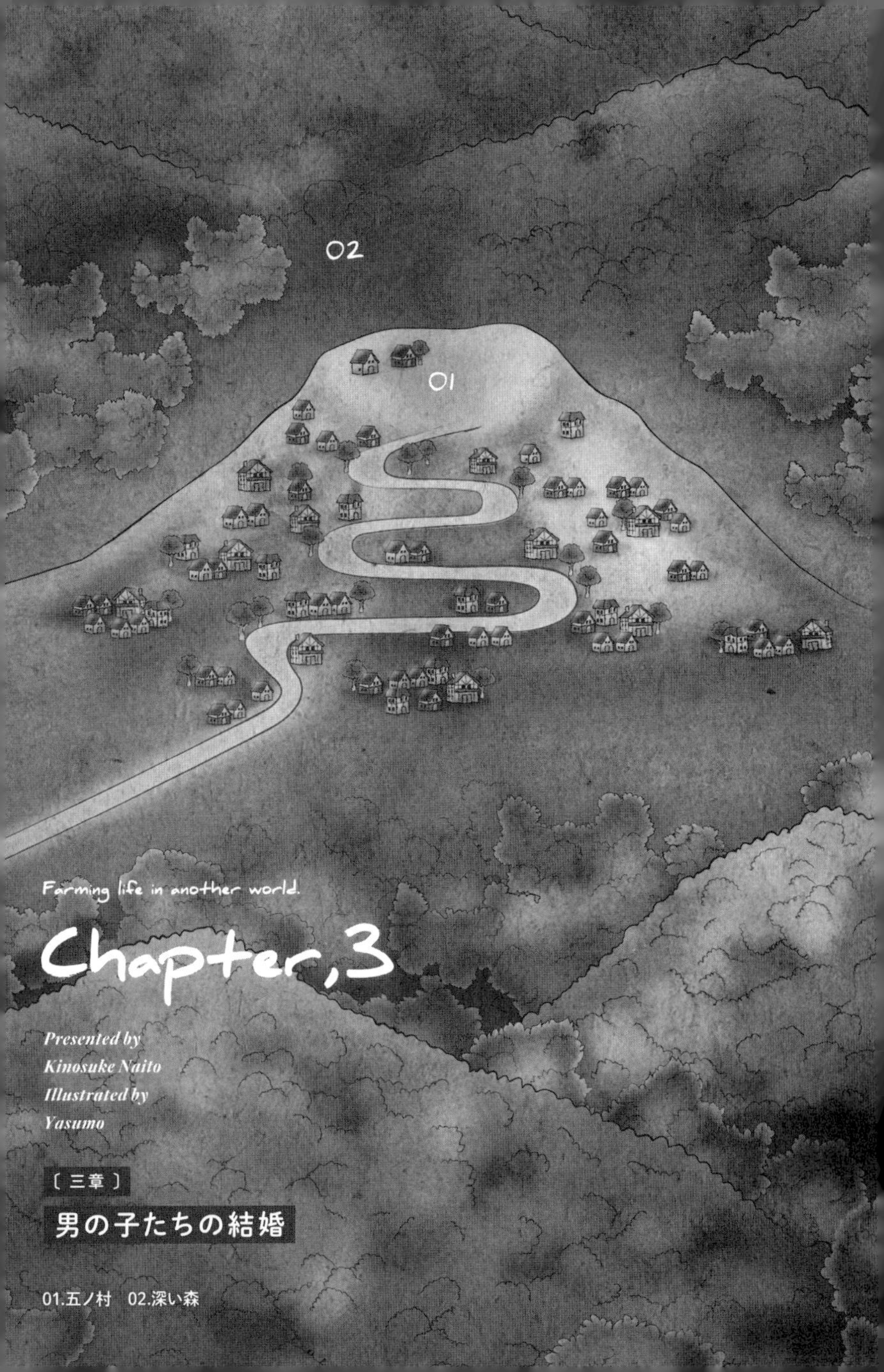

Farming life in another world.

Chapter,3

Presented by
Kinosuke Naito
Illustrated by
Yasumo

〔三章〕

男の子たちの結婚

01.五ノ村　02.深い森

1 三人の結婚相手

魔王の奥さんは日帰りの予定だったが、一泊することになった。

温泉を気に入ってくれたのかな。食事も問題なかったようだし。

そういえば、魔王とユーリはこの村によく来ているからか、箸《はし》を問題なく使いこなしているのは知っていた。しかし、魔王の奥さんも箸を使いこなしたのは驚いた。

話を聞くと、獣人族の男の子三人が魔王国の王都で箸を広めているらしい。そんな活動をしていたのか。いいじゃないか。

ところで獣人族の男の子三人。ゴール、シール、ブロンが結婚すると聞いたのだが、間違いないかな？

俺《おれ》の質問と同時に、シールが逃げ出した。それをゴールとブロンがタックルで取り押さえた。

「いやだぁぁぁぁぁ！　俺は結婚したくないぃぃぃぃぃぃっ！」

シールが叫ぶ。

そんなシールをブロンが殴って黙らせ、ゴールが俺に頭を下げる。

「すみません。シールは結婚を前に、ちょっと悩んでいるようで」

悩んで？　結婚したくないという結論を叫んでいるが？

「いまさら、それは通じません」

そうなのか？

「そうなのです。残念ながら」

そうか……すまない、シール。力にはなれそうにもない。

「とりあえず……僕もシールもブロンも、縁があって結婚することになりました。遅くなりましたが、その報告をさせていただきます」

ゴールの報告では、ゴールは二人と、シールは九人と、ブロンは一人と結婚することになったそうだ。

シールの九人の話はあとで聞くとして、ゴールの相手は二人なのか？

「ええ。まあ、その……いろいろとありまして」

ゴールの相手はプギャル伯爵《はくしゃく》の七女、エンデリ嬢。

彼女と一年ぐらい友人関係を続け、結婚を前提としたお付き合いに切り替わったころ、横から邪魔が入った。

邪魔をしたのはグリッチ伯爵の五女、キリサーナ嬢。

プギャル伯爵とグリッチ伯爵は出世のライバル同士。ただ、表立って対立することはなく、また利害が一致すれば協力もできる関係らしい。

その実家の影響を受けてか、娘たちも互いをライバル視しつつも、表面上は仲良くやっていたそうだ。そういった関係なので、エンデリ嬢の結婚に口を出してくることはない。逆に、エンデリ嬢の結婚はキリサーナ嬢にとっては歓迎すべき出来事。魔王国の政治に関わらないゴールとの結婚は、プギャル伯爵の地位向上には繋《つな》がらないのだから。

しかし、キリサーナ嬢は邪魔をしてきた。エンデリ嬢の結婚を妨害するために。

確認したが、エンデリ嬢が意に沿わない結婚を強《し》いられていると思い込んで、それを助けたわけではないそうだ。

理由はシンプル。純粋な嫉妬《しっと》。

「私《わたくし》より先に結婚するってどういうことでしょうか？」

それだけ。

だが、そこから始まるエンデリ嬢とキリサーナ嬢の戦い。それに巻き込まれるゴール。

そこからなにがどうなったのか、いつの間にかゴールはエンデリ嬢とキリサーナ嬢の二人と結婚することになった。今では、二人は結託《けったく》してゴールを逃がさないようにしていると。

ゴール、ちょっと遠い目をしているが大丈夫か？　そうか、大丈夫か。えーっと……よかった。


ブロンの相手は、学園の事務のお姉さん。

ブロンが生徒のときから事務のお姉さんにはいろいろとお世話になり、教師になってからもそれは続いた。

しばらくは一人の教師と、事務のお姉さんの関係だったが、なんだかんだあって事務のお姉さんから求婚。ブロンがそれを受けて、話がまとまった。

…………。

普通だ。ほんとうに普通だ。ああ、待て待て。慌てるな。

事務のお姉さんの種族は？　実はアンデッドとか、そういうオチは？

ない。普通の魔族の女性。ちょっと年上なだけ？　いくつ上だ？

十五歳上。

…………問題なし！

ただ、ブロン。お前が年上好きになったの、ひょっとしたら俺が願ったせいかもしれない。うん、お前たちが小さかったころ、獣人族の女の子たちがその……その点は謝らせてくれた。

俺の謝罪に、ブロンがいい顔でこう返事してくれた。

「僕が年上好きなんじゃなくて、好きになった人が年上だっただけです」

…………そうか。幸せにな。


さて、問題のシール。

相手が九人か。

…………詳しく聞かなければ駄目だろうか？

駄目か。そうか。わかった。聞こう。

「最初は三人だったんだ……」

うん、まずおかしい。最初は一人じゃないのかな？

あ、すまない。話を進めてくれ。

シールは最初の三人、アイリーン嬢、ロビア嬢、コネギット嬢とほどよい距離感のお付き合いをしていた。シールとしては、この中の一人と結婚できればいいな、程度に考えていたそうだ。そんなシールの考えを察したのか、三人は結託。三人とも娶《めと》ってもらう方向で行動を開始した。そうとは知らないシールは、いつも通り。いや、気づいていたのかもしれない。三人に対して、それなりに平等に扱っていた。

そして日々が過ぎ、徐々に包囲網が狭まりつつあったところで、四人目の乱入。なんでもとある伯爵家の領地で流行《はや》った病を、シールが解決。伯爵の縁者が、お礼としてやって来た。

ここでいうお礼とは、妻になって尽くします的なことらしい。

俺は知らなかった。そして、シールも知らなかった。

さらに五人目の乱入。

相手は、とあるダンジョンの最深部の一つ手前を守護していた女性型の人工生命体。

ゴールたちと共にダンジョンを攻略した結果、行き場を失った彼女をシールが拾った。

シールとしては置いていくのがかわいそう程度の感覚だったが、相手はそう思わない。シールのことをマスターと呼び、妻として振る舞い始めた。


六人目、交易商の娘。

これはシンプル。

交易商の商隊が移動中、山賊に襲撃を受けた。商隊には十人を超える護衛がいたのだが、山賊は五十人を超えており、さらに奇襲されたことで全滅寸前だった。

そこにシールが登場。山賊は撃退。交易商の商隊の積荷は守られた。

そして、シールの強さに惚《ほ》れ込んだ交易商とその娘の積極的なアタック。

いくら強いと言ってもシールはまだ子供。ベテランの交易商に見事に誘導され、気づけば交易商の娘が学園に滞在していた。


七人目。

シールが人間の国にまで足を延ばしたときに知り合った、砂漠《さばく》エルフの奴隷《どれい》。

魔王国でも奴隷はいるが、基本的には犯罪奴隷。刑罰《けいばつ》として奴隷にされ、刑期を過ごせば解放される。

しかし、人間の国の奴隷は犯罪奴隷だけでなく、いろいろな奴隷がいる。そして、奴隷の扱いもさまざまだ。

あまりにも酷《ひど》い奴隷の扱いを目の当たりにし、憤慨したシールは奴隷商を合法的に潰《つぶ》して奴隷を解放した。

奴隷になっていた者の大半が、誘拐されて奴隷にされていたので、喜んで故郷に帰っていった。その際の資金もシールが出したというのだから、たいしたものだ。

そして一人。

すでに故郷がなく、行き先のなかった砂漠エルフが、シールと行動を共にした。なるほど。

話の途中だが、奴隷商を潰したのはどうなんだろう？　その地域の奴隷商は、奴隷をそんなふうに扱うのが一般的だったりしないのか？　他国に行って、自国とやり方が違うと暴れるのはただの我《わ》が儘《まま》だぞ。

いや、たしかに奴隷はかわいそうだが。

助けるなとは言わない。ただ、自分にできないことに手を出して、潰れられても困る。それに、恨みも買う。用心してくれたら、嬉《うれ》しい。

まあ、今回は合法的に潰したらしいから、非は奴隷商にあるのだろう。詐欺的な手段とか使ったわけじゃないんだろ？　よかった。


話を戻して八人目。

潰した奴隷商から送り込まれた刺客。

…………。

獣人族の娘で、返り討ちにしたら懐かれたそうだ。そうか。

潰した奴隷商を改めて潰しに行ったから、心配はないと。


九人目。

シールと一緒に人間の国まで行った冒険者。

魔法使いで、シールとコンビを組んでいたらしい。奴隷商の件でも協力してくれた、いい人だそうだ。

妻として手を挙げたのは、シールの料理が原因。

〝大樹の村〟仕込みの料理で、虜《とりこ》になったそうだ。

なるほど。


そして九人はシールのいない場所で戦いを繰り返し、そして結託した。

それに気づいたシールは、女性の怖さを自覚。本能が恐怖を覚えて全力で逃げ出したが、捕まった。捕まってしまった。

ゴール、ブロンも捕まえる側だったらしい。ゴール、ブロンの奥さんたちの連携だろう。妻としては協力体制を構築しておきたいだろうからな。裏切り者と言ってやるな。

あ、うん、俺はお前の味方だぞ。よしよし。

いいいか、愛は無限だ。限界はない。まずはこれが基本だ。

そのうえで、心の中に棚を作る方法を伝授しよう。

どんな棚でもいい。大事な者を思う気持ちを入れる棚だ。むずかしくない。むずかしくないぞー。

その日、俺はシールと長く話し合った。

これまで、こんなに長く話したことはなかった。血は繋がっていないが、お前は俺の息子だ。

うん、胸を張れ。大事なのは心の棚だ。あと平等。忘れるな。

おおっと、ゴール、ブロンも俺の息子だぞ。ははは。

2 顔合わせ

魔王の奥さんが村に来た翌日、俺は〝五ノ村〟に来ていた。

獣人族の男の子たちの結婚相手と会うためだ。

当初は魔王の奥さんが来た日に会う予定だったのだけど、俺の我が儘で一日ずれた。事前に伝えているので問題はなし。

獣人族の男の子たちの結婚相手の大半が魔王国の王都に住んでいるので、〝五ノ村〟への移動はビーゼルが頑張った。ありがとう。あ、お茶でも飲んでて。今日は貸し切りだから。

俺と獣人族の男の子たちの結婚相手の会う場所は、〝五ノ村〟の甘味のお店《クロトユキ》。ヨウコ屋敷でもよかったのだけど、あそこは広い。相手を不必要に萎縮《いしゅく》させないためにも、《クロトユキ》にした。

一応、自分の経営している店への招待《しょうたい》も兼ねていたりする。


俺に同行したのは、俺の妻としてルーとティア。〝大樹の村〟の獣人族代表として、セナ。文官娘衆から二人と、護衛としてガルフとダガ、それとリザードマンが五人。

本来はこれだけで十分なのだが他に〝五ノ村〟の村長代行であるヨウコ、〝五ノ村〟に発酵食品の品質管理に来たフローラがいる。見物……見学だそうだ。

あと、魔王とビーゼル。

ビーゼルは問題ないけど、魔王はどうしているのかな？　獣人族の男の子たちは、貴重な戦力？

その妻となれば、挨拶《あいさつ》に参加したいと。なるほど。

貴重な戦力って、野球のことだよな？　挨拶の必要、あるか？　…………うん、わかった。

そんなにいい顔で言い切られたら、俺は何も言えない。あ、一つ言える。

目の前にあるパンケーキ、何枚目だ？

トッピングはイチゴジャムに限る？　感想を聞いているわけじゃないぞ。

まあ、魔王はいいや。

魔王国の王都で、三人がいろいろと世話になっているみたいだしな。

俺が気にすべきは魔王ではなく、《クロトユキ》を貸し切りにしたのに、いつも通りにいる常連客四人。いや、勝手にやらせてもらうから気にしないで、じゃなくて……はい、いつもありがとうございます。ですが本日は貸し切りで……。

駄目だ。通じない。

いっそ出禁にしようかとも思ったけど、こちらの都合での貸し切りだ。

わかった。向こうで大事な話をするので、大きな声では騒がないでくれ。

常連客は、《クロトユキ》の店長代理であるキネスタに任せる。極秘の話をするわけでもないし、それでいいだろう。


さて。

《クロトユキ》の奥に、三つのテーブルが用意された。

ゴールのテーブル、シールのテーブル、ブロンのテーブルだ。妻の人数の都合で、シールのテーブルだけかなり大きい。

ゴールたち、妻たちがそれぞれの席に座り、俺を待っている。

まず、俺は全員を見渡せる場所で立って挨拶。自己紹介をして、それぞれの結婚を祝う。

こういったことは苦手だが、頑張る。

俺のあと、セナが挨拶。俺の挨拶よりもまとまっている。あんなふうに俺も言いたかった。


続いて、テーブルごとに挨拶。

本来なら、俺のいる場所にゴールたちや妻たちが挨拶に来るのだが、人数を考えて俺が移動する。問題は最初にどこに行くかだが……。

俺はブロンのテーブルに向かう。ゴール、シール、すまない。ややこしいのは後回しにしたい。

俺の代わりに、ゴールのテーブルにはルーが、シールのテーブルにはティアが向かってくれた。


ブロンの横にいるのは、ガルガルド貴族学園の事務のお姉さんこと、アレイシャさん。種族は魔族。年齢は……ブロンより十五年、早く生まれている。

第一印象は、事務系の仕事をするんだろうなぁという女性。普段は髪を後ろで縛り、メガネを着用しているそうだが、今日は結婚の挨拶ということで髪はストレート、メガネも外している。

メガネはなくても大丈夫なのかなと思ったけど、書類仕事じゃなければ大丈夫だそうだ。

互いに挨拶し、ブロンのことをよろしくとお願いする。いろいろと話を聞きたくはあるが、今回は顔見せがメインなので簡単に。


よし、次。

ゴールのテーブルに向かい、ルーと交代する。

ゴールの左にいるのはプギャル伯爵家の七女、エンデリ嬢。ゴールの右にいるのはグリッチ伯爵家の五女、キリサーナ嬢。二人とも魔族で、ゴールの二つ年上。

二人とも上品なドレスを着こなし、髪の毛がクルクルと上品に巻かれ、どこからどう見てもお嬢さま。

キリサーナ嬢のほうが髪の毛のクルクル量が多いが、個性が被《かぶ》りすぎじゃないかなと思ってしまう。正直、姉妹と言われても疑《うたが》ったりはしないだろう。

聞けばエンデリ嬢とキリサーナ嬢は親戚《しんせき》だそうだ。なるほど。

ともかく、ゴールと三人で仲良くやってほしいと挨拶。ゴールも二人と仲良くするんだぞ。

俺の挨拶を終えると、俺は文官娘衆の二人を呼ぶ。

この二人は、エンデリ嬢とキリサーナ嬢の姉。奇妙な偶然……ではないか。同じ学園に通っていて、姉たちはフラウと共に村に。妹たちは学園に行ったゴールと出会った。それだけだ。

とりあえず、姉として祝福を……あれ？　エンデリ嬢とキリサーナ嬢が固まっている？　どうしたんだ？

久しぶりに会うので緊張しているのでしょうと、文官娘衆の二人が言うので納得。エンデリ嬢とキリサーナ嬢も、ガクガクと頷《うなず》いているしな。

この場は文官娘衆の二人に任せ、俺はシールのテーブルに向かった。

ティアと交代し、俺は挨拶する。

目の前にはシールと、九人の女性。

うん、ややこしい。

そして、えーっと……こういう使い方が正しいのかわからないが、九人全員が姉属性だ。妹っぽい女性がいない。これだけいれば一人ぐらいはと思うが、全員が姉っぽい。

まあ、だからなんだと思うが……考えてみれば、ゴール、シール、ブロンの妻は全員が姉っぽい。

…………。

気にしないでおきたいが、一応は心の中で謝罪しておく。すまなかった。


俺はシールの周囲にいる女性たちと挨拶を交わしていく。

三人目、コネギット嬢。

彼女は魔王国四天王の一人、ホウ＝レグだ。事前に教えてもらっている。

そして、昨日、ホウ本人と魔王、ビーゼル、グラッツ、ランダンで集まって話をした。

まず、なにをやっているんだと。

そしたら酒も入っていないのに二時間ぐらい、惚気《のろけ》られた。

まあ、ホウ本人は結婚に本気なようだ。それはかまわない。魔王、ビーゼル、グラッツ、ランダンも一応、認めている。

一応なのは結婚に条件がつけられたからだ。結婚後も仕事を続けるという。ホウも自身の立場を考え、条件を受け入れた。基本、現魔王が就任中は続行。妊娠、出産、育児による休暇は認めると。

俺が問題にしたいのは、とある疑念があることだ。俺が勝手に邪推《じゃすい》しているだけだが、確認しておきたい。

「シールを嵌《は》めた？」

「いいえ。ですが、恋愛の駆け引きはしたかもしれません」

そうか、駆け引きか。うーん。

判断が難しい。

とりあえず、ホウとシールの双方から、個別に結婚する意志を確認したので俺も認めた。

まあ、俺の承認などなくても、勝手に結婚するだろうけど。

俺は九人全員と挨拶を交わし、シールをお願いする。

今日は、これで終わり。顔見せと挨拶がメインだからな。個別に細かい話は、また別の機会で。

このまま解散の手筈《てはず》なのだが、俺は少し待ってもらう。

ああ、来た。始祖さんと、それに連れられた獣人族の男女が六人。少し年配だ。

そして、ガルフ以外の者は誰《だれ》だという顔をする。彼らは〝大樹の村〟の住人ではないからだ。

「ゴール、シール、ブロン。彼らから、結婚を祝う言葉を受け取ってもらえるだろうか」

俺の質問で、獣人族の男の子三人は彼らが誰か察したようだ。

彼らは〝ハウリン村〟の住人。ゴール、シール、ブロンの両親。

今日の挨拶が一日遅れたのは、俺が彼らを呼ぶのに時間がかかったからだ。

始祖さんの全面協力があるので、移動は問題ない。問題なのは心の面。事情があったとはいえ、まだ小さな子供であった三人を移住させてしまった後悔。

結婚を祝う立場にないと主張する六人を、俺とガルフ、ガットの三人で説得して回った。

〝ハウリン村〟とワイバーン通信を始めたころから、三人の両親からは細かく手紙をもらっている。三人のことを忘れたいわけでも、結婚を祝いたくないわけでもないので、説得はできた。

ゴール、シール、ブロンの三人にはサプライズだが、間接的に打診はしている。

その結果を俺だけで判断せず、村の住人大半と相談して六人をこの場に呼ぶことになった。

………。

うん、祝いの言葉は短いけど、呼んでよかった。

閑話 キリサーナ

私の名は、キリサーナ。キリサーナ＝ランドリッド＝グリッチ。グリッチ伯爵家の娘です。

さて、このたび、突然というか……数ヵ月前から決まっていたのですが、結婚することになりました。ありがとうございます。いえ、家の都合での結婚ではなく、私が自主的に見つけた相手です。素敵な人ですよ。名はゴールさま。獣人族の男性で、男爵《だんしゃく》家当主相当という少し変わった身分をお持ちです。

男爵家当主相当は、そのまま男爵家の当主と同じという意味で、当然ながら貴族として扱われます。ですが、男爵では伯爵家の娘である私とは釣り合いが取れません。だからでしょう。私の父は結婚に反対してきました。

さらに、私一人が嫁ぐのではなく、同時にもう一人が嫁ぐこともお父さまが反対する理由です。私と一緒に嫁ぐもう一人は、お父さまがライバル視しているプギャル伯爵の娘であるエンデリ。エンデリは私のライバルであり、友人です。まさか、一緒の夫を持つことになるとは思いませんでしたが。

正直に言えば、私がエンデリとゴールさまの間に割って入った形です。親の立場上、エンデリと私は同格となりますが、私が一歩引くのが慎みのある妻というものです。

そのあたりを忘れないようにと心掛けているのに、私のお父さまが結婚に反対しています。

お父さまを無視して結婚を強行することもできますが、伯爵であるお父さまを敵に回すのは面倒なのでそれはできません。私個人も、お父さまには結婚を祝福してもらいたいと考えます。

なので決闘しました。ええ、私とお父さまとで。

さすがはお父さまでした。一回の決闘では納得せず、三回もすることになるとは……あれ？　四回でしたっけ？　なんにせよ、私の手が痛くて仕方がありません。

まあ、その手はゴールさまが癒《いや》してくれたのですが……ふふふ。


ともあれ、ゴールさまは無事に私のお父さまに挨拶しました。

お父さまをヘッドロックで押さえていたお母さま、ご苦労さまです。ええ、こんな家族ですがよろしくお願いします。

お父さまは家ではあのような感じですが、仕事のときはしっかりしていますから。


問題は、ゴールさまのお父さまに私が挨拶すること。

実の父親ではないとのことですが、そんなことは関係ありません。ゴールさまが父親だと思っていることが大事なのです。それに、貴族社会では養子縁組は珍しいことではありませんからね。

ただ、男爵家当主相当の父親が爵位を持たない村長というのは、どうなのでしょう？　お父さまにお願いして、何かしらの爵位を受けられるように動いたほうがいいのでしょうか？　エンデリに相談したら、同じことを考えていました。さすがです。

ですが、爵位には義務が伴《ともな》います。義務はいろいろとありますが、簡単に言えば国を守る貴族の一員たれ。ということです。

それは誰にでもできることではありません。

そういった義務が果たせないので自主的に爵位を返す者もいます。ゴールさまのお父さまも、辞退しているのかもしれません。なので、様子を見てからということになりました。

ゴールさまも日々、言っていますしね。自分が喜ぶことでも、ほかの者も喜ぶとは限らないと。押し付けはよろしくありません。

あっという間に段取りが出来上がり、ゴールさまのお父さまに挨拶する日になりました。

一日の延期があったので心の準備は万端と思ったのですが、ドキドキしています。

…………。

ところで、王城の会議室に集合と言われているのですが、場所はほんとうにここでいいのでしょうか？　ここって国政とか大事なことを話し合う場所では？　あ、クローム伯。おはようございます。えっと、私がここにいるのはですね……知っていましたか？　そうですよね。この会議室で集合ですから……その、クローム伯もご一緒されるのですか？　送迎担当？　転移魔法で？　四天王のクローム伯が？

いえ、その、クローム伯がゴールさまと親しいのは知っていますけど、クローム伯の転移魔法は秘中の秘だったのでは？　最近は十日に一回の割合でグラッツ将軍を愛妻のもとに送っている？

あはははは、ご冗談を。クローム伯の転移魔法は、魔王国の外交を担《にな》う重要な魔法……これも外交の一部？　そうなのですか？

納得できませんが、わかりましたと笑顔で返しておきます。


今回の挨拶には、私とエンデリ以外にも、ゴールさまのご兄弟同然のシールさま、ブロンさまも結婚することになり、一緒に行くことになっています。

なのでシールさま、ブロンさまの奥さま方も揃《そろ》い始めています。

話には聞いていましたし、何人かと顔を合わせたことはあるのですが……シールさまの奥さま、九人が勢揃いするのは初めて見ました。

…………。

いてはいけない人がいる気がするのですが？　気のせいでしょうか？　えっと、一番右端の方は四天王のレグ財務大臣ですよね？　クローム伯と同じように送迎ですか？　レグ財務大臣ではなく、コネギット？

えーっと…………承知しました。

初めまして、コネギットさま。キリサーナです。よろしくお願いします。

ブロンさまの奥さまは……普通ですね。すごく心が落ち着きます。

そしてゴールさま、シールさま、ブロンさま、魔王様がやって来ます。

………。

「どうして魔王様がぁぁぁぁぁっ！！！」

思わず叫んでしまいました。ほかにも何人か同時に叫んでいるので、目立ちません。よかった。

落ち着いて考えれば、魔王様がいてもおかしくはありません。

ゴールさま、シールさま、ブロンさまは魔王様が監督を務《つと》める野球チームの一員ですからね。ははははは。

そんなわけあるかぁぁぁぁっっっ!!

おっと、口調が乱《みだ》れました。いけない、いけない。落ち着いて。

ええと、ゴールさま、シールさま、ブロンさまが魔王様の野球チームの一員だとしても、それはプライベートでのお付き合い。王城で会うのとは意味が違います。となれば……魔王様が私やエンデリのお父さまに気遣って？　ありえません。

今の魔王様は強いです。歴代最強と言われるぐらいの強さです。よって、魔王様が私やエンデリのお父さまに気遣う必要はありません。魔王様が気遣うとすれば、クローム伯か……レグ財務大臣！

そうでした。魔王様が気遣う相手がいました。なるほど、納得。すっきりです。

つまり、魔王様はレグ財務大臣の応援に来たのです。そうに違いありません。だから魔王様、違いますよ。レグ財務大臣の結婚相手はシールさまです。ゴールさまは私とエンデリの旦那《だんな》さまです。

野球の話で盛り上がらないでください。

閑話　続・キリサーナ

キリサーナです。

いろいろありましたが、メンバーが揃ったので出発です。

落ち着きましょう。

これから会う相手はゴールさまのお父さま。ゴールさまからは、お父さまはとても温厚な人だと聞いていますが……身内には温厚でも、外には厳格という人もいます。油断はしません。

私はエンデリに視線を送ります。

万が一の際はお互いに助け合う。淑女協定の確認です。大丈夫のようですね。

では、参りましょう！

〝五ノ村〟。

魔王様が建設され、王姫《おうき》のユーリさまが管理員をされている小山を丸々一つ取り込んだ大きな街です。建築が開始されてまだ数年だそうで、とても綺麗《きれい》で活気に溢《あふ》れています。

ですが、この〝五ノ村〟は謎《なぞ》だらけ。

まず場所。

〝シャシャートの街〟まで一日の距離ですが、この辺りには強力な魔物や魔獣が多くいる場所でした。ほかにも安全な場所は多くあるのに、どうしてこのような場所に新しい街を作ったのか謎です。

そして〝五ノ村〟の代表。

ヨウコなる人物ということで間違いないのですが、なぜか地位は村長代行。いや、そもそもどうしてこの規模の街を、村と呼んでいるのか……一部では、魔王国以外に対して規模を誤魔化すための工作だと噂《うわさ》されています。だからこそ、ユーリさまは代官ではなく管理員という立場なのだと。

私としてはその意見には首を傾《かし》げます。目立ちたくないなら、ユーリさまを管理員として置くのはまったくの逆の手だと思いますので。

なんにせよ、ここがゴールさまのお父さまと会う場所。以前から決まっていた場所です。問題はありません。

問題はいま、私の頭の中にあります。

私はひょっとして馬鹿なのでしょうか？　普通、息子の結婚相手との挨拶は、自宅に招《まね》きます。

つまり、ゴールさまのお父さまは、この〝五ノ村〟の村長？　あれ？　ゴールさまからは、〝大樹の村〟と聞いていますが……んんん？

あ！　ひょっとして、ゴールさまのお父さまは、私たちに気を使ったのでしょうか？

私やエンデリは貴族、シールさまの奥さまにも貴族がいます。挨拶するなら、少しでもいい場所でと。なるほど。

ふふっ、そんな気を使われなくても大丈夫ですのに。どのような村であっても、愛するゴールさまの育った村なら愛してみせます。

しかし、ゴールさまのお父さまの村は、〝五ノ村〟に近い場所にあるのでしょうか？　村長ともなれば、そんなに長く村を離れるわけにはいかないでしょうから。できれば、ゴールさまの育った村を見てみたいですね。


ともあれ、クローム伯の転移で移動した場所は、〝五ノ村〟の正門らしき場所から少し離れたところ。

私たちはゴールさまのお父さまと会う予定の会場に移動します。どうせなら会場に直接転移してくれたらと思うのですが、街や村には直接移動しないというマナーがあるそうです。たしかに、街の中に急に現れたら驚かせてしまいますね。仕方がありません。

頑張って小山を登りましょう。

馬車が用意してありました。ゴロウン商会で売り出し中の最新型です。私のお父さまも一台持っています。一台しか手に入らなかったというべきでしょうか。

その馬車が二十台。

……………………二十台？　一人一台なのかな？

借りたのでしょうけど、ゴールさまのお父さまはお金持ちなのでしょうか？

馬車は、《クロトユキ》と書かれた看板のお店の前に到着しました。

…………。

我が家の諜報員《ちょうほういん》が絶賛していた甘味のお店っ!!　え？　ここが会場？

ですが、諜報員の報告ではここには常に多くのお客が訪れており、結婚の挨拶をするような場所ではなかったはずです。

…………。

貸し切られていました。

確信しました。ゴールさまのお父さまは、お金持ちです。ええ、間違いありません。

《クロトユキ》の店内にはスタッフ以外に先客がいました。

ゴールさまのお父さまかなと思ったのですが、違いました。ただの常連客だそうです。貸し切られているのに入るのはどうなのでしょう。

それと、常連客のなかに先代四天王の二人がいるように見えるのですが……えーっと。わかりました、気にしません。

魔王様が店長さんを紹介してくれました。

この店の店長は……元エルフ帝国の皇女《こうじょ》？

……。

…………。

………………。

魔王様が私たちに同行している時点で気づくべきでした。

私は周囲を見渡します。私と同じように周囲を見渡していた者たちと目が合います。エンデリ、シールさまの奥さま数人、ブロンさまの奥さまとです。

私たちは円陣を黙って組みました。貴族とか平民とか関係ありません。心は一つです。だから、声も揃います。

「すごく嫌な予感がしますが、頑張って乗り切りましょう！」

そして、素敵な結婚生活を！


ゴールさまのお父さまは、普通でした。ええ、ほんとうに。村長ではなく、村人という感じでしたが。

ただ、よく見れば着ている服は超上質。一流の職人に一流の素材を与え、村人の服を作らせたチグハグさはありますが。そんなことは小さなことです。

ゴールさまのお父さまの周囲に立つ人たちは、それ以上に変でした。服装のことではありません。人物です。

吸血鬼のルールーシーに天使族のティア？　人間の国で暴れまわっていた要注意人物じゃないですか？　この二人がゴールさまのお父さまの妻？　ルールーシーとティアは各地で激闘を繰り返したライバル同士と聞いていますが？　わけがわかりません。

それに、どうして〝五ノ村〟の村長代行であるヨウコが、ここにいるのですか？　ゴールさまのお父さまの知り合い？　それにしてはヨウコの態度が、まるで部下のよう。……ふ、深く考えない。あ、獣人族のセナさんは普通。横に武神ガルフさまがいますが。考えないようにしたいのですが、どうしても見逃せない人物がいました。私のお姉さまです。二番目のお姉さま。行方不明になったと聞いていたのに。

そして、二番目のお姉さまと同時に行方不明になったエンデリのお姉さまもいます。私とは少し年が離れていますが、二人のことをよく知っています。今の私よりも若いころから、権力欲の強いお姉さまたちでした。通っている貴族学園だけでなく、王城や軍部にまで手を伸ばして権力を集めていました。交渉、説得、買収、時に脅迫、暴力。家に戻ってきたときには、お姉さまからその成果を聞かされましたから、何をやってきたかは見てきたように知っています。

当時の幼い私の感想を一言にまとめると、やりすぎ。お姉さまが帰ったあと、お父さまとお母さまが育て方を間違えたと家族会議をしていたのが印象に残っています。家族会議のあとはお姉さまたちのことを話題にするのが禁止されるまでがセットです。

そのお姉さまたち。

手を出してはいけない相手に手を出して抹殺《まっさつ》されたとの噂もありましたが、生きていたのですね。

よかった。涙が出ないのは驚きすぎたからです。けっして、お姉さまが生きていたことを残念がってはいませんよ。この身体の震え？　お姉さまとの再会に感動し、震えているのです。ええ、嘘《うそ》ではありません。お姉さまとの思い出話？　うっ、頭が……闇《やみ》に葬《ほうむ》った過去が……。


いろいろありましたが、挨拶は終わりました。

よかった。ほんとうによかった。

もう一度、円陣を組みました。さきほどの円陣より数人増えています。いいんです。遠慮なく円陣に加わってください。心は一つです。

この挨拶で、私たちの結束は強くなったと思います。


ゴールさまのお父さまが、食事を用意していると言ってくれました。とても嬉しいお話です。

私は今日の挨拶の緊張で、ここ数日の食事の量が少なくなっていましたから。いまは安心してお腹《なか》が空《す》いています。空いていなくても、夫のお父さまからのお誘いです。お断りはできません。

ですが、《クロトユキ》は甘味のお店。

食事には不向きではと思ったのですが、別のお店に移動するそうです。なるほど。

目的地は《酒肉ニーズ》。

これも我が家の諜報員が絶賛していた、お肉とお酒のお店です。特にお酒が美味《おい》しいそうで、一度は行きたいと思っていました。楽しみです。

そして、誘導されて外に出ようとしたら、《クロトユキ》の店内にいた常連客たちがストップをかけました。

なにごとかと思ったのですが、外に出る順番があるそうです。

順番は、ゴールさま、エンデリと私、シールさま、シールさまの奥さまたち、ブロンさま、ブロンさまの奥さまの順。ゴールさまのお父さまや奥さま、産みのご両親、魔王様やクローム伯はさらに最後？

いったい、なにをと思ったのですが……外ではパレードの準備がされていました。

そして、私たちの前には屋根のないオープンな馬車が十台。これに乗って、〝五ノ村〟の各所を回るそうです。

私の実家はそれなりの領地を持つ貴族です。ですので、住人の前に出ることに抵抗はありません。挨拶をした経験も何度もあります。ですがこの人数は……多くないですか？　並んでいる住人の列でコースがわかりますね。あははは。

あ、このパレードを仕切っているのはユーリさまですか。そうですか。

…………。

円陣、円陣を組みましょう。ええ、心は一つです。

この試練、乗り切りましょう。


余談。

ゴールさまのお父さまは、〝大樹の村〟の村長で間違いありませんでした。ですが、この〝五ノ村〟の村長も兼ねているそうです。

…………。

わけがわかりません。

村長って兼任できるものでしたっけ？　え？　ほかにも村長をやっている村がある？

あの、もしかしてなのですが……ゴールさまのお父さまは村長ではなく、領主という立場なのではないでしょうか？

なぜ村長という名に拘《こだわ》るのか、理解できません。

3 〝五ノ村〟で祝福

獣人族の三人、ゴール、シール、ブロンの結婚相手と俺は挨拶をした。

その後に食事会を予定していたのだけど、それは少し遅れてしまった。〝五ノ村〟の住人たちが、ゴールたちの結婚を祝うパレードを準備していたからだ。

主導したのはルー、ティア、フローラ、ヨウコ、ユーリ、聖女のセレス。あと、元四天王の二人が頑張ったそうだ。

《クロトユキ》に常連客がいたのは、挨拶の進行を外で待機している者たちに連絡するため。考えてみれば俺が常連客を追い出そうとしたとき、ルーやティア、ヨウコがやんわりと擁護にまわっていた。それならそうと言ってくれたらいいのに。サプライズでゴールたちに秘密だったのはわかるが、俺にまで秘密にすることはないだろう？

派手にするのを嫌がると思ったと…………なるほど。たしかに嫌がったかもしれない。しかし、ゴールたちの結婚を祝うパレードなら協力するさ。ああ、嘘じゃない。パレードだって初めてのことじゃないしな。

ゴールたちが乗る馬車よりも派手な馬車に俺が乗るのはどうなんだろう？　主役は俺ではなく、ゴールたちだと思うのだけど？　あ、いや、ルー、そんな悲しい顔しなくてもちゃんと乗るから。

オープンカー仕様の馬車ね。

俺と一緒に乗るのは魔王とヨウコ。魔王とヨウコがいれば、それほど目立たないだろう。魔王の秘書っぽい感じで乗り切ろうと思う。

無理だった。

ヨウコはともかく、どうして魔王が俺の秘書っぽい感じになっているんだ？　おかしくないか？

あ、あっちに手を振るのね。了解。

パレードは《クロトユキ》から《酒肉ニーズ》までのルートかと思ったのだけど、〝五ノ村〟を二周半した。

〝五ノ村〟の大半の住人がパレードを見物している。そして、その後方に乱立した屋台群。

歓迎してくれるのは嬉しいが、ここまで盛大にする必要があるのだろうか？　あるらしい。

まず、結婚は周囲に認知されて有効となる。本人同士の約束だけでは駄目なのだそうだ。だから、〝五ノ村〟の教会で神様にも報告して祝福してもらう。

たしかに報告は大事だな。

始祖さん、セレスが教会の準備をしていた。結婚式モードというのか、冬なのに花で綺麗に飾りつけられていた。花は大半が造花のようだ。できれば春にやりたかったと言われても困る。

次に、ゴールたちは俺の子供として扱われる。

〝五ノ村〟の村長の子供の結婚であるなら、〝五ノ村〟の住人全員に周知させる必要があるそうだ。〝五ノ村〟の人口を考えれば全員に周知させるのは現実的ではないが、周知させるために努力した姿勢を見せておかねばならないらしい。

正直、その感覚が俺にはわかりにくかったが、ヨウコがわかりやすくたとえてくれた。

「国王の息子の結婚を、国民が知らぬは双方《そうほう》の恥《はじ》であろ?」

なるほど。

でも、たとえとはいえ、俺を国王にするのはやめてほしいな。


最後に、大きな理由が一つ。

それはパレードの最後尾。たくさんの男女のカップルが、歩いている。〝五ノ村〟の住人で、結婚をしようと考えていた者たちだ。

今日だと、ゴールたちのパレードに参加できる。そして、教会では無料で祝福してもらえる。まあ、無料というか費用が俺持ちになるだけだが。

結婚を費用面で迷っていた者たちへの後押し。ゴールたちの結婚という幸せのお裾分《すそわ》けだ。だから、屋台の支払いも俺持ちで今日は無料、食べ放題。

しかし、俺が聞いていた数よりもパレードへの参加者が多い。教会での祝福って高いのかな？　そうではなく、これまでに結婚した者たちも参加しているらしい。

〝五ノ村〟に住んでいる者たちが全員、盛大に祝えるわけではないそうだ。

不安そうにしなくても、参加を断ったりはしないさ。パレードに参加する者を少しでも増やして、俺への注目を減らしたい。もちろん、祝う気持ちも忘れていないぞ。だから、村長コールはやめてくれ。


パレードの最後に、ゴールたちを迎えたのはアルフレート、ティゼル、ウルザたち〝大樹の村〟の子供たち。

ゴールたち、びっくりしていた。そして俺もびっくりした。

いや、別に子供たちを参加させないつもりはなかったんだぞ。ただ、今日は挨拶。式は別の日に盛大にやろうと考えていただけで、子供たちの参加はそのときでいいかなぁと。

そう、今日は挨拶だけのはず。パレードで結婚式の様相になってしまっただけで……もう一回、盛大に式をやろうと言って受け入れてもらえるだろうか？

ゴールたちと相談して決めよう。

とりあえず、ウルザ、ティゼル、ナート。いろいろと聞きたいのはわかるが、質問責めは止《や》めるように。ゴールたちが困っているから。

《酒肉ニーズ》での食事会は問題なく進行。

《酒肉ニーズ》のメニューだけでなく、ほかの店からも料理を持ち込んでいるので雰囲気は……まあ賑《にぎ》やかでいいか。

ただ、匂《にお》いが混じるから甘いのは右側手前、焼肉は左側奥、ラーメンは右側奥で。子供たち、お酒は駄目だぞ。

でもって、ゴールたちは……俺はまだ早いと思うのだけど、この世界では飲酒してもＯＫな年齢。さらに結婚するのだから、特に問題はないそうだ。でも、飲みすぎないように……全員、酒でのトラブルを警戒して、あまり飲んでいなかった。注意する必要はないな。いいことだ。

酒好きのホウも酒を口にしていなかった。

……………。

頑張れ！


食事が終わったあと、ゴールたちの結婚相手はビーゼルの転移魔法で王都に帰っていく。ゴールたちも王都に。

ゴールたちは結婚を機に村に戻ってくるつもりだったのだけど、来年の春にアルフレートとウルザが学園に通うので、まだしばらくは王都で生活を続けることになった。魔王、ビーゼル、グラッツの三人にも王都滞在をお願いされたそうだ。

村に戻りたいと言ってくれるのは嬉しいが、結婚相手とちゃんと相談するように。街での生活とは、全然違うからな。全員が全員、村での生活を望むとは思えないし、馴染《なじ》むかどうかもわからない。それに、仕事をしている人もいるだろう。ホウは仕事を続ける約束をしているしな。

まあ、考えるのは俺じゃない。ゴールたちだ。俺は相談されたときに、考えるとしよう。

とりあえず、後片付け……したいが、人が減らない。帰った人の分だけ、外から人が入ってきている。

外もまだお祝いが続いているな。これ、いつまで続くんだ？　ひょっとして一晩中？　そんなものなのか。

………………。

まあ、貯《た》まっていたお金を、派手に使うことができたと喜ぼう。前々から、ヨウコやゴロウン商会から言われていたしな。

子供たち、徹夜は駄目だぞ。ちゃんと帰るように。泊まるにしても、ヨウコ屋敷でだ。ここで泊まるのは迷惑だからやめるように。ハクレン、子供たちの誘導を頼む。

いつの間にかいるドライムとドース、飲むのはかまわないが周りに絡まないように。魔王を解放してやってくれ。

ゴールたちの結婚相手との挨拶から始まったパレードには驚いた。ただ、貯まる一方だったお金を一部でも使えたのはよかったと思う。

お金の代わりに、祝いの品が山のように届けられたけど。

…………。

これ全部、ゴールたちのもとに届けるというのは……あ、ゴールたちの分は別にあるのね。そっか。はい、リストを受け取ります。

ヨウコから渡されたリストには品目と品名、数量、贈《おく》り主の名前と役職が書かれている。見慣れた名前と見慣れない名前が半々だな。

ん？　ビッグルーフ・シャシャート一同から届けられている。気を使わなくてもと思うけど、身内だから逆に気を使うか。

ゴロウン商会からも届けられている。量が桁違《けたちが》いだな。もらいすぎじゃないかな？

こういった祝いの品の質や量は大事だそうだ。なるほど。

品を見れば……美術品、工芸品、武器、防具、農作物、研究発表？　情報？

「この研究発表というのは？」

俺はヨウコに聞く。

「独自で研究している者が成果を献上している。評価に値《あたい》すれば、雇ってほしいということだな」

へー。

研究内容は、魔法や薬、料理、戦術…………これ、俺が評価するの？　無理無理。ルーたちに任せよう。

「次の情報は？」

「そのまま情報になる。正直、取り扱いに困る情報もいくつか届けられていてな」

文官娘衆に任せて、手に負えないのは魔王かビーゼルに渡して見なかったことにしよう。うん、それがいい。

ただ、結婚関連のお祝いで、とある王家の不倫《ふりん》情報とか反乱計画とか独立計画の情報とかはどうなのだろう？

深く考えないでおこう。

とりあえず、美術品はヨウコ屋敷に飾って……飾りきれないな。甘味の店《クロトユキ》や《酒肉ニーズ》などにも飾ってもらうか。

工芸品は、できるだけ実用にして、武器防具は……祭器《さいき》っぽいのは美術品と同じ扱いで、実用そうな武器防具は〝五ノ村〟の警備隊に渡そう。

農作物は……〝五ノ村〟の倉庫に。緊急時の食料にしよう。

とりあえずは、この方針で。

わかっている。俺に挨拶したいって人がいるんだろ？　頑張る。え？　隣の部屋で待っているの？

そっか。

…………。

〝大樹の村〟からルィンシアを呼んできてくれるかな。サポートをお願いしたい。うん、俺一人であの数はちょっと無理。

冬の寒さが厳しくなってきたころ。村は静かだった。

理由は二つ。

一つはウルザとアルフレートが学園に行くのに備え、文官娘衆たちによってマナー講座《こうざ》が開かれている。

マナー講座は午前中だけでなく午後にも開かれており、ある程度の読み書きができる子供たちが全員参加しているため、子供たちの喧騒《けんそう》がない。

子供たちの参加率が高いのは、ウルザとアルフレートの学園行きに同行を希望しているからだ。

俺としては希望者全員を同行させればいいと思うのだが、年齢的に許可できるのはナート、ティゼル、ギリギリでリリウス、リグル、ラテ、トラインぐらいだそうだ。

加えて、ゴールたちが学園に行って困ったことがマナー関連。貴族の子供が多く通う学園ではマナーは欠かせないらしい。特に食事のマナー。

子供たちは箸を中心に使っているので箸のマナーは問題ないが、ナイフとフォークでの食事には少し問題があるらしい。俺の目には、問題ないように見えるのだが文官娘衆たちによれば、まだまだ甘いそうだ。たぶん、箸のマナーも甘いのだろうけど、箸のマナーがまだ定着していないから問題になっていないだけだろう。

ゴールたちによれば、学園での箸のマナーは俺の指導が基本となっているそうだ。

俺が指導したことって、箸で食器を引き寄せないとかの本当に最低限なのだが……一度、どこかで箸のマナーをまとめたほうがいいのかもしれない。

ともかく、マナーを身につけないと同行は許さないと文官娘衆たちが言っているので、子供たちは頑張っている。

理由のもう一つは、ドライム、ハクレン、ラスティなど竜《ドラゴン》たちがほぼ全員、不在だからだ。村に残っているのは飛行がまだ安定しないグーロンデと、竜の姿になれないラナノーンの二人だけ。ヒイチロウ、グラルも含め、ほかはドースの緊急招集により、出かけた。

目的は討伐。

なんでも空を飛ぶクジラなるものが存在し、どこからかやって来るそうだ。一説には別次元から来たとか言われている。

その空を飛ぶクジラ。出現したまま放置すると、どういった理由か世界に災害が訪れるそうだ。小さいクジラでも台風を引き起こし、大きなクジラだと大地震や津波、日照《ひで》り、洪水《こうずい》など。

その迷惑そのものの空を飛ぶクジラの大群が出現した。空を飛ぶクジラはそれほど強くないが、とにかく大きい。小さいクジラで三十メートルクラス。大きいクジラは三百メートルクラスになるそうだ。

そのうえ、かなり上空を飛ぶので竜以外では手を出せないそうだ。

幸いなことに竜たちはこの空を飛ぶクジラの討伐に使命感を持っており、ここ数百年は大事にはなっていない。今回も大丈夫とドライムが言っていた。頼もしい。

ただ、ヒイチロウ、グラルは見学らしいが無茶《むちゃ》はしないだろうか？　少し不安になる。

俺はコタツに入り、クロたちや猫たちとまったりする。

ははは、ザブトンの子供たちを忘れたりはしてないぞ。

あ、もう一つ静かな理由があった。

天使族のマルビット、ルィンシア、スアルロウ、ラズマリアの四人は、村の警備に出かけている。クーデル、コローネの代わりに。うん、二人の妊娠が発覚したから。

二人の妊娠を一番喜んだのはグランマリア。今は二人に、妊娠中の心得や注意を語っている。厳しく言ってやってくれ。特にクーデルに。クーデルは妊娠中でも急降下爆撃をしそうな怖さがあるから。いや、大丈夫だとは思うけどな。

一応、用心で。

5 ドライムの活躍

ドースを先頭に、ギラル、ライメイレン、ハクレン、スイレン、マークスベルガーク、セキレン、クォルン、ドライム、グラッファルーン、ラスティ、ドマイム、クォン。少し遅れて見学組のヒイチロウ、グラル、ヘルゼルナークと、その護衛の混代竜族《エルダードラゴン》が三十頭ほど。竜の力を理解できる者がこの光景を見れば、世界を滅ぼす気かと叫ぶだろう。

そんな竜の一団が向かう進路の先にいるのは、空を飛ぶクジラの群れ。三十メートルクラスの小さいクジラが四十頭。三百メートルクラスの大きいクジラが十五頭。

これだけでも記録にあるなかで最大の空を飛ぶクジラの群れなのだが、まだ追加がいた。千メートルクラスの超巨大な空を飛ぶクジラだ。

見た目からも明らかに群れのボスと判断できた。

だが、大きくてもクジラはクジラ。防御力は高いが、攻撃力は低い。また、竜に比べれば鈍重と言われる機動力のなさ。竜たちは、いつも通りに攻撃を開始した。そして、いつも通りに退治できるはずだったのだが、想定外があった。

今回の空を飛ぶクジラの群れには、護衛がついていた。

空を飛ぶサメ。

十メートルぐらいのサイズで、竜よりも素早い。そして、竜に傷を与えるだけの攻撃力を持っていた。そのサメが七匹。超巨大なクジラの陰《かげ》に隠れていたのだ。

完全な奇襲だった。だが、慌てる必要はない。

一団の前衛にいたドースやギラル、ライメイレン、ハクレンは、サメの攻撃を回避し、的確《てきかく》に反撃。あっという間に四匹のサメを真っ二つ、もしくは消し炭にした。

残る三匹もすぐに同じ目に遭うと思ったのだが、空を飛ぶサメたちは狡猾《こうかつ》にもドースたちを避けて一番弱い竜を狙った。つまり、見学していたヒイチロウ、グラル、ヘルゼルナークを。


それを防ぎ、守ったのがドライム。

だから帰ってきたドライムは傷だらけだった。竜の姿から戻れないぐらいに。噛《か》まれた痕跡《あと》が痛々しい。だが、命に問題はないので一安心。

すでに治癒魔法、薬は使っているのであとは安静にしているだけでいいそうだ。世界樹《ユグドラシル》の葉はドライムが遠慮した。グーロンデの負傷と比較したからかな？

なんにせよ、俺としては息子を守ってくれたドライムに感謝しかない。なので、三回目の武勇伝も笑顔で聞く。

あと、ライメイレン。あっちのほうで反省のポーズをとっている混代竜族なんだけど、そろそろ許してやったら？　まだ？　いいけど、全員が竜姿で動かないから、頭や背に雪が積もり始めているんだが……。

一冬ぐらい、雪の中にいても死なない？　そうかもしれないけど……うん、説得は無理そうだ。

ライメイレンは怒っている。

ライメイレンだけじゃない、ドース、ギラル、ハクレン、グラッファルーン、ラスティも怒っている。なだめる側なのは、助けられたヒイチロウ、グラル。

たぶん、ここにヘルゼがいたらなだめる側だったと思うが、ヘルゼがいるってことはスイレンとマークがいるってことだから、怒るのが二人増える。

ヘルゼたちやセキレン、クォルン、ドマイム、クォンは村に寄らずに各地に戻っている。会えなかったのは少し残念だ。


ドライムのためにできることをと考え、俺は温泉地で『万能農具』を振るっている。竜姿でも入れる、大きな温泉を作るために。

冬の寒さは厳しいが、『万能農具』を振るっているときは問題ないし、死霊魔導師《デスウィザード》が魔法で周囲の気温を上げてくれているので寒くない。

温泉を作っているのは俺だけではなく、三十頭の混代竜族も一緒に作業している。最初は俺の指示に従ってくれるか心配だったが、問題はなかった。

俺が労働力として使うから解放してやってくれと、ライメイレンたちに頼んだのがよかったのかもしれない。

大きな温泉は温泉地の南側、少し離れた場所にできた。

広さは、竜の姿で二頭がゆったり入れる大きさ。円錐《えんすい》を逆にした形で中央が深くなっている。

さて、これはドライムのための温泉だが、作った者の特権として一番乗りは許されるだろう。

一緒に作業した三十頭の混代竜族に、一緒に入るかと聞いたら全力で拒否された。まあ、立場的なものもあるのだろう。無理は言わない。ドライムの入ったあとにでも、どうぞ。

とりあえず、俺だけで入ってみた。

…………。

すっごく深い温水プール。そして、少し熱い。

源泉から少し離れた場所になるから、川の水で薄めずにそのまま溜《た》めているだけだからな。

とりあえず、人間サイズには危険だ。泳いでしまう。そして、深い場所でのぼせたら、そのまま茹《ゆ》でられて死ぬ。注意が必要だ。

丸太の柵を周囲にめぐらして、立て看板を設置。死霊騎士《デスナイト》やライオン一家たちにも伝えておく。

とりあえずはこれぐらいで、あとはドライムが使用したあとで感想を聞いて改善だな。

ドライムは温泉で寝てた。溺《おぼ》れないように頭を温泉の外に出しているのは、さすがだ。しかし、仰向《あおむ》けはどうだろう？　一瞬、死んだのかと思って、びっくりした。イビキが聞こえてほっとしたのは秘密だ。

なに、頭置き場が欲しい？　了解。

混代竜族と協力して、頭置き場を作る。

酒と料理？　酒は大樽《おおだる》で用意しよう。料理はお前たちが持ち帰った空を飛ぶクジラの肉で作るから、ちょっと待ってくれ。

ドースたちは三十メートルクラスの小さいクジラを十頭あまり持ち帰ってきてくれた。

ありがたいが、消費に困る……と思ったけど、クロたちやザブトンの子供たち、ライオン一家に大人気。生《なま》でもどんどん食べてくれるので、消費は問題なさそうだ。

もちろん、俺たちが食べる分は残してもらっている。

クジラ肉。

専門的なクジラ料理を知らないので、普通の肉の代用品として使う。刺身、ステーキ、カラアゲ、煮付け。牛肉や豚肉と違う味は、食卓の変化として嬉しい。

温泉に入っているドライムの分は、ヒイチロウとグラルが竜姿で運んでくれた。もちろん、ライメイレンが同行している。

混代竜族のみんなも、食べてかまわないんだぞ。遠慮は無用だ。


ドースの話では、空を飛ぶクジラは超巨大なクジラを含めて半数ぐらいを倒し、残りは別次元に追い戻した。

全滅させることもできるが、全滅させるのは駄目だと昔から伝わっているらしい。ただ、空を飛ぶサメは全滅させた。サメに関しては何も伝わっていないから問題ないそうだ。

あと、ヒイチロウとグラル、ヘルゼを危ない目に遭わせたサメを許すわけにはいかないと。そう言いながらも、息子のドライムを傷だらけにされたことを怒っているとか？　あ、照れた。


ドライムは三日ほど温泉に浸《つ》かりながら食っちゃ寝していたら、完治した。さすが竜の回復力。

ドライムが完治したあと、竜の姿で入れる温泉でドースが仰向けになって寝ていた。

うーん、親子。

6 クジラ肉と変わった患者

ギラルはグーロンデとグラルとの別れを長々と惜しんだあと、混代竜族を連れて帰っていった。なんでも、まだ仕事があるらしい。

早く戻ってくると言っていたが、ここはギラルの家ではなく出張先ではないだろうか？　いや、妻と娘がいる場所が家か。

村の食堂では、子供たちが並んで焼き魚をナイフとフォークで食べていた。魚の骨にみんな苦戦している。

その横で、すごく綺麗に魚の骨を残して食べ終えたフェニックスの雛《ひな》のアイギス。凄《すご》くいい笑顔だ。子供たち、真似《まね》は無理だからな。真似をすると、足とクチバシで食べなければいけなくなる。鷲《わし》も無理するな。いつも通りでかまわないから。綺麗に魚の骨を残しているアイギスが変なんだ。

ルーは、三日前から不在。〝シャシャートの街〟のイフルス学園に呼ばれたからだ。

いつもの研究ではなく、病人関係。

なんでも人間の国から、ルーがいるとの噂を頼りに〝シャシャートの街〟に船で移動してきた患者がいるらしい。

ルーは当初、〝五ノ村〟に来るように患者に伝えたが、長い船旅で患者は容態が悪化してしまい、〝シャシャートの街〟から動けなくなってしまった。仕方なくルーは〝シャシャートの街〟に移動。治療にあたっている。

ルーだけでなく、イフルス学園には医療関係に長《ちょう》じた人物も多くいるので、患者の治療は順調らしい。ルーに同行したリザードマンたちから、そう連絡をもらっている。

ただ、容態の急変に備えて、まだしばらくは戻ってこられないそうだ。


治療に関して、世界樹の葉を使えばすぐに完治するのだが、世界樹の葉の取り扱いはグーロンデが村に来たあと、種族会議で決められた。

特に強く、一般に広めない、存在すら隠すべきと主張したのが天使族とハクレン。

世界樹の葉があればどんな病気や怪我《けが》も完治する。たしかに凄いが、世界中の者に渡せるわけではない。

また、世界樹の葉の存在が広く知られたら、医療に関しての研究が大きく後退してしまう。どんな研究成果を残しても、世界樹の葉には敵《かな》わないのだから。

人々は世界樹の葉に頼るだろう。

そうなったあと、何かの異変で世界樹が枯《か》れたら、世界はどうなるのか？　どう考えても、いい方向には進まない。

ルー、フローラを含む会議参加者たちもそう結論を出し、世界樹の葉の使用に制限がかけられた。


世界樹の葉を使う場合、三つの条件のどれかを満たさなければならない。

一つ、転移門や転移魔法を使わず、自力で〝大樹の村〟に到達した者。

一つ、村長が許可した者。

一つ、〝大樹の村〟、〝一ノ村〟、〝二ノ村〟、〝三ノ村〟、〝四ノ村〟の住人。


一つ目は問題ない。

自力で来てまで世界樹の葉を求めるのであれば、誰も文句を言わないそうだ。

二つ目の村長が許可した者ってのは、俺の権限が強すぎないかな？

そう思った俺は、三つ目をくっつけた。

〝五ノ村〟の住人も加えようとしたが、それは一般に公開するのと一緒だとヨウコに止められた。

たしかにそうだ。

その後、ヨウコから世界樹の葉の存在が一般に広まったときに起こるであろう惨劇《さんげき》の予想を聞かされ、俺は完全に存在を隠すように厳命した。

特に村の外では、〝世界樹〟という単語を使わないように。どうしても使わなければならないときは、〝大きい蚕《かいこ》のご飯〟と言うようにしている。

リザードマンたちからの連絡には、患者の体力を回復するために空を飛ぶクジラの肉が欲しいとあった。

すでに三頭は骨になっているが、冬眠しているザブトンやザブトンの子供たちの分を残しても、まだまだ空を飛ぶクジラの肉はある。

生肉を大きめに切り分けてルーのもとに送る手配をする。

「村長、ルーさまのところに送るのは生肉だけでいいんですか？　燻製《くんせい》と塩漬けもありますが」

クジラの生肉の入った樽を持った鬼人族メイドが聞いてくる。樽を片手で軽々と持っているけど、五十キロぐらいありそうだ。

「そうだな。じゃあ、燻製と塩漬けも送ろう。邪魔になっても、《マルーラ》の従業員たちが食べてくれるだろう」

「わかりました。積み込んでおきます」

よろしく。

ルーのもとに運んでくれるのはゴロウン商会。連絡にきたリザードマンたちが護衛につく。

そうだ、マイケルさんにもクジラ肉のお裾分けをしておこう。

後日、クジラ肉を載せたゴロウン商会の馬車は、何度も魔物や魔獣に襲われたとの報告を受けた。

「魔物たちは、明らかに積荷を狙っていました」

…………。

リザードマンたちを護衛につけておいてよかった。


ルーが治療した患者は、某国の王子だった。

全快したとたん、ルーに求婚したので顔面を殴ったそうだ。うん、俺がその場にいたら耕していた。人妻に求婚するんじゃない。

治療の代金はそれなりに分捕《ぶんど》ったが、そのままイフルス学園と《マルーラ》に分配してきたとの報告。特にお金には困っていないので、問題ない。

ルーが王子を殴ったことに関しては、治療の一環として王子の側近からは受け入れられた。普段から求婚をしまくりなのだろう。王子の側近から、こっそりとあの軽薄さは治せないのですかと相談されたそうだ。

男性のシンボルを切り取る提案をルーがしたら、王子の側近たちはかなり本気で考え込んだそうだ。いろいろ、苦労しているんだろうな。

全快した王子一行は、十日ほど〝シャシャートの街〟に滞在したあと、王都に向かった。自国と魔王国の極秘同盟の話をするために。

どうして俺がその極秘同盟の話を知っているかと言うと、猫たちとコタツで戯《たわむ》れている魔王から聞いたからだ。

俺が聞いて大丈夫なのかな？　極秘なんだろ？　王子の国、それなりに大きいみたいだし。

え？　その王子、魔王の奥さんに求婚した？

…………。

えーっと、外交問題には……王子の側近たちの努力でそこまではいっていないと。なるほど。

ただ、魔王と魔王の奥さんの両方から殴られたから、一ヵ月ぐらい動けないと。でもって、治療のためにルーを呼んでる？　行かせないぞ。

7　冬のある日

俺は目を覚ました。昼食後、寝てしまったようだ。しかもコタツで。

…………いかんな、風邪《かぜ》をひいてしまう。

いくら『健康な肉体』があるからって、油断はいけない。注意しなければ。

というわけで、クロ、ユキ、起きるように。クロはともかく、ユキが仰向けで寝ているのは珍しいな。油断しすぎだぞ。ああ、クロはヨダレがたれてる。アンにバレたら怒られるぞ。

でもって、ザブトンの子供たち。コタツの中にみっちり入るのはやめて。ちょっと怖いから。

…………。

酒スライム、お前もコタツの中に入っていたのか？　ああ、ザブトンの子供たちに邪魔されて動けなかったのね。すまなかった。熱くなってるぞ、冷やしてこい。といっても外は駄目だぞ、凍るから。地下が涼しくていいと思うぞ。

これでコタツの中には……毛玉？　これは、ヒトエか。拗《す》ねているのか？　どうした？　ヨウコと喧嘩《けんか》した？　ヨウコがアイギスを褒《ほ》めて、ヒトエを褒めない？　ああ、魚の食べ方か。

アイギスのは名人芸というか、アイギスにしかできない食べ方だからな。お前はまだ子供なんだから、気にせずに食べていいんだぞ。……わかった、ヨウコには俺から言っておいてやる。それでいいか？　じゃあ、コタツの中から出るように。次からは、潜《もぐ》り込まずに顔は出すんだぞ。

でもって、ザブトンの子供たちが出たスペースに潜り込む姉猫と子猫たち。追い出すのが遅いって、俺に文句を言うのはどうなのかな？　魔王がいないからって、荒れないように。

ん？　アイギスと鷲も来たのか。あ、こらヒトエ、アイギスに当たらない。アイギス、高い場所に避難だ。鷲、待て！　アイギスを攻撃されて怒る気持ちはわかるが、待て。ヒトエを攻撃すると、ヨウコが怒る。うん、わかっている。ヒトエが悪い。

しかし、子供のことになると道理がひっこむのが親だ。そう、むずかしいんだ。

まあ、事情を詳しく説明すれば、ヨウコならヒトエを叱《しか》ると思うけどな。


俺はヒトエを抱え、食堂に。

甘いものでも食べるか？　だったら人の姿に……なったな。よしよし、ちょっと待ってろ。

…………わかっている。妖精女王の分も用意するから、ヒトエを頼むぞ。


甘いもの……善哉《ぜんざい》の作り置きがあるな。これでいいか。

ヒトエ、妖精女王、モチはいくつだ？　ははは、そんなに食べられるのか？　わかったわかった。

ただ、ヒトエは小さく切ったモチだからな。大きいのは喉《のど》に詰まる危険性がある。

俺は火鉢でモチを焼きつつ、善哉の追加を作る。すぐに足りなくなるだろうから。


予想通り、モチを焼く匂いにつられ、グランマリアがやって来た。

クーデル、コローネの調子はどうだ？　大きい問題はなし？　小さい問題はあるんだな。ああ、味覚の変化ね。できるだけ希望通りにしてやってくれ。善哉は……大丈夫ね。了解、二人にも持っていってくれるか？　すまない、俺もあとで様子を見に行くから。


まずはヒトエと妖精女王の分の善哉。モチも希望通りの数。

次にグランマリア、クーデル、コローネの善哉を……姉猫、子猫たちが走っていった。

魔王が来たようだ。じゃあ、魔王とビーゼルの分も用意するか。

はいはい。マルビット、ルィンシァ、スアルロウの分もね。見回り、ご苦労さま。問題は？ なしね。了解。……あれ？ ラズマリアはどうした？ 見回り中に仕留めた獲物を、ハイエルフたちのところに持って行ってる？ じゃあ、すぐに来るな。ラズマリアの分も用意しよう。

おっと、この足音は……子供たちだ。勉強、終わったのかな？ たしか、マナーの勉強だったよな……ははは、俺の前だけ静かに歩いても駄目だぞ。見えていないところでも、静かに歩くように。

善哉、食べるか？ モチだけでいい？ わかった、ウルザ、アルフレート、みんなの分を焼いてやってくれ。一人二つまでだぞ。夕食、食べられなくなったら俺が叱られる。

………モチがもうすぐなくなる？ あれ？ そんなに食べたかな？ あ、ギラルと混代竜族がお土産《みやげ》で持って帰ったからか。

空を飛ぶクジラの肉のお礼にと、気前よく配ってしまった。

とりあえず、今回の分は大丈夫だな？ よし、明日、モチを搗《つ》こう。ははは、いまからは無理だ。

モチ米を水に浸《つ》けたり、蒸《む》さないといけないからな。準備が大変なんだぞ。そうそう、鬼人族メイドたちに感謝だ。


夕方。

転移門を使って、温泉地に向かう。

竜の姿で入れる巨大な温泉は、竜たちが交代で利用するようになった。人の姿で入るのも悪くないが、竜姿で入ると解放感があるのだそうだ。現在、グーロンデが入っている。

女性が入浴中なら近づかないのがマナーというか常識なのだが、竜の姿なのでセーフという扱い。ただ、万が一を考えて、近づくときは鐘を二回、鳴らすようにしている。人の姿で入浴していないとも限らないからな。

うん、竜姿だ。仰向けじゃなくて、ちょっと安心した。

「村長、どうしました？」

グーロンデは頭の一つを持ち上げ、聞いてくる。

俺の目的は、グーロンデが温泉に入る前に狩った魔獣。パニックカリブー。

竜の姿じゃなかったらしいから、パニックカリブーも油断していたのだろうな。グーロンデの指示する場所に行くと、うーん。心臓が弱い人には見せられない現場。

手を合わせたあと、角を確保。残りは『万能農具』で耕しておく。

「グーロンデ、やりすぎ」

でも、パニックカリブーを逃がさなかったのは褒めておく。夕食は期待してもいいぞ。

ああ、夕食はここで食べるか？　それとも戻るか？

「もう少ししたら、戻ります」

了解。

夕食後、まったりと客間に。

最近、魔王とビーゼルはルーとよく話をしている。ウルザとアルフレートが魔王のいる王都の学園に行くからだろう。だろうけど……時々、三人して沈痛《ちんつう》な顔をしているのはなぜかな？　ウルザもアルフレートも、そんなに不安に思うほど酷《ひど》くはないと思うが？

それに、子供たちだけで送らず、お目付け役を用意することにもなった。

最初はガルフが候補だったが、顔見知りだと甘えるとのことでルーから却下された。そして選ばれたのが、温泉地の転移門を管理しているアサ。普段、執事っぽい格好をしていることからもわかるが、もともと太陽城では城主の執事を務《つと》めていたらしい。

ベル、ゴウの推薦もあり、ウルザとアルフレートが学園に行く間のお目付け役となった。

必然的に温泉地の転移門の管理を別の者が引き継ぐことになり、その候補を〝四ノ村〟から派遣してもらうことを相談中。


アサ以外に、お目付け役はあと二人。

一人はウルザの土人形、アース。絶対にウルザについて行くとの主張を一回も曲げなかったので了承。ただし、ウルザだけでなくほかの子供も見るように。

現在、アースは子供たちと一緒に学園生活で必要なことを学んでいる。

もう一人は、混代竜族から派遣してもらうことになっている。

空を飛ぶクジラの件でここに来たとき、なにかできることはありませんかと言ってくれたので、素直に甘えてみた。

数年、学園に拘束されても大丈夫な者を用意してくれるそうだ。ありがたい。


このお目付け役三人に加え、ゴール、シール、ブロンの獣人族の男の子たちがいるわけだから、そんなに心配する必要はないと俺は思う。

そう魔王、ビーゼル、ルーに伝えたら、声を揃えてこう言われた。

「甘い」

……………甘いかなぁ？　子供を甘やかすのは、親の特権だと思う。

え？　あ、違う？　見積もりが甘いと……そ、そうかなぁ。

8 冬の暇潰し

冬。

基本的に家に籠《こ》もり、外出はしない。外出するのはクロの子供たちと天使族の見回りと、ケンタウロス族たちの定時連絡。あとはハイエルフたちによる狩り。それらも吹雪《ふぶき》となれば、外出中止となる。魔物や魔獣も吹雪には勝てず、動かないらしい。

吹雪の中でも動ける魔物や魔獣がいたとしても、そういった魔物や魔獣はインフェルノウルフが群れている場所には来ないだろうとの判断。

万が一、来たとしても村に近づく前にやっつけると言ってくれたハクレン、ラスティ、グーロンデ。頼もしい。ドースはコタツで寝ていたけど。

なんにせよ、冬はあまり外出をしないで、家の中でできる仕事に従事している。

家の中での作業に不満はないらしいが、会話が少なくなることにストレスを感じることがあるらしい。だからか、吹雪の日であっても俺の屋敷のホールに集まり、まったりと喋《しゃべ》っている住人が多い。ホールは広いし、暖房設備があるから暖かいしな。毎年のことだ。

そして、これだけの人数が集まって喋っているだけなのはどうなのだろうと、俺が突発的にイベントを行うのも毎年のことだ。

麻雀《マージャン》大会、リバーシ大会、チェス大会、ボウリング大会。

室内なので剣や弓は控えてもらっているが、相撲《すもう》大会と腕相撲大会などの肉体的なイベントもある。ほかに、ドワーフたちからの要望で利き酒大会や、鬼人族メイドたちからの要望で新作料理発表会、妖精女王からの要望で甘味大会などが行われている。突発的なので規模は小さいのだが、近年では開催を決定した一時間後ぐらいには村中の住人が集まるようになった。連絡方法が確立したのだろう。

それにしても熱意がすごい。

ちなみに、俺は大食いや激辛メニューはあまり好きではないので実施しない。また、村の住人たちに限らず、大抵の者が食料難を経験しているので、食料が無駄になる行為を嫌う。なので甘味大会は甘味を大食いする会ではなく、ただ甘味を楽しむ会である。


とりあえず、今回は甘味大会ではなく、普通にチェス大会。

参加者全員によるトーナメント戦で、試合を消化していく。そして、負けた者はそのまま横のボウリング会場か、麻雀会場に移動。もちろん、そのままチェスの試合を見物してもかまわない。

ボウリング会場、麻雀会場はチェスの試合を邪魔しないように、防音の魔法が使用されている。改良型の緩めの防音の魔法ではなく、改良前のきっちりした防音。なので防音の魔法がかかっているパーテーションを通過すると別世界のように思える。


ボウリング会場では、チェスに敗退した者と最初っからボウリングに参加している者たちが思い思いにボールを投げている。こちらでもある程度の人数が集まれば、大会を催《もよお》す予定だ。

いろいろな対戦方式があるが、三人でチームを組んでもらい、その合計点を競うスタイルが〝大樹の村〟では一般的だ。リザードマン、ハイエルフ、山エルフ、獣人族たちが多く参加している。

麻雀会場でも、チェスに敗退した者と最初っから麻雀をやっている者たちで楽しんでいる。四人集まればできるので、人数が揃っては開始されている。ここにはドワーフたちの姿が多い。酒を飲みながら楽しめるのがいいそうだ。

ミノタウロス族、巨人族用のテーブルと巨大牌《パイ》も用意しているが、無理なく扱える者が少ないのでほぼ固定メンバー。問題はないと楽しんでくれている。

あと、魔王、ビーゼル、ドライム。三人はチェス大会に参加していたと思うが、早々に負けてしまったのかな？

それと、その三人を相手にしているザブトンの子供たち。二十匹ぐらいでチームを作り、席に座っている。糸を使った牌の扱いが、工場の機械みたいでなかなか小気味よい。しかし、誰が指揮をしているんだ？　ちゃんとルールを理解して……しているな。邪魔をしてすまなかった。

直後、ザブトンの子供たちが板を鳴らした。なるほど、板を叩《たた》いて発声の代わりにしているのね。すでにポンで二回鳴いて他者の牌を取っているが、どうやって鳴いたのか疑問だった。賢い。

でもって振り込んだビーゼル、信じられないかもしれないが現実を見よう。あれは対々和《トイトイホー》じゃないんだ。清老頭《チンロウトウ》で役満《やくまん》だ。ザブトンの子供たちが親だから、四万八千点。うん、一番高い手。

〝大樹の村〟では、役満を上がった者は専用のボードに名前を残せる。振り込んだ者の名は、慈悲で残さないようにしている。

ボードに名前を書いてやろうとして、俺の手が止まった。名前、どうしよう？　ザブトンの子供たちが期待した目で俺を見ている。

この場合、チーム名だよな。

……チーム《チンロウトウ》でいいかな？　駄目？　あ、なるほど。チーム《ヤクマンズ》ね。

これからも、いろいろな役満を上がっていくそうだ。頑張れ。

チェス大会は、順調にトーナメントを消化。ベスト十六が揃うのを待っているところだ。予定通りというか、予想通りにクロヨンとマルビットはしっかりと勝ち残っている。

そして、クロの子供たちが他に六頭、ティア、キアービット、ルィンシア、リアが残っている。あと四人か。

ルーは……あ、クロヨンに負けたのね。

フローラは？　まだ残っているが、劣勢。フローラが対戦しているのはスアルロウ。あー……決着、スアルロウの勝利だ。

ははは、フローラを慰《なぐさ》める。はいはい、ルーもね。うおっ、クロもか。ははは、誰に負けたんだ？　え？　鷲？　おお、アイギスの応援を受けた鷲がベスト十六に残っていた。やるな。

チェス大会が白熱しているところで、勉強を終えた子供たちがやって来た。おおっ、走っていない。勉強の成果が出ているぞ。ただ、並んでの行進はやめよう。面白い感じになってるから。

わかっている、オヤツだな。妖精女王が座っているから、そろそろだと思っていた。

アンたちが準備してくれているから、座っていて……運ぶのを手伝ってくれるのか？　よし、一緒に運ぼう。

そうそう、子供たちも参加できるイベントをいくつか考えていたのだが……剣と弓は駄目だぞ。

ガルフやダガはベテランだからいいの。壁や床を傷つけないだろ。

俺がやったら壁と床を傷つけてしまい、アンに悲しい顔をされてしまったので剣と弓は駄目。いや、俺よりも扱いが上手《うま》いのは知ってるけどな。勝てない勝てない。ウルザやアルフレートのほうが強い。本気でそう思う。


子供たちと妖精女王、あとは希望者にオヤツを配ったあと、俺は手の空いているハイエルフ、山エルフたちと協力して子供たち用のイベント会場を作った。イベント会場といっても、簡単なパーテーションで区切っただけだが。

その中央に置かれているのは、子供用に小さく作られた四台のビリヤード台。ルールは知っているな？

ビリヤード台はこれまで何台か作ったが、全て俺が適当に作った大人サイズ。子供たちには大きすぎて扱《あつか》えなかった。

なので、今回は子供用を作ってみた。棒《キュー》から球まで、全て子供サイズなので大変だった。

おっと、待て待て。山エルフたちが、水平を測《はか》っているから。ビリヤード台は、水平が命。水平を測る装置でチェックしながら、台の高さを調整している。球を転がして、最終チェック。よーし、問題なし。交代で遊ぶように。独り占めは駄目だぞ。

文官娘衆が何人か見守ってくれるそうなので、任せる。ああ、俺はちょっと急ぎで作らないと駄目なものがあってな。

ビリヤード台のサイズが問題で遊べなかったのは子供たちだけではない。ミノタウロス族、巨人族もそうだ。

手の空いているハイエルフ、山エルフ、ビッグサイズの台と棒《キュー》の製作を頼めるかな？　俺は球を作るから。

歪《ゆが》みの少ない球は、『万能農具』に頼らないとまだ作れない。このあたりも研究が必要だな。

夜。

まったりとする。

チェス大会は、決勝でクロヨンとマルビットが激突。三回、引き分けたところで夕食の時間になったので、翌日に持ち越しとなった。

ボウリングは、リザードマンのチームが優勝。

三人全員がパーフェクトとはすごい。

麻雀は……夕食後も楽しんでいる。

子供たちのビリヤードは、まあまあ楽しめたようだ。

ただ、ウルザには合わないらしい。自分の番は問題ないが、待っている時間がイライラするらしい。

同じ理由で、ウルザはボウリングも合わない。一人でガンガン投げられるなら喜ぶんだろうなぁ。

逆にアルフレートは、ビリヤードを気に入ったようだ。棒《キュー》の構えも、ビシッと決まっていたしな。

まあ、球を綺麗に突くのは練習次第だろうけど。ははは。今日、初めてやったんだから仕方がないさ。

子供用のビリヤード台は、専用の部屋を作ってそこに設置しておくことにしよう。

閑話　とある鬼人族メイドの役得？

私はヒラクさま……村長のお屋敷でメイドを務《つと》めております。鬼人族メイドの一人です。

ある冬の日、廊下で伏せて動かない一頭のインフェルノウルフがいました。朝からずっとです。どうしたのかと声をかけても、気にするなと首を振るだけ。アンさまが声をかけても同じです。廊下にも暖かくなる魔法を使っているので、寒くて動けないというわけではないでしょう。正直、少し心配です。

という態度をとってみましたが、実は私、インフェルノウルフが伏せて動かない理由を知っています。

あのインフェルノウルフは、明け方まで廊下で寝ていました。仰向けで。

インフェルノウルフの額《ひたい》には角があるので、仰向けで寝るにはコツがいるのですが……あのインフェルノウルフはそのコツを知らなかったのでしょうね。角がザックリと床に刺さってしまい、軽くパニック。しかし、身体能力を活《い》かしてなんとか角を抜いて脱出。

角が折れていないことにほっとしたのも束の間、床に大きな傷が入っていたのです。

これはまずいです。アンさまが大激怒します。そして、アンさまを怒らせたら食事が出なくなります。インフェルノウルフは少し悩んだあと、その大きな傷の上に伏せました。

そういうわけです。

このあと、どうするのでしょうね？　インフェルノウルフは総《そう》じて賢いと思っていたのですが、そうではないのかもしれません。

とりあえず、私はこのまま見守ろうと思います。もちろん、仕事の合間にですよ。


夜、インフェルノウルフは悲しそうな声で村長に助けを求めました。

村長はインフェルノウルフと一緒に、アンさまに謝りに行くようです。お優しい。

あ、その前に、インフェルノウルフはトイレと。そうですね。ずっと我慢していましたからね。

おっと、私はさぼっていたわけではありませんよ。夜の見回りの最中です。窓の鍵《かぎ》がかかっているかの確認や、廊下の明《あ》かりの管理をしています。


そうそう、インフェルノウルフと同じように、昼から動かない人がいます。マルビットさまです。

昼からコタツに入ったまま動かないのですが、大丈夫なのでしょうか？　死んでいるわけじゃありませんよね？

本人に聞くのはあれなので、同じコタツに入っているスアルロウさまに聞いてみました。

先日のチェス大会の敗北がショックで……そうではなく？　キアービットさまがマルビットさまの応援をせず、クロヨンさまの応援をしたので拗ねていると。なるほど。

キアービットさまはクロヨンさまに負けましたからね。自分を負かした相手が優勝してくれたら、慰めになるので応援する気持ちはわかります。

マルビットさまも、そのあたりは理解されているのでは……母親としては、どのような状態でも娘に応援されたいもの。そうかもしれませんね。私はまだ子供を持っておりませんが、お気持ちは察します。

ですが、コタツの使用時間は過ぎております。夜はコタツに仕込まれた魔道具を停止させるように、村長から指示されていますので申し訳ありませんが……いえ、安全ですよ。百年連続稼働させても大丈夫だと開発者のルーさまが胸を張っています。コタツの布団もザブトンさまの手によるものですから、火で炙《あぶ》られてもそうそう燃えません。

村長の指示の理由は、コタツで寝る者が多くなったからです。ええ、コタツで寝るのは身体によくないらしいですから。すみませんがコタツの魔道具を停止させていただきます。

………。

マルビットさまの手が私の腕を掴んで、魔道具の停止ボタンを押させてくれません。

えっと、マルビットさま？　停止させていただきたいのですが？　駄目ですか。そうですか、わかりました。

私は無駄なことはしません。ここは厳しく、私はルィンシァさまを呼びました。解決。

あ、スアルロウさまも追い出すことになって、すみません。

出るタイミングを見計らっていたから、気にしないで？　助かります。

私は引き続き、夜の見回りをします。

冬は、来客というか村の住人が屋敷で寝泊りすることが多く、トラブルも増えます。

あー、ドワーフのみなさま、廊下で酒盛りは叱られますよ。わかっています、お酒の品評会なのでしょう。ですが……ここが一番、月と雪を見ることができる？

ああ、なるほど。たしかに綺麗な月と雪ですね。ですが、通行の邪魔です。撤収をお願いします。

いえ……私は仕事中ですから。そう言われましても。…………そこまで言うなら、わかりました。一杯だけ、お付き合いしましょう。

……もう少し注《つ》いでくれてもかまいませんよ。おっとっとっと……ほほう。これはなかなか澄《す》んだ味。焼いた魚に合いそうですね。

え？　焼いた魚がある。火鉢までこんな場所に持ち込んで。叱られますよ。今日は見逃しますけどね。

では、一口だけ。

…………やはり合う。新作の干し魚も試してみろ？　わかりました。


翌朝、ドワーフのみなさまは、アンさまから思いっきり叱られていました。

せっかく見逃したのに、あのまま飲み続けたのでしょう。駄目ですね。私は飲んだあとも、ちゃんと仕事をしたのに。

あれ？　アンさま、どうして私のほうを？

昨晩のシフトから、あの廊下を見回るのは私だと。

…………。

はい、私が見逃しました。すみません。

下手な言いわけはしません。余計に叱られるだけですから。


私はドワーフのみなさまと一緒に、品評会の後片付けをします。

けっこう飲みましたね。

酒スライムさん、そこにいたら邪魔です。一緒に片付けちゃいますよ。

アイギスさん、残り物を漁《あさ》っちゃ駄目ですよ。子猫さんたちも、甘えた声で鳴いても駄目です。

駄目だと言ったからでしょうか、子猫さんたちは残り物の焼き魚をそれぞれ咥《くわ》えて逃げました。

…………。

追いかけて、焼き魚を取り戻す？　逃げながら食べられてますので、もう手遅れですね。

ですが、だからといって無法を許すわけにはいきません。躾《しつけ》は大事です。

私が全力で追いかけようとしたその瞬間、子猫さんたちの母親である宝石猫さんが立ちはだかり、子猫さんたちから焼き魚を取り上げました。お見事。

いえいえ、お気になさらず。ですが、子供はしっかりと躾《しつ》けてくださいね。あ、焼き魚を戻されても困ります。そのままどうぞ。

あと、向こうで姉猫たちがなにかやったようで……頑張ってください。


屋敷のホール。

玄関付近にはいろいろな物が飾られています。

目立つのはミニトロフィー。そして、麻雀の役満達成者表。一番新しいところに《ヤクマンズ》の名前が三つ、並んでいますね。

羨《うらや》ましくはありません。

なにせ、表の一番上、一番古い場所には私の名前があるのですから。ふふふ。

おっと、いけないいけない。つい嬉しくて、この表の前では時間を忘れてしまいます。《ヤクマンズ》のみなさんもそうですよね？　ですが、ちゃんと仕事をしなければいけません。

私の注意に、《ヤクマンズ》のみなさんは足をあげて応えてくれます。ええ、頑張りましょう。

それはそれとして、今度、一緒に麻雀をやりましょう。ビーゼルさまも誘って。次は負けないと言っていましたから、この前みたいにはいきませんよ。

《ヤクマンズ》のみなさんは、返り討ちだと意気込んでいます。もちろん、私も負けません。

さてさて、しっかりと仕事をしなければ。完璧ではなく、少し手を抜いて。

怠《なま》けているわけではありませんよ。それが私の役目なのです。

私を含め、鬼人族は完璧を求めすぎてしまい、主《あるじ》である村長に息苦しさを覚えさせることを自覚していいます。その対策です。

失敗役というか、うっかり役。鬼人族にも、可愛《かわい》げがあるのですよと。

まあ、意識してやっている時点であれなのですが……。

村長を含め、村の住人の評判は悪くありません。鬼人族と話しやすくなったとよく言われます。

まあ、私のことをよく失敗する人だと言われるのはなんですが……仕事中にお酒を飲んだり、遊んだり、村長に優しくしてもらえたりと役得がたくさんあるので気にしません。

おっと、山エルフのみなさん。遊ぶならあちらの部屋で。ここはもうすぐアンさまが見回りにきます。しばらくは静かにお願いしますよ。

今日も私は頑張ります。

閑話 ワトガング

忌々《いまいま》しい。ほんとうに忌々しい。これでもかってぐらい、忌々しい。

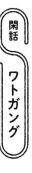

だが、どうしようもない。諦《あきら》める。諦めて、移動開始。

馬車で十分ぐらい。歩いたほうが早いけど、貴族は馬車で移動するものだ。

目的の屋敷の門前で、馬車を降りる。

今から行くぞと先触《さきぶ》れを出しているので、スムーズに屋敷に招かれた。家主《やぬし》の出迎えはない。

わかっている、家主は例の場所だ。何度も来ているので間取《まど》りは知っている。案内は不要と使用人に伝え、俺は一人で進んでいく。

例の場所で、家主が笑顔で待っていた。ええい、忌々しい。

俺の名はワトガング。ワトガング＝プギャル。魔王国の伯爵家当主だ。

そして、目の前にいるこの屋敷の家主がビーゼル＝クローム。俺と同じ、魔王国の伯爵家当主だ。

ただ、こいつは四天王の称号を持っており、俺よりも遥《はる》かに上の立場である。羨ましい。

……いや、羨ましくない。四天王って、かなり忙しいからな。城で、こいつがふらふらになっているところを何度も見ている。

あの姿のときは、冷やかせない。逆に絡まれないように、隠れるぐらいだ。

「ようこそ、プギャル伯。今日のご用件は？」

おっと、先に挨拶されてしまった。親しき仲にも礼儀あり。挨拶すべきところでは、しっかりしなければ。

「なにが今日のご用件だ。わかっているだろう、クローム伯」

そう、クローム伯は俺が来た理由を知っている。だから出迎えず、ここで待っていたのだ。ええい、忌々しい。

クローム伯が俺を待っていたのは、屋敷の遊戯室。その中央に設置された巨大な長方形のテーブル。ビリヤード台だ。

くっ、重厚な作り。水平を保つ機構。要所に手を抜いていない細工。

欲しい。超欲しい。このビリヤード台、絶対に欲しい！

し、しかし、俺にだってプライドはある。欲しいと言う前に、自分の領地で作れるかどうかを確かめた。

結論、作れる。

実物を見ていない家具職人なので、まったく同じ物を作るのは不可能だが、作れるとの回答だった。すごいぞ、我が領内の家具職人！　完成に一年ぐらいかかるみたいだけど。くそうっ！

ポケットと呼ばれる、テーブルの四隅と長辺の真ん中に開けられた計六個の穴。穴だけなら簡単らしいが、この穴に落とした球を転がして同じ場所で回収する機構が面倒らしい。

家具職人から、各穴にネットを張って、個々に球を回収するのはどうかと言われた。それが現実的かもしれないが、クローム伯に負けた気がするので頑張ってほしい。

だが、ビリヤード台はできるが、ビリヤードの球は無理と言われた。

木で作られた歪みのない真球。重心位置も完璧。

時間をかければ一つは作れる。しかし、同じサイズで数を揃えるのは不可能だそうだ。ま、まあ、家具職人だからな。

ならば木工職人ならどうだろうと思ったが、同じ回答だった。

では、このクローム伯のビリヤード台の上にある多くの球はなんなのだ？　クローム伯の領内の木工職人のほうが、技術が高いのか？　それともなにか新しい魔法の使い方でも発見したのか？

現在、領内の木工職人組合と魔法使い協会に、ビリヤードの球の作成研究を依頼している。成果を期待しよう。

とりあえず、今のところは負けだ。悔しいが認める。

だからこの屋敷にやって来た。ビリヤードをするために。


最近、俺はビリヤードに嵌《は》まっている。球を棒《キュー》で突くアクションが楽しい。思い通りに球を動かし、ポケットに球を落とせたときは心躍《こころおど》る。

不満点は、これを楽しむためにはクローム伯の屋敷に来なければいけないことだ。早く俺の屋敷に欲しい。

「棒《キュー》はどれを使う？」

クローム伯が、いくつかの棒《キュー》を見せてくれる。

ふっ。

「ありがたい提案だが無用だ。俺はこれを使う」

俺は持ち込んだ棒《キュー》をクローム伯に見せる。

この棒《キュー》は領内の木工職人の一人が作ってくれた。

動作の邪魔にならない程度の装飾が施されている。俺に相応《ふさわ》しい棒《キュー》だ。

クローム伯の使う棒《キュー》は、材質はいいがデザインは実用性重視だ。貴族の遊具としては、その点を改良したほうがいいと俺は思う。

幸いにして、棒《キュー》は先端のタップの材質とサイズだけが規定されており、グリップの材質やデザインにはいろいろと工夫できる。

持ちやすさと同時に、このあたりの美意識にも拘りたい。

「なるほど、いい棒《キュー》だ。しかし、道具で勝負は決まらないぞ」

もちろん、わかっている。だが、この棒《キュー》を作ってくれた木工職人のためにも、俺は負けられん。


クローム伯とビリヤードの勝負を開始。

ルールはナインボール。

テーブル上には一番から九番の球と手球があり、手球を棒《キュー》で突いて転がし、テーブル上にある一番小さい番号の球にぶつける。一番小さい番号の球に一番最初にぶつからなかったら失敗でプレイヤー交代。また、ぶつかっても、手球以外の球が一つ以上ポケットに落ちなければプレイヤー交代。

手球をポケットに落としてもプレイヤー交代。

その手順を守りつつ、九番の球を落としたプレイヤーの勝利だ。

簡単そうに思えるが、手球の位置と一番小さい番号の球の間に、別の球があったりすればまっすぐ転がせなくなる。また、一番小さい番号の球にぶつけることができても、角度によってはポケットに落とせなかったりする。なかなか奥が深い。

コイントスで、クローム伯から開始。

クローム伯がプレイしているあいだ、俺は静かに待っているべきなのだが……伯爵家の当主二人が揃っている貴重な時間だ。情報交換を行う。

「そういえば、ゴールゼンの王子が来たらしいな」

ゴールゼン王国は人間の国の一つ。魔王国に同盟締結にやって来た。

ずっと敵対してきたゴールゼン王国が、どういう理由か方針を転換してきた。どういう理由かを知りたい。

「食料が目的だ」

「食料？　人間の国《あちら》の食料事情は改善されつつあったのではなかったか？　裏で援助したのだろう？　そう報告を受けているぞ」

「それがどうも、災害に見舞われたらしくてな」

「災害？」

「ゴールゼン王国の空に浮かぶ島、知っているだろう？　あれが落ちた」

「……まさか」

「本当だ。落下場所が川の上らしく、下流の農地に大きな被害が出た。コーリン教が支援をしているから死者は出ていないが、農地の回復には時間がかかる。周辺国を頼ろうにも、食料に余裕のある国はない」

「それで、魔王国にか」

「魔王国とゴールゼンは敵対関係ではあったが、戦火を交えていたわけではない。民衆も受け入れやすいのだろう」

「なるほど。しかし、その使者があの王子なのはどういうことなのだ？　かなりの色ボケだと城で噂だが？」

「あの王子は優秀だよ。絶対に断られる女性にしか声をかけない」

「ほう。色ボケは擬態《ぎたい》と？　後継者《こうけいしゃ》争いか？」

「どちらかといえば、後継者争いから降りたい感じだったね」

「ふむ。であれば、道中の病気も……」

「そっちは真実。命の危機を顧《かえり》みず、我が国との同盟のために旅を続けた。なかなかの人物だ。うっ……しまった」

クローム伯が、ミスをした。ふふふ。

残る球は、八番と九番。簡単な配置だ。このゲームはもらった。

第二ゲーム開始。

勝利したので俺が続けてプレイする。

いい具合に球が散っている。油断しなければ、問題ないだろう。

クローム伯は、グラスに入った酒を飲みながら俺のプレイを見ている。ふふっ、俺の堅実な突き《ショット》に惚れるがいい。

「そうだプギャル伯。王都の清掃《せいそう》に関してはどうなっている?」

「王都の清掃?」

十日に一度、住人たちが集まってする清掃会のことではないよな。俺はきちんと参加している。とすれば……。

「裏街のことか?」

裏街という場所があるわけではない。窃盗《せっとう》、暗殺《あんさつ》、誘拐……そういったことを取り纏《まと》める、いくつかの裏の組織をまとめてそう呼んでいる。これら組織は、公然の秘密だ。そして、必要悪として活用されている。魔王国に表立って敵対する勢力ではない。

しかし、魔王様は夏に入ったころから裏街の整理に動き始めた。悪質なところは潰し、従順なところは残す。

そのうえで、次の春から数年のあいだの活動縮小命令。抵抗する組織は軍によって潰された。

魔王様の暗殺に動いた組織もあったが、それらは全て一人のハイエルフの活躍によって露見した。暗殺ではなく、表立って魔王様に挑戦した組織もある。立派なものだ。だが、そういった組織は魔王様が雇った三頭の竜によって排除された。

城で木の棒を振り回しているだけの暇な女性たちかと思ったが、まさか竜だったとは。魔王様はどうやって竜を手懐《てなず》けたのだろうか？

なんにせよ、裏街は抵抗は無理だと判断し、俺やグリッチ伯のところに仲裁を申し込んできた。

それが秋の終わりころ。

クローム伯が聞きたいのは、その件がどうなったかだろう。

「魔王様の事情を伝え、活動縮小に賛同してもらった。連中は、最初からそういった事情だと素直に伝えてもらえれば従ったと言っているが……」

「まあ、そんなことはありえないでしょう」

クローム伯の言葉に、俺も頷く…………あっ。

失敗した。構えているときに頷いたから……くうっ。


魔王様の、裏街に対する理由は簡単だ。

国賓級の者が王都にあるガルガルド貴族学園に通う。その期間中、犯罪に巻き込むのはもちろん、関わることも防ぎたいとのことだ。

少々、過保護かとも思うが、魔王様は魔王国の存亡に関わる事柄だと見ている。だから、裏街の連中に最初っから伝えなかった。絶対、面白《おもしろ》半分で関わろうとする連中が出るから。

第二ゲームは俺の負けだ。悔しい。


第三ゲーム。

おっ、クローム伯の最初の突き《ショット》で、四番がポケットに落ちたが、そのあとの形が悪い。

一番小さい番号である一番の球と手球の間に七番と八番の球があり、直接狙えない。壁を使ったリバウンドでも難しい。

これはすぐに俺と交代だな。

そう思ったのだが、クローム伯はテーブルに腰掛けた。

なにを？

クローム伯は棒《キュー》を縦に構えた。

なにをしている？

俺は数歩前に出て、クローム伯がやろうとしたことを見た。

クローム伯は手球を上から突き、手球に猛烈な回転を与えて七番と八番を回避して一番の球にぶつけた。

…………。

「ちょ！　いまのかっこいいの、なんだ？」

「ふふふ、マッセと呼ばれる技だ」

「ず、ずるいぞ！　お前だけそんな技！」

「これ、お前の娘から教わったのだが」

「娘？　エンデリか？」

「いや、四女のほう」

「クラカッセに？　お前、俺の娘に手を出しているわけじゃないだろうな」

「危険な発言はよせ。妻に聞かれたら私が殺される。あと、娘がかわいいのはわかるが、私があれに手を出すと思うか？」

「すまなかった」

「お前の四女は魔王様のご友人のところで、穏やかに暮らしている。手紙、何通も渡しているだろ」

「うむ」

内容がこれまでのクラカッセの行動から想像できなかったので偽《にせ》の手紙と疑ったが、家族にしか教えていない暗号を使っていたので娘からなのだろう。

それに……。

「〝五ノ村〟で会った。魔王様のご友人とは、あのヨウコ殿のことか？」

美しく、聡明《そうめい》な女性。そして、魔王様に匹敵しそうな強さを持つ女性だった。

魔王様の愛人と俺は疑っているが……。

「彼女の上司だ」

違うようだ。

「ヨウコ殿の上司……クラカッセはその者に仕えているんだな」

「私の娘と一緒にな」

知っている。

この屋敷を取り仕切っていた女中頭、ホリーもそちらに向かったと聞いている。

もう少し詳しくそのあたりの話を聞きたいが……俺の本能は止めておけと言っている。

本能と言っているが、これはスキルだ。このスキルに名はない。代々、プギャル家の当主に備《そな》わるスキルで、神からのお告げ《オラクル》みたいなものだ。

この本能に逆らうのは愚《おろ》か。俺はこの本能に従い、今の地位を得た。だから従う。


(関《かか》わっちゃ駄目)


うん、まかせろ。

そして、ありがとう。


第三ゲームはクローム伯の勝利。

それはかまわない。お前の勝利を認めよう。

だから、第四ゲームに入る前に、そのマッセとやらを俺に教えるのだ！　絶対、かっこいい！

あと、お前のことだからほかにも隠している技があるんだろう！　それも教えるんだ！

閑話　決闘の様子

こんにちは。俺はカナリアクド。カナリアクド＝グリッチ。魔王国の伯爵だ。

さっそくだが、最近、娘のことで悩んでいる。

俺には娘がそれなりの数いる。

詳しい数を言わないのは愛情がないからではなく、いろいろと事情があるからだ。察してほしい。

いや、浮気じゃない。浮気じゃないぞ。ただ、仕事のうえでの男女の付き合いというのがあってだな、まあ、そのなんだ。断れないというか、なんというか……妻にどう言うか悩んでいます。

……違う。

たしかにその件はその件で悩んでいるが、俺がいま話題にしたいのはそれではない。


俺が話題にしたいのは、俺の五番目の娘であるキリサーナに関してだ。

キリサーナは大人しい娘だった。姉たちがぶっ壊れ気味だったので、その大人しさはとても好ましかった。

そして、姉たちが結婚や仕事で家を出ると、文武に実力を発揮し始めた。まだ学園に通う身ではあるが、我が伯爵家の政務にも携《たずさ》わるほどだ。

姉たちに目をつけられないように、実力を隠していたのかもしれない。気持ちはわかる。

俺もあの娘たちはちょっと怖かった。どれぐらい怖かったかというと、敬語で話をしてしまうぐらい怖かった。

娘を怖がるなんてと思うかもしれないが、それはあの娘たちを知らないからだ。

領内で十件のトラブルが発生したとき、その半分の五件のトラブルに娘の誰かが関わっており、残り半分の五件に関わろうとする。

本人たちは解決屋《トラブルバスター》を自称しているが、俺からすれば事件を新たな事件でぶっ飛ばしているだけにしか思えなかった。

娘たちを止めようとはした。しかし、止めようとすれば俺に被害がくる。しかも止まらない。

そんな娘たちを怖がる俺は間違っているだろうか？　親としては失格かもしれないが、俺は自分の身の安全を確保したい。

ああ、結婚や仕事で家を出てくれて、ありがとう。引き受けてくれた先、すまない。特に結婚してくれた婿殿《むこどの》、相談には乗るからいきなりの離婚《りこん》だけはやめて。心の準備が必要だから。

また、話が逸《そ》れてしまった。今の悩みに向き合いたくないのかもしれない。

しかし、そうはいかない。

問題を起こさない娘、キリサーナが結婚するというのだ。しかも、どこの誰だか知らん相手と。

娘の目を信じられないのか？　そう言われると心苦しい。

キリサーナの目を信じないわけではないが、世の中には酷い男というのが存在する。女を泣かせる男だ。そういった酷い男は、なぜか女を誑《たぶら》かすのが上手《うま》い。誑かすのが上手いから、酷い男になってしまったのかもしれない。

そして、得てして世の中の女は、そういった酷い男に惹《ひ》かれる。俺は言いたい。冷静になれと。酷い男だって知っているならやめなさいよ。結婚して男を更生させる？　無理無理、そういう男が更生するわけがないだろ。口で上手いこと言ってその場を凌《しの》いでいるだけだ。

キリサーナの相手は酷い男ではない？　立派な男？　キリサーナ以上の文武両道で？　そんな男がいるわけない！

それに、俺の部下の調べによると、その男はギリッジ侯爵《こうしゃく》と揉《も》めたと聞いているぞ！　わかるだろ？　ギリッジ侯爵は面倒な相手なんだ。そんなところと揉めている男に、キリサーナをやるわけにはいかん！

キリサーナは俺の心の平穏だ。キリサーナには俺の決めた相手と結婚してもらって、俺のそばで生活してもらうんだ！

キリサーナの結婚に反対したら、屋敷の中庭でキリサーナと決闘することになった。

なぜだろう？

いや、疑問に思うよりもまず勝たねば！　家臣たちが集まっている。負けるわけにはいかない！

勝って、キリサーナの目を覚まさせるのだ！

……待て、その殺意が高そうな武器を置け。勝負は素手で。うん、素手でお願いする。

ボコボコにされた。

さすがキリサーナだ。一撃一撃が重い。だが、その程度で俺の心が折れると思うたか。娘を思う父は強いのだ。

屋敷で働いている魔法使い、俺を治療しろ。キリサーナ、続けるぞ。

もう一度、ボコボコにされた。

魔法使いが治療するとわかったからか、遠慮がなくなった。急所も的確に狙ってくる。

だが、だがだ！　この程度の逆境には慣れている！　絶望的な戦力差だろうが、諦めなければ敗北ではないのだ！

魔法使い、治療だ！

また、ボコボコにされた。

魔法使い、待て、もう治療するな。あとそこの家臣、俺が殴られるたびに歓声を上げていたな。どういうつもりだ？

キリサーナの応援？　お前たちを雇っているのは俺だぞ！　それを忘れたか！　魔法使い、だから治療しなくていいって。こら、誰だ俺の背中を押したのは。キリサーナ、待て、待ってぇ！

……………キリサーナ、お前の結婚を認めよう。

うん、認める。俺が悪かった。

お前を……いや、お前が決めた相手を信じるとしよう。だから一つだけお願いだ。

いまからあそこにいる家臣たちを粛清《しゅくせい》するから、手を貸してくれ。

「お父さま、彼らは私の応援をしていただけですよ」

「そうです！　キリサーナお嬢さま、ご結婚、おめでとうございます！」

ぐぬぬぬ。

閑話　〝大樹の村〟の村長

俺の名はニッケ。

〝ハウリン村〟の鉱山で、採掘を生業《なりわい》にしている獣人族の男だ。

最近の〝ハウリン村〟は、景気がいい。

仕事が山のように舞い込み、働けば働くだけ金や食料になる。

また、買い物も楽になった。

以前は、数年に一度やって来る行商人を待つか、村から買い出しの一団を作って、大きな村か街まで買いに行っていた。

欲しい物があるときはその買い出しの一団に頼むのだが、行って戻ってくるまで数ヵ月かかるのは当たり前なうえ、貴重な品は手に入るとは限らない。不満はあるが、それを受け入れるしかない状況だった。

だが、今は違う。

七日に一度ぐらいの割合で村にやって来る空を飛ぶ船。その空を飛ぶ船の乗組員に頼めば、次にやって来るときに持ってきてくれる。

入手が難しい品でも、一回か二回待たされる程度ですむ。ありがたい。

それもこれも、全ては〝大樹の村〟と取引をしたからだ。空を飛ぶ船も、〝大樹の村〟からやって来る。


〝大樹の村〟。

死の森の中心にある村。

最初は小さかったが、いまでは〝ハウリン村〟よりも大きくなっているそうだ。

あんな場所で村を大きくできるのは信じられない。

だが、あそこは竜が訪れる村だ。それぐらいやってしまうだろう。

それに、〝大樹の村〟は空を飛ぶ城を従えている。馬鹿なことを言っていると思うだろうが、実際に〝ハウリン村〟からはよく見える。死の森の上空をゆっくりと飛ぶ城を。

あんなものを従える村が、普通の村なわけがないのだ。

その〝大樹の村〟の村長からの使者が、空を飛ぶ船に乗って〝ハウリン村〟にやって来た。

〝大樹の村〟からやって来る使者は、向こうが気を使って〝ハウリン村〟出身者が選ばれている。

ほとんどの場合が、〝ハウリン村〟から〝大樹の村〟に移住したガットかガルフだ。今回もそうだと思った。

ガット、ガルフの姿が見える。珍しいな二人一緒か？

…………あれ？

〝大樹の村〟の村長も一緒？　え？

〝大樹の村〟の村長がやって来たので、うちの村の村長は大慌て。

お陰で俺たちは冷静になって、対応できたと思う。

だが、心の中は穏やかではない。〝大樹の村〟の村長がやって来る場合は、必ず事前に連絡が届く。

今回はそれがなかった。

よほど、急ぎの要件があるのか？　村にとって、不吉な内容でないことを祈るばかりだ。


そんな村人たちの心配をよそに、使者の要件は平穏だった。

昔、この〝ハウリン村〟から〝大樹の村〟に移住させた子供たちがいる。

その子供たちのうち三人が大きくなり、結婚することになった。

祝いの席を用意するので、子供たちの産みの親に参加してもらいたいという内容。

結婚するのは……ゴール、シール、ブロン。あの三人か。そうか……結婚するのか。よかったな。

俺は喜んでその三人の親たちを祝福した。

だが、親たちの顔色はよくない。

「〝大樹の村〟の村長。わざわざ知らせてくれたことには感謝する。だが、あの子たちは貴方《あなた》に預けた。私たちは祝いの席に顔を出す立場にない」


あれから、〝大樹の村〟の村長、ガット、ガルフが三人の親たちを説得していた。

だが、三人の親たちは首を縦に振らない。

…………。

気持ちはわかる。

あの頃の〝ハウリン村〟は〝ヒュマ村〟と揉めていた。直接の武力衝突こそなかったが、取引を断られて経済的に絞めつけられた。

正直、明日もしれない状況だった。

そこにやって来た〝大樹の村〟との取引で、〝ハウリン村〟は助けられた。しかし、それでも一息つけただけ。

〝ヒュマ村〟との関係をなんとかしなければ、〝ハウリン村〟は滅びるしかなかった。それは〝ハウリン村〟に住む者の共通の認識だった。

だから、〝大樹の村〟に移住の話を持ちかけた。


移住と言っているが、あのときの俺たちは、村の労働力として弱い子を捨てたのだ。でなければ、若い子ばかりを選んだりはしない。

〝大樹の村〟に迷惑がかかるのは承知。正直、〝大樹の村〟に送った子たちが殺される可能性も考えた。考えても、移住話は止まらなかった。


結果として、〝大樹の村〟に移住した者たちは元気にやっている。小型ワイバーンで日々の様子が書かれた手紙が送られて、子たちの親は安心した。

だが、捨てたという事実は消えない。

捨てた先で幸せに暮らしているからと、顔を出すことなどできるわけがない。

今回、結婚することになったゴール、シール、ブロンの三人の親は特にそうだろう。

ゴール、シール、ブロンはあのとき、まだ四歳ぐらいだったのだから。

あれ？

あれから九年、いや十年だったか？

どちらにせよ、ゴール、シール、ブロンの結婚、早くない？

獣人族の男の成長はそれなりに早いと言われているけど、まだまだ子供じゃないかな？

数日後。

三人の親たちはゴール、シール、ブロンの結婚を祝う席に出ることを承知した。

〝大樹の村〟の村長って、粘り強いんだな。

「譲るところは大きく譲ってくれるのだがな……」

ガルフが疲れた顔で呟《つぶや》く。ガルフも〝大樹の村〟の村長と一緒に三人の親たちを説得していた。

三人の親たちは出席を断っていたが、結婚を祝いたくないわけではない。できれば祝いたい。だが、心が許さない。

そんな者たちを〝大樹の村〟の村長は説得しきった。

「ガルフ。一つ聞いていいか？」

「なんだ？」

「〝大樹の村〟と〝ハウリン村〟の関係を考えれば、〝大樹の村〟の村長は三人の親たちに命令すれば終わる話だったろう？　〝大樹の村〟の村長はなぜ命令しなかったんだ？」

「命令で出席させても意味がない。村長はそう言っていた」

「そうか」

たしかに強制で出席させても意味はないな。

だから、数日も粘って説得したのか。

………。

俺は〝大樹の村〟の村長のことをまだまだ知らないようだ。

「〝大樹の村〟の村長がそこまでするのは、ゴールたちを気に入っているからか？」

「気に入っているのはたしかだろうけど……たぶん、村長なら、ほかの子供たちが結婚するときも同じようにするんじゃないかな」

そうか。


これまで、俺は〝大樹の村〟に感謝しながらも、〝大樹の村〟には近づかないようにしていた。

〝大樹の村〟には、ゴール、シール、ブロンと一緒に移住した俺の妹がいるからだ。

だが、次に空を飛ぶ船がやって来たら、俺の両親を誘って妹に会いに行ってみようと思う。

妹が結婚するとき、〝大樹の村〟の村長を困らせたくないからな。

閑話　体調不良

こんにちは。私は鬼人族メイドの一人です。

本日は休み当番だったのですが、体調不良者が出たので代わりに仕事です。やったー。

「休みってなにすればいいかわかんない！　仕事、楽しー！」

おっといけない。露骨に喜んでは、体調不良者が出ることを望んでいたように思われます。

静かに。優雅に。しっかりと仕事をこなすのです。

あっ、自然に鼻歌が……いけないいけない。


おふざけはこれぐらいにして、体調不良を訴えたのは私たち鬼人族メイドの有能な二番手、ラムリアスさまです。

ラムリアスさまが体調不良なんてと、かなり驚きましたが……あれは仮病です。

なぜなら、体調不良を訴える直前に、かなりの量のお酒を自室に持ち込んでいましたから。

でも、言いません。仕事がしたいので。

ただ不思議なことが一つ。

私がラムリアスさまがお酒を自室に持ち込むところを見たとき、私の横にアンさまもいたのですよね。つまり、アンさまもラムリアスさまの仮病に気づいていると思うのですが……なにも言っていません。

アンさまなら、ラムリアスさまが相手でも強く諫《いさ》めると思うのですが……どうしたのでしょう？

アンさまが気づいていなかったということは、ありえないでしょう。となると、まさかとは思いますが、体調不良なのはラムリアスさまではなくアンさま？

……そんなわけありませんよね。わかっています。そして、私は騒ぎ立てません。仕事をするだけです。


夜。

アンさまがラムリアスさまの部屋に向かいました。ラムリアスさまの看病が目的だそうです。なるほど。

ですがアンさま？　その手に持つトレーには、体調不良の者には食べにくいものばかりが載っていませんか？

などと指摘はしません。私はできるメイドです。黙って見送ります。

…………。

気になりますが、同行できるわけでもありませんしね。

私は仕事をするだけです。

私はいま、ラムリアスさまの部屋の前を掃除しています。ええ、掃除です。掃除を普通に頑張っています。

掃除の音が小さいのは、迷惑をかけないようにしているからです。聞き耳を立てているわけではありません。ただ、聞こえてしまう。それだけです。

なのですが……まったく、音が聞こえてこない。

部屋を間違えたわけではありません。これは魔法で防がれていますね。むう。どうしましょう。

覗《のぞ》ければいいのですが、私たちが住んでいるのは村長の屋敷の一室。

覗けるような穴はありませんし、あったとしてもそこにはザブトン殿のお子さまたちが見回っています。つまり……お手上げです。

仕方がありません。諦めましょう。できるメイドは、退くタイミングを逃したりはしないのです。

私の心は諦めたのですが、私の足は未練がましくラムリアスさまの部屋の前から離れません。

できるメイドへの道は遠そうです。

しかし、このままここにいてもなにも進展しません。逆にアンさまやラムリアスさまに見つかる可能性が高く、危険です。

わかっているのです。わかっているのですが……好奇心が抑えられません。

私が困っていると、助けが現れました。

村長です。

村長もラムリアスさまのお見舞いですか？

「そんなところ。君もかな？」

は、はい。そうです。

そう返事してしまいました。先のことを考えず。

「そうなんだ。じゃあ、一緒に行こう」

村長のその返事を予想できなかった私は、愚か者です。


扉をノックし、村長と一緒にラムリアスさまの部屋に入った私が目にしたのは、いつもと違う様子で椅子《いす》に座っているラムリアスさまでした。

いつもと違うというか……かなり酔っていますね。あれ。

「すみません」

アンさまがラムリアスさまに代わって村長に謝罪します。

「いや、いいんだ。ラムリアスの気持ちはわかる」

…………どういうことでしょう？

村長はラムリアスさまが仮病を使って仕事を休み、お酒を飲んで酔う理由を知っているのでしょうか？

私が頭の中でいろいろと予想していると、アンさまが小声で教えてくれました。

「ラムリアスが面倒を見ていた獣人族の男の子たちが、学園から一時的に戻ってきたのは知っていますね？」

もちろんです。

王都のお土産をいただきました。

「その男の子たちが、結婚するそうです」

結婚！

あの子たちがですか？

「ええ。その報告をされたラムリアスは喜んだのですが……」

ですが？

「男の子たちは、結婚してもこの村には戻ってこられないようなのです」

あー、ありえない話ではないですね。

あの男の子たちは、村長からいろいろと期待されています。

結婚したからとすぐに村に戻ってはこられないでしょう。

…………。

あの、事情はわかりましたが、ラムリアスさまが仮病を使って仕事を休み、お酒を飲んで酔う理由がわからないのですが？

「このままだと男の子たちの子供の面倒が見られないでしょう」

……………………………………たしかに！

なるほど納得！

私がラムリアスさまの立場でも、仮病を使って酔っぱらう！

子供ができたら、村に戻って来るとかの約束はできなかったのですか？

「男の子たちにその気があっても、妻たちがそれを許すかはわかりませんから」

むう。

「その気になれば、王都まですぐに行けるのですからそれほど気にしないようにと言っているのですが……」

ラムリアスさまは、気にして酔っぱらっていると。

「まあ、明日には元通りになるでしょう。村長も来てくださったことですし」

そうですね。

「ところで貴女《あなた》。ずっと扉の前にいましたね？」

………できるメイドは、嘘を言いません。素直に謝ります。

「正直でよろしい。ラムリアスの名誉のため、ここでのことは他言無用です。わかりましたね？」

絶対に言いません。

「では、もう少しだけ付き合いなさい。ラムリアスが持ち込んだお酒と、私が持ってきた食事がまだ余っています」

たしかにそのようですね。ありがたく誘われます。かんぱーい……はちょっと違うかな？　ラムリアスさまに睨まれました。

「乾杯でいいではありませんか」

アンさまがそう促し、村長が続きます。

「ああ、ゴール、シール、ブロンの結婚を祝って、乾杯だ」

村長とアンさまの言葉で、ラムリアスさまがお酒の入ったコップを掲《かか》げます。

「ううっ、あんなに小さかったのに……いつの間にか大きくなって……知らない女に……でも、結婚はめでたいことです。乾杯」

その日のラムリアスさまは、ちょっと面倒くさかったけど、他言無用を約束したので誰にも言いません。

できるメイドは、約束を守るのです。


次の日、アンさまの言っていた通り、ラムリアスさまは復活しました。さすがです。

代わりと言ってはなんですが、私が体調不良です。

仮病ではありませんよ。二日酔いなのです。

ラムリアスさまが持ち込んだお酒、酒精《アルコール》が強かったですから。美味しかったのは美味しかったのですけどね。

私より飲んでいたはずの村長、アンさま、ラムリアスさまが平気な様子を見ると、ちょっとだけ世の中の不公平を感じてしまいます。

異世界のんびり農家

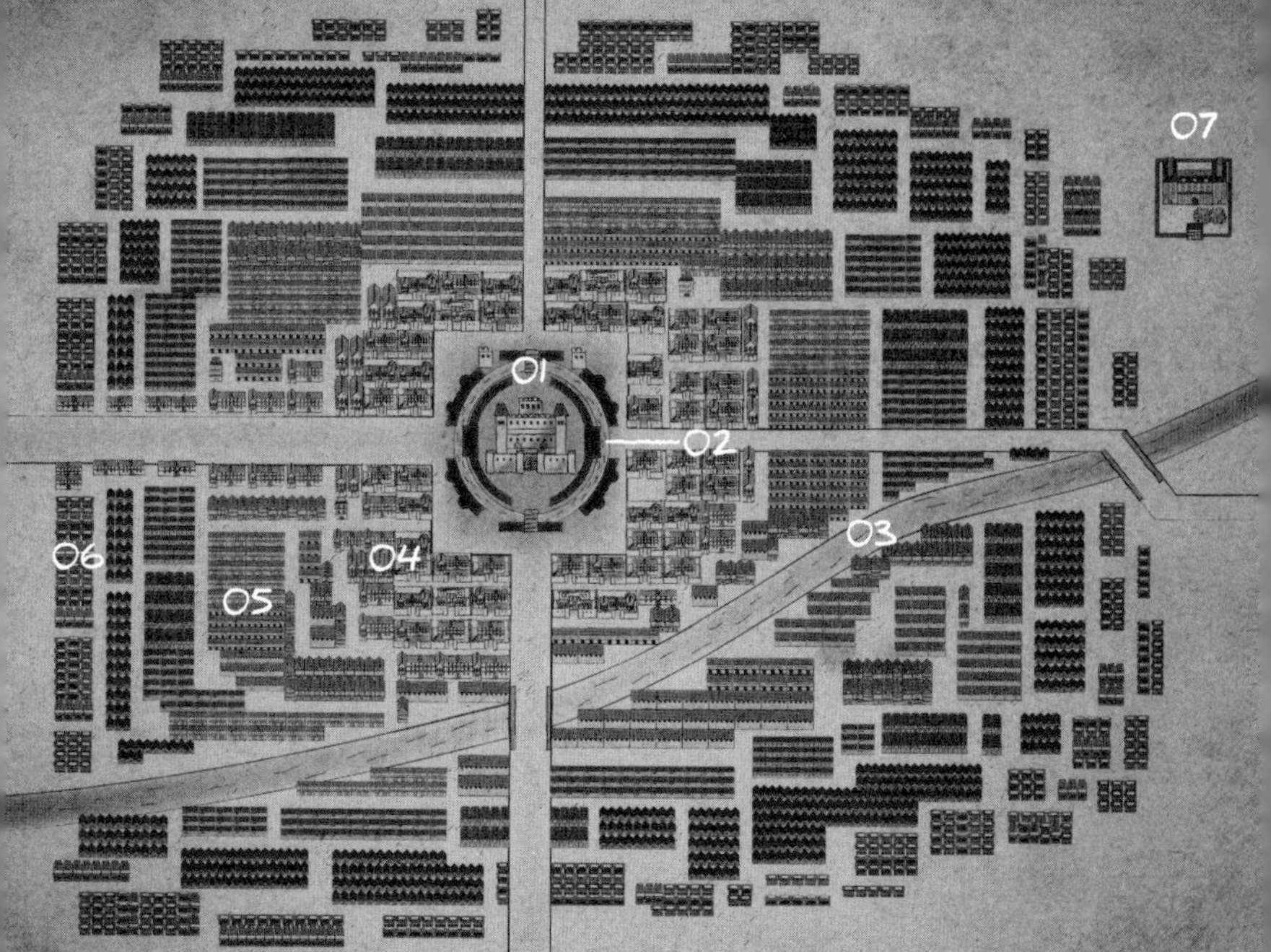

Farming life in another world.

Final chapter

Presented by
Kinosuke Naito
Illustrated by
Yasumo

〔 終章 〕

アルフレートの学園生活

01.王城　02.水掘　03.川　04.貴族屋敷　05.住人家屋　06.商店　07.貴族学園

1 春の準備

少し吹雪《ふぶ》いた日が続いたあと、冬の終わりを感じさせるほど暖かい日がやってきた。

だが、俺《おれ》は油断しない。また吹雪くだろう。これまでの経験では、そうだ。

……………。

まあ、吹雪かなくても怒らないように。


クロの子供たちの何頭かが外に出て、雪を掻《か》き分けて走っている。吹雪《ふぶき》を避けるために小屋か屋敷で籠《こ》もっていたのがストレスだったのだろう。

ちなみに、走っているのは去年か今年生まれの子供たち。でもって、屋敷の近くの雪がない場所にいるのが少し上の世代。さらに上の世代は、小屋か屋敷の中から出てこない。まだ寒い冬が続くと知っているうえに、冬籠もりにも慣れているからな。

クロ、ユキにいたっては俺の部屋のコタツを満喫中だ。昔は、吹雪でも村の警戒のために外に出ていたのになぁ。いまは、吹雪だと素直に避難するようになっている。

理由は二つ。

一つは、吹雪を気にせず襲ってくる魔物や魔獣だと、屋敷の中にいても問題なく察知《さっち》できること。

もう一つは、フェンリルたちが吹雪をまったく気にせずに野外活動をしているから。

現在、フェンリルはクロの子供の一頭と結ばれた母親と、その母親から生まれた十五頭の子供たち。今年生まれた三頭の子供たちはまだ小さくてかわいいが、それ以前に生まれた十二頭の子供たちは母親と同じぐらいかそれ以上の大きさになっている。

このフェンリルたちが、〝大樹の村〟だけでなく〝一ノ村〟、〝二ノ村〟、〝三ノ村〟の見張りをしているので、クロの子供たちは吹雪のときは遠慮なく小屋か屋敷に籠もるようになった。

逆に冬以外はクロたちが見張りを頑張るので、役割分担みたいなものだろう。もちろん、冬以外にフェンリル一家が遊んでいるわけではないが。


ちなみにだが、フェンリル一家の大きな十二頭の子供たち。

クロの子供たちと同じようにパートナー探しに行くのかと思っていたのだけど、行かなかった。母親と同じように、クロの子供たちをパートナーにしていた。種族的にそれでいいのか？　どこかにいるであろう別のフェンリルを探そうという考えはないのだろうか？　当人たちがそれでいいなら、特に気にしないが。

ん？　フェンリルの子供たちをパートナーに持つクロの子供たちが、俺を心配そうな顔で見ていた。いやいや、反対じゃないぞ。

サイズ差の壁は乗り越えられるのは、フェンリルの母親とクロの子供の父親で証明されたからな。

ただ、パートナーのフェンリルたちは外にいるのに、お前たちは外に行かないんだなぁって思っただけで。

うん、暖かいとはいえ、まだまだ積もっている雪は冷たいもんな。わかるわかる。いいんだ、無理はするな。愛の形は、それぞれだ。


なんにせよ、春は近い。

アルフレートとウルザが王都の学園に通う日も近くなってしまった。寂《さび》しい。

しかし、二人は学園に通うためにいろいろと頑張っていたから、いまさら取り止《や》めと言ったりはしない。


あと、アルフレートとウルザと一緒に学園に通うのはティゼルに決まった。

ナート、リリウス、リグル、ラテ、トライン、リザードマンの子供数人は、勉強も十分できていると候補にあがったのだが、大勢を送り込んでは新しい場所で学ぶ意味がないとマルビットから注意を受けたのでティゼルだけになった。

たしかに顔見知りが大勢いたら、頼もしい反面、新しい出会いは少なくなる。勉強する場所が変わるだけでは学園に通わせる意味はない。

俺は納得し、王都の学園に通うのは三人と決めた。

ほかの者たちには、〝五ノ村〟か、〝シャシャートの街〟にある学園に通うのはどうだと打診したが、アルフレート、ウルザに同行できないなら今のまま、村で勉強するとの返事だった。

うーん、村から離れて学園に通うことには寂しさもあるが、村にべったりだと少し不安になる。

子供たちには一度、広い世界を見てほしい。そのうえで、村で生活したいなら受け入れるというのが俺の考えだ。

今回は駄目でも、来年ぐらいに王都の学園に行かせたほうがいいかな？　母親たちと相談しよう。


〝四ノ村〟からトウと名乗る者がやって来た。

トウ＝フォーグマ。

見た目、五十歳ぐらいの船長っぽい男性。船長っぽいのは、それらしい服を着ているからだ。

なんでも、太陽城が健在であったころは、プロームと呼ばれる太陽城専属の飛行機の機長だったそうだ。

飛行機と言っても、俺が知っている飛行機とは違って、帆のない船体のみの船みたいな感じだ。俺のイメージだと、空を飛ぶ大きなクルーザーかな。

そういった飛行機なので、機長ではなく船長と呼ばれており、そう呼ばれる格好をトウは心掛けていたそうだ。

しかし、太陽城が財政難のおり、最初に売られたのがプロームと呼ばれる飛行機。太陽城に往来《おうらい》するのに必要な飛行機を売ってどうするのだと思うが、当時は定期便などもあり、往来に問題はなかった。

そして、仕事がなくなり、燃料節約のためにトウは眠りについた。

現在も太陽城こと〝四ノ村〟には飛行機はなく、買い戻す予定もないので、ベルたちもトウを目覚めさせても外に出すのは最後の最後と予定していたが、アサの学園移動に伴《ともな》って空いた温泉地の転移門の管理人として外に出した。

ベルの説明では、温泉地の転移門の管理の仕事に納得しているとのことだったが……〝大樹の村〟には、万能船があった。空を飛ぶ船。それに乗って、〝大樹の村〟に来てしまった。すっごい顔をしていた。

トウはそのまま万能船に乗って〝四ノ村〟に戻り、女性を簀《す》巻《ま》きにして連れてきた。

「こいつが転移門の管理をします。なので、俺をあの船の船長に。いや、船員でもかまいません！お願いします！」

「ちょ、私。太陽城の兵装管理担当なんだけど！」

「あそこはもう太陽城じゃない。〝四ノ村〟だ。でもってお前が管理する兵装はない。売り払われた。つまり、お前の仕事もない。なにか文句があるか？」

「あるもん！　最終兵器があるもん！　あれを管理するのは私の仕事だもん！」

……………。

最終兵器とか聞こえたけど、大丈夫なのだろうか？

「なにが最終兵器だ！　人力による投石だろうが！」

大丈夫そうだ。

「バ、バカにしないでよ！　あの高度から落とされる石の威力、その身体で体感してみる？」

「俺に命中させるのに、何個の石が必要になるのかな?」

「殺す」

女性は暴れるも手も足も出ない。簀巻きにされているから。

「ほどきなさいっ!」

とりあえず、俺は話を進めるためにトウと女性を引き離した。そして、女性を縛っているロープを解《ほど》く。

女性の名前は、ヨル＝フォーグマ。ウェーブのかかった長い髪とメガネが特徴。俺の第一印象は、どこか大手の会社の秘書。黙ってれば、美人。

簀巻きから解放されたヨルは俺に一礼したあと、トウを追いかけようとしたがアサに止められた。

アサは、後任の人事に揉《も》めていると聞いてやって来たのだろう。

アサ、トウ、ヨルの三人で話し合い。

違うな。アサとヨルの話し合い。トウは基本、アサの後ろで頷《うなず》いているだけ。ヨルの説得は、アサに任せたようだ。

「ヨル。転移門の管理はむずかしくありませんが、重要な仕事です。トウよりはヨルのほうが適任でしょう」

「そう言われても、私には太陽城での仕事があります」

「太陽城に兵装はありません。貴女《あなた》の仕事はないのです」

「さ、最終兵器を調整する仕事があるもん」

「投げるための石を選別することを、調整とは言いません。いい加減、現実を見つめなさい」

「ち、ちがうもん！　兵装はあるもん！」

「ありません。あと、その主張を続けると、私たちがまとめて疑われることを理解していますか？

危険な発言は控えてください」

「う、ううっ……」

「分別があって助かります。では、転移門の管理、引き受けていただけますね？」

「……転移門の防衛兵装は？」

「そんなものはありません。穏やかな環境です」

「な、なにかないの？　私は兵装担当！　兵装の管理をしてこその存在なのよ！」

「近くに川があります。投げやすい石は集めやすいですよ」

あ、ヨルが泣きだした。

うーん。

しかし、俺にはどうしようもないなぁ。兵装とか物騒なもの、この村にはないから。

俺はそう思ったのだが、そう思わなかったのがいる。

山エルフたちだ。

山エルフの一人がヨルの肩を叩《たた》き、あれを見ろと示した。

投石機。

いつの間に組み立てたんだ？　雪掻きまでして。

しかも、その投石機の後ろに、綺麗《きれい》に並べられた投石機用の弾。右から、普通の石、普通の石、普通の石、普通の石、樽《たる》。

樽？

「樽は、弾着した箇所で煙が出ます。煙幕弾ですね」

いつの間にそんなものを作ったんだ？　煙幕は基本中の基本？　なにの基本か知らないが、危なくはないんだろうな？　爆発とか困るぞ。

俺が気になったのは樽だが、ヨルが気にしたのは普通の石だった。

「むっ……この石のチョイス。なるほど」

ヨルと山エルフたちは、なにかわかり合ったようだ。握手している。

そして、俺を見る。

…………。

わかった。

温泉地に投石機を置こう。ただ、普段は分解して保管だぞ。危ないからな。

でもって、分解していたら一人では組み立てられないだろうが、そのことは黙っておく。

アサの後任は、ヨルに決まった。

アサはヨルを連れ、仕事の引き継ぎのために温泉地に。

残るはトウ。ニコニコしている。

うん、まあ万能船で働きたいならかまわないさ。先に働いている悪魔族の船員たちと仲良くするように。同じ〝四ノ村〟の住人だから、大丈夫だろうけど。


三日後。

ヨルは一人で投石機を組み立てていた。

物理的に無理だが、この世界には魔法があった。分解された投石機が、独《ひと》りでに組みあがっていくのは素直にすごいと思う。

うん、追加の投石機をねだられても困る。


あと、トウは万能船の船長になっていた。

簒奪《さんだつ》ではなく、実力だそうだ。たしかに、船長として指揮している姿は、貫録《かんろく》がある。

悪魔族の船員たちが納得しているなら、問題はない。

元船長は……あ、副長をするのね。頑張ってくれ。

心配があるとすれば、トウとヨルの仲だが……問題はないみたいだ。

いまでは、万能船に投石機を搭載する相談をするぐらいになっている。ははは、駄目だからな。

余談。

ヨルはアサから転移門の管理の説明を受けていた。

「アサ。転移門の使用者の種族欄に《牛》と書かれているけど、これはミノタウロス族のことですか？」

「いえ、普通の牛です。冬場はよくこられています。ほら」

「……牛ですね」

「牛です」

「でも、使用者の名前欄にはちゃんと名前があるけど」

「個体識別のため、私が名付けました。ご安心を。ちゃんとお教えしますので」

「…………」

引き継ぎで、馬や牛の個体識別が一番大変だったと言ってた。

2 十七年目の春

春になった。

いい天気だ。風はまだ冷たいが、日のあたる場所は暖かい。

ため池で、氷が砕かれる音がする。ポンドタートルの、目覚めの運動だろう。

世界樹《ユグドラシル》では蚕《かいこ》たちが繭《まゆ》から出て、元気に葉を食べている。食べられるそばから、葉が生えるのは不思議な光景だ。

ちなみに、目覚めたばかりの蚕に勝負を挑んだフェニックスの雛《ひな》のアイギスは、敗北に悲しんでいる。瞬殺だったな。

敗因は簡単だぞ。冬場の食べすぎ。そのうえ、寒いからってあまり飛んでなかっただろ？　うん、かなり丸々としてる。

鷲《わし》、アイギスを甘やかすのは駄目だぞ。勝負はどうでもいいが、太りすぎはよろしくない。

ん？　どうした兵隊蜂《ばち》？　女王蜂に同じことを言え？　たしかに一回り……いや、二回りほど大きい女王蜂がいたが……。

あれは、あんな感じに成長する種類じゃないのか？　違う？　そうなのか……わかった。あとで蜂小屋をチェックしに行くから、そのときにな。言うだけだぞ。あまり過度な期待はするなよ。

でもって、次は……猫たちか。

俺に文句を言われても困る。俺の部屋のコタツを片付けたのはアンだ。いや、俺もまだ早いとは思うけどな。

客間のコタツはまだ無事なはずだぞ。そっちに行ったら……そっちはマルビットたちが争っているのか。たしかにコタツに入れる状態じゃないな。

わかったから、ひっかくな。

お前たちのために、どこかの部屋にコタツを設置するようにアンに言っておくよ。

俺にできるのはそれぐらいだ。アンが設置するかどうかはわからないけどな。

まあ、俺に文句を言うために外に出たんだ。コタツがない環境に慣れたら、すぐに忘れるだろう。

冬のあいだコタツにべったりだったクロとユキも、今は元気に外を駆け回っている。

……………。

必要以上に泥だらけになっているのって、コタツを片付けたアンに対する抗議とかじゃないよな？　大丈夫だよな？

屋敷に戻るまえに、水浴びをするか温泉に行くように。

俺は客間に行き、マルビットたちの争いを見る。

マルビットたちが争っているのは恒例の帰る帰らないではない。まだ冬だと言い張るマルビットとスアルロウ、ラズマリアがコタツに籠もり、ルィンシアが三人を引きずり出そうとしている争いだ。

「普段は派閥だなんだで争うのに、こういうときは仲がいいのですよね」

少し離れた場所に、ローゼマリアを抱えたグランマリアがいた。

ローゼマリア、大きくなったなぁ。今は一歳と少しぐらいだ。将来はきっと美人になる。

そのグランマリアの横にいるのが、だらしない顔で孫を抱えているガルフ。去年の夏に生まれたのでまだまだ小さい。

しかし、ガルフのなかでは最強の武人になるとべた褒《ぼ》めだ。女の子だぞ？　それでいいのか？

あと、連れ出すときに息子か義娘《むすめ》の許可はとったんだろうな？

………。

うん、ガルフ。

その許可は、部屋で抱っこするのはかまわないというレベルの許可だ。外に連れ出す許可じゃないと思うぞ。

ちゃんと厚着させているのは褒めるが……ほら、義娘がやって来た。

庇《かば》ってくれ？　俺も怖いのだが……こ、今回だけだぞ。

ガルフはなんとかなったが、マルビットのほうは進展がない。

いや、ローゼマリアが来たので、ラズマリアが脱落した。

ああ、グランマリアがローゼマリアを連れて来たのって、ルィンシアの作戦なのか。なるほど。

となると、残り二人にも……あ、力業《ちからわざ》だ。

二対一だから、ルィンシァのほうが不利と思われるが、コタツによって機動力が封じられている
マルビット、スアルロウのほうが不利っぽい。

うおっ、マルビットがミカンの皮を搾った汁でルィンシァの目を攻撃した。酷《ひど》いっ！

しかし、ルィンシァはそれを華麗に避けた。そして、そのミカンの汁はスアルロウの目に。

……………。

仲間割れが起こった。ルィンシァの勝利は時間の問題だろう。

とりあえず、ローゼマリアに見せないように避難だ。


春なので、ザブトンも起きている。

そのザブトンは、ザブトンの子供たちと協力して衣装を全力で制作中。

俺のパレード用の衣装ではない。アルフレート、ウルザ、ティゼルのための学生服だ。

三人が通う学園には制服はないのだが、魔王から要望があった。

三人に、一目《ひとめ》で村の出身者とわかる目印が欲しいと。

魔王の要望を受けた文官娘衆たちは当初、マントに〝大樹の村〟の紋章を描く案を進めた。俺も許可していたが、試作品ができた段階で俺が反対した。

だって、真っ黒なマントに金糸で大樹が刺繍《ししゅう》されているんだ。かっこいいけど、ちょっと派手だ。

いや、かなり派手だ。

しかも、このマント。

三人だけでなく、村人全員分を用意するという予定。

みんなで着《つ》ければ恥ずかしくないかもしれないが、俺としては遠慮したい。そして、反対したからには何か代案を出す必要があった。

そこで俺が提案したのが制服案。男女の差はできるが、共通したデザインを使うなら問題はないだろう。

俺は知っている限りのブレザータイプの制服の情報をザブトンに伝えた。きっと、アルフレートたちに似合う制服を作ってくれるだろう。

余談だが、試作品として作られたマントは、パレードのときに俺が着けることになった。

…………。

パレードのあいだだけだぞ。

3 三人の旅立ち

春のパレードは無事に終了した。

今回のパレードのメインは、アルフレート、ウルザ、ティゼルの三人。

しばらく戻ってこないから、各村を回った。特に、三人は〝五ノ村〟出身とするので、〝五ノ村〟では大々的にやった。

それはかまわないが、どの村のパレードでも出陣式みたいな感じになっているのは、なぜなんだろう？

〝五ノ村〟の住人なんか、三人になにかあったら必ず行きますの連呼。それが剣や槍《やり》を振り回しながらだから、三人になにかあったら必ず攻め込みますに聞こえる。

〝二ノ村〟の一員として参加しているグラッツ、行軍ルートを考えない。魔王国は味方だろ。

〝五ノ村〟のパレードの最後で、三人を出迎える役をしてくれた魔王の顔が引き攣《つ》っていたぞ。

魔王が三人を出迎えて旅立つ演出だったが、そのまま行ったりはしない。ちゃんと〝大樹の村〟に戻ってくる。

出発は明日。

三人に同行する土人形のアース、元温泉地の転移門管理人アサ。混代竜族《エルダードラゴン》から送ってもらう一人は、さきほど到着した。

「メットーラと申します。よろしくお願いします」

青白い鱗《うろこ》の竜《ドラゴン》だったが、人間の姿は三十代ぐらいの女性。

びしっとした姿勢で、ロングスカートの古風な感じのメイド服を着ている。竜がメイド服は珍しいなと思っていたら、ドライムが説明してくれた。

彼女は、ライメイレンのところで働いている混代竜族の一人なのだそうだ。

クジラ退治に集まった混代竜族の者たちに頼まれ、やって来た。もちろん、ライメイレンの許可は出ている。

ちなみに彼女、別の名を持っていてその名はダンダジィ。その名は聞き覚えがある。前にハクレンに教えてもらった。混代竜族最強だ。

どうして別の名があるのかというと、どうにも本人がダンダジィの名の響きが気に入っていないのが一つ。もう一つが、ダンダジィと名乗ると混代竜族最強の座を求めて、挑んでくる者がいるからだそうだ。

「私に勝っても、遥《はる》か上にドースさまやライメイレンさまがいますからね。あまり誇れないのですが、どうにも〝最強〟の響きに魅了される者が多く……」

ダンダジィは少し困った顔をした。いや、メットーラだったな。

どう名乗ろうが、俺は気にしない。本人が求める呼び方でいいと思う。

問題は、混代竜族最強に子供たちのことを任せてもいいのかということだ。ライメイレンに仕えていたということで、能力を疑《うたが》ったりはしない。ただ、失礼なんじゃないかなと……。

俺の不安を、ドライムが察してくれた。そして、まったくの杞憂《きゆう》であると笑われた。

メットーラは誰かに仕えることに忌避感を覚えることはないし、本当に嫌ならライメイレンの命令があってもこの場に来ていないそうだ。

それに、お世話をお願いする三人の一人、ウルザは俺とハクレンの娘扱い。ハクレンの娘は、ライメイレンの孫。仕えることに、なんの抵抗もないとメットーラも笑っている。

そんなものなのだろうか。そんなものと思おう。

「ところでヒラクさま」

メットーラが、急に真面目《まじめ》な顔をした。

「どうした?」

「私がお世話するのは、あちらの三人ですか?」

メットーラの視線の先には、ウルザ、アルフレート、ティゼルがいた。

「そうだ。すまないが、よろしく頼む」

「仕事内容は、魔王国の学園に通われるご子息、ご息女の身の回りのお世話と聞いておりましたが、間違いありませんね?」

「ああ、間違いない」

間違いないよな？　それで問題ないはずだ。

「失礼しました。いえ、魔王国に攻め込む準備のように見えたので」

物騒な。なにをどう見たら、そう思えるのか。

「周囲にあれだけの数のインフェルノウルフを従えていますと、どうしても……」

……。

クロの子供たちが、別れを惜しんでいるだけだぞ。

アルフレートたちが明日出発ということで、俺は三人と個別面談をして注意を促していく。口煩《くちうるさ》いと思われるだろうが、子供を心配する父親としては言わずにはいられない。まあ、十の注意のうち、一つでもかまわないから覚えておいてほしい。

あとは……村の外の世界を楽しむことを忘れないことだな。こんなふうに言っちゃ駄目かもしれないが、辛《つら》かったら帰ってきてもかまわない。逃げることを恥と思ってはいけない。大事なのは生き残ることだ。

まだまだ話したいが、ルーやティアに止められたので切り上げる。うう……。

ウルザは今年で十三歳ぐらい。アルフレート、ティゼルは今年で十歳。学園に通うのはかまわないが、寮で生活するのは早いと思うんだけどなぁ。

その日の夜は、送別会で盛大な宴会。

普段はあまり飲まない俺だが、つい量を飲んでしまった。

翌日、ウルザ、アルフレート、ティゼル、土人形のアース、元温泉地の転移門管理人アサ、混代竜族のメットーラの六人は、ビーゼルの転移魔法で出発した。

あっさりしたものだ。

ゴール、シール、ブロンの三人に加え、魔王やビーゼル、グラッツなど顔見知りが大勢いる場所だから、あまり不安がないのかな？

俺は心配で仕事が手につかない。屋敷の自室でぼーっとする。

ルーやティアは、子供たちのことを心配はしているだろうが、それを感じさせない。いつも通りの様子だ。

もう少し、寂しがってもいいんじゃないかなと思うが……ルプミリナとオーロラがいるからかな？　俺と同じように寂しがってくれているのはザブトンだ。かなり、しょんぼりしている。ザブトンは、特にウルザをかわいがっていたからな。一番、手がかかったともいう。

あ、駄目だ。思い出すと泣きそう。

いやいや、そんなに不安になってどうする。子供たちのことを信じなければ。

俺はザブトンと一緒に、昼過ぎには立ち直った。これで通常通り。

ではなかった。

子供たちを見送ったあとから、自分の部屋に籠もっている者がいる。ハクレンだ。

ハクレンはウルザと離れたくなかった。なのに、離れても平気そうな演技を続けていた。厳しいことも言った。その反動もあるのだろう、ずっと泣いている。

俺は何度か部屋を訪ねて励ましたが、駄目だった。


「ライメイレンも、ハクレンが家出したときにあのようになった」

夕食時、ドースが思い出すように呟《つぶや》いた。

「今日は許してやってください。明日以降もあの調子なら、私が許しません」

ライメイレンが、照れながら俺に言う。許すもなにも俺は怒っていないぞ。

それより、頑張ったなと褒《ほ》めてやりたいぐらいだ。

「ライメイレン。ハクレンが家出したとき、お前は一年も泣き続け……」

ドースはライメイレンに殴られ、席から転げ落ちた。

大丈夫か？　すごい勢いのパンチだったが……生きてるよな？　よかった。

ドースは席に戻ってライメイレンを諭《さと》す。

「ハクレンが子を思って泣くのだ。喜ばしいことではないか」

「ですが、あの子が産んだのはヒイチロウですよ。それを忘れているのではないかと私は不満です」

「それはお前がヒイチロウをかまいすぎるからであって…………あ、いや、なんでもありません。

えーっと……まあ、お前ですら立ち直るのに時間が必要だったのだ。娘だからと厳しくするのはどうだろう」

「ウルザは学園に行くだけではありませんか？　あの子は家出で、行方《ゆくえ》知れずだったのですよ」

「そうだが、ハクレンが家出をしたときはそれなりの年齢だったぞ。それに、各地から報告というか苦情は届いたわけだし……」

「ですが……」

ドースが頑張ってライメイレンを抑えてくれたので、ハクレンのことは様子を見ることになった。

ハクレンのことだ、さすがに一年も泣き続けはしないだろう。数日で復活してくれるはずだ。

俺はハクレンを信じている。


ハクレンが復活したのは五日後。

復活のきっかけは、ウルザからの手紙。

………。

いや、俺の励ましも効果があったと信じたい。

4

牧場拡張とウルザたちからの手紙　30日目

ウルザ、アルフレート、ティゼルが学園に行って、一ヵ月。俺だけじゃなく、村の住人たちも三人がいない生活に慣れた。

普段通りだが、小さい変化はある。

まず、子供たちのリーダーは、ウルザからナートに引き継がれた。

正式に指名されたわけではないので、リリウス、リグル、ラテ、トラインあたりが頑張るかとも思っていたが、張り合う姿勢を見せずに従っている。

ナートの年齢がみんなよりも少し上なことも、理由かもしれない。みんなの姉としてナートは頑張っている。

そのナートだが、実は学園に行けるだけの実力があると判断されていた。

実際、直前までウルザ、アルフレート、ナートの三人で決定していたのだが、本人の希望でティゼルに譲られることになった。

俺の子供じゃないことを理由に遠慮しているのかと思ったのだけど、そうではなかった。ウルザとアルフレートは、ティゼルでなければ止められないとの判断からだった。同様にティゼルも、ウルザかアルフレートでなければ止められないらしい。

つまり、あの三人はまとめておかないと危ないとナートは主張した。

俺としてはそんなことはないだろうと反論したが、意見を求められたアルフレートが強くナートとティゼルの交代案に賛成したため、ナートが残ることになった。そんな事情で、学園に行けなくなったナートには申し訳ないことをしたと思う。

どこかで、埋め合わせなければな。


次に、子供たちの教育に死霊魔導師《デスウィザード》が参加するようになった。

死霊魔導師は、ハクレンが泣いているあいだの代役として呼ばれ、そのまま教師役の続行を希望したのだ。

死霊魔導師は喋《しゃべ》れないので、インテリジェンス・ソードのクエンタンが代弁している。なので、死霊魔導師は剣の先生と呼ばれ、子供たちから人気だ。おもに魔法関連を教えている。

魔法は便利だから、子供たちのためにも頑張ってほしい。できれば生活魔法と呼ばれる小規模なものを中心に。

ほかの教師役たちは、なぜか大規模攻撃魔法を教えようとするから。子供たちにはまだ早いと思うし、むずかしいだろう。頑張ってそれらを覚えたとしても、使いどころもないだろうし。


最後に、俺と残った子供たちとのコミュニケーション時間が長くなったそうだ。そうだというのは自覚がないから。鬼人族メイドたちに言われて気づいた。

まあ、子供たちが喜んでいるから問題はない。

強《し》いて問題点をあげるとすれば、ヒイチロウが俺のところに来たがるようになり、ライメイレンがしょんぼりしていることかな。

ことあるごとにヒイチロウの面倒を見てくれたライメイレンには、少し悪い気がするが……ヒイチロウは俺の子供。遠慮はしない。

しかし、将来的にヒイチロウを学園に行かせて大丈夫だろうか？　このあたり、ハクレンやドースと相談しないとな。


小さい変化はこんなところだろうか？

細かく言えば、鬼人族メイドのシフトの内容が変化したり、作る食事の量が変化したとかもあるが……ここ一ヵ月で、慣れてしまった。

ウルザ、アルフレート、ティゼルの学園行きは、俺の心情としては大事件だったが、村への影響は小さいようだ。それに安心するが、残念な気持ちもある複雑な心境。

その心境を整理するため、俺は牧場エリアを拡張した。


これまで十二面×三十六面だった牧場エリアを、北東方向に拡げて十六面×五十二面に。

平坦《へいたん》なだけでなく、丘を作って斜面《しゃめん》を用意し、林、森なども作った。牧場エリアの北側に作った池も牧場エリアに組み込むことになったが、問題はないだろう。

草も長短いろいろと種類を用意。量や位置の把握《はあく》がしにくくなってしまったけど、牛や馬たちは喜んでいる。

一応、俺の心境整理のためだけに牧場エリアを拡張したのではなく、牛や馬、羊や山羊《やぎ》の数が増えたという理由もある。なので、牛小屋、馬小屋、羊小屋に山羊小屋の増築も行う。

なんだかんだで、夜には小屋に戻ってくるので住み心地は悪くないのだろう。

牧場エリアの拡張によって、クロの子供たちの警備範囲が広がってしまったが、牧場エリアを横断できるので問題ないそうだ。時々、クロの子供たちやザブトンの子供たちも牧場エリアでまったりしていたりする。

クロの子供たちは大丈夫だろうが、ザブトンの子供たちは山羊たちに踏まれないように注意するんだぞ。牛や馬、羊は大丈夫だ。あいつらは賢い。お前たちを踏んだりはしない。山羊も賢いが、いたずら好きだからな。わざと踏んでくるかもしれん。それぐらいで潰《つぶ》れないことは知っているが、避難場所として高い木を何本か育てておこう。

育つまでは、こっちのテーブルの上を避難場所にするんだぞ。

俺の注意に、ザブトンの子供たちは元気に足をあげた。よしよし。

そして、テーブルの上のザブトンの子供たちを羨《うらや》ましそうに見ているクロの子供たち。

………。

わかったわかった、なにを作ればいい？　作らなくていい？　一緒に遊ぶ？

よし、それじゃあボールで遊ぶか。

俺の言葉に、クロの子供たちが目を輝かせた。遠くにいたクロの子供たちも駆け寄ってくる。

あー……ここは牧場エリアだ、牛や馬、羊、山羊たちの迷惑にならないようにな。


俺は日が落ちるまで、クロの子供たちと遊んだ。

途中、牛がボールを持ってきたのには驚いたが、褒めておいた。


牧場エリア拡張作業中、マルビットたちは天使族の里に帰っていった。

いつもはぎりぎりまで粘ろうとするマルビットだが、どういった話し合いがされたのか今年は素直だった。

帰ったのはマルビット、ルィンシア、スアルロウの三人。グランマリアの母であるラズマリアは残った。

そのラズマリアは天使族の別荘で、孫のローゼマリアをかわいがっている。グランマリアが仕事中は、ラズマリアが預かっているようだ。ローゼマリアも、ラズマリアに懐いているようで問題はない。

別荘には妊娠中のクーデル、コローネもいて、のんびりと過ごしている。二人は妊娠初期の体調不良を乗り越えたあと、なんだかんだと動き回るので、のんびりさせるのは大変だった。

だが、ラズマリアが全部止めた。

なんでも、二人は昔からグランマリアと一緒にいたので、ラズマリアとも親しいそうだ。そのあたりも考えて、ラズマリアが残ったのかな？　それだと、マルビットたちに感謝しなければ。

ラズマリアのもとにはティアとオーロラ、それとキアービットがよく訪問しているらしい。天使族でしかわかり合えない問題もあるのだろう。なにを話し合っているか気にはなるが、詳しく聞くのは遠慮しておく。

天使族特有の問題もあるだろうから。

例えば、えーっと……飛行中に翼が痒《かゆ》くなったとき、いかにして優雅に掻《か》くかとか。

いや、これよりはマシな話をしていると思う。たぶん。


最近、ルーは魔王やビーゼルたちと話し合っていることが多い。ウルザたちの様子を聞いているのかと思ったが、違う話のようだ。

経済や流通関係の単語が聞こえるから、新しい商売でも始めるのだろうか？

ルーからは、村にはあまり影響がない話なので、もう少しまとまったら教えると言われているので詳しくは聞いていない。

それよりも、俺の興味はビーゼルが持ってきてくれたウルザたちからの手紙。ザブトンが、早く読もうと待っている。

俺も早く読みたい。

ウルザたちには頻繁《ひんぱん》に手紙を書くようにと、大量の紙とインクを渡している。なので、五日に一回ぐらいのペースで誰かからの手紙が届く。

今回は、ウルザ、アルフレート、ティゼル、それと……アースから手紙が届いている。


まずはウルザの手紙から。

学園生活に問題はないようだ。ゴールたちがいろいろと手を回してくれたので、不便もない。

新しい友だちは増えたが、少し退屈だそうだ。

冒険者ギルドに登録したいとあるが……一緒に読んでいるザブトンが少し悩んでから許可のサインを出したので、許可する返事を書くとしよう。

ウルザからは、こんなものか。あとでハクレンに渡しておこう。


次はアルフレートの手紙。

毎日が新しい発見で楽しいと書かれている。

…………。

これだけか？　息子ながら、もう少し内容があってもいいと思うが？

いや、まて。

前回の手紙も同じ内容じゃなかったか？

ザブトンが素早く、前回の手紙を持ってきた。うん、言い回しは違うが、前回と同じ内容だな。これは注意しておかないと。

無理に話を作る必要はないが、簡単な手紙ぐらいは書けるようになってほしい。内容はあれだが、これはあとでルーに渡す。

続いて、ティゼルの手紙。

ティゼルからは初めての手紙だ。どういった文章を書いてくるのか少し楽しみ…………あれ？

これは手紙ではなく、魔王国に関しての報告書だな。

魔王国の組織図とか、人間関係とか、資金の動きとか……どうやって調べたんだ？

ん？　ああ、商人の知り合いを作ったのか。なるほどなるほど。

って、商人の知り合いから聞くにしても、詳しすぎる情報だろう！　そいつは大丈夫なのか？

変な男じゃないだろうな！

…………女性か、よし。

いや、そうじゃなくて……マイケルさんの知り合い？　…………なら、大丈夫か。

マイケルさんに会ったときに詳しく、話を聞いておこう。礼も言わないとな。

えっと……まだあるのか？

マルビットたちが学園にやって来た？　ティゼルの様子を見に、帰りに寄ったのかな？　俺は様子を見に行くのを我慢しているのに、ちょっとずるいぞ。

とりあえず、ティゼルには手紙の書き方を教えるべき……いや、これはこれで詳細がわかって便利か？　うーん。

知り合った商人に迷惑をかけないようにと、返事しておこう。この手紙は、あとでティアに渡す。

最後に、アースから。

街で店を始めたので、コーヒー豆と紅茶の葉を送ってほしいという内容。

……………。

いや、別に商売をするのはかまわないが、ウルザのことはいいのかな？　ウルザの学園行きが決まったとき、強く同行を希望したのはそばにいるためじゃなかったのか？

その疑問の返事も書かれていた。

アサとメットーラが頼もしいから大丈夫と。自分にできることで、ウルザの役に立ちたいと書かれてある。

それで商売か。なるほど。

コーヒー豆や紅茶の葉は、品質はそれほど高くなくてもかまわないと書かれているな。遠慮しているのか？

〝五ノ村〟の甘味の店のために生産量を増やしているので、最上級でも問題ないが……アースの要望通り、二級品にしておこう。

ついでに資金も送っておくか。お金はあっても、困らないだろう。

ザブトンが調味料も送ったらどうだと言うので、用意することにする。

ビーゼルには悪いが、これぐらいなら大丈夫だろう。無理なら、始祖さんにお願いしたいが……。

最近、始祖さんの姿を見ない。忙しいようだ。

理由は聞いている。

ドースたちが退治した空を飛ぶクジラ。あれの影響で、各地で災害が起きているらしい。

退治が早かったから災害の規模は極めて小さいが、数が多いそうだ。各地の教会が救助、救援を行っている。

始祖さんが直接行動をするわけではないが、責任者として教会本部に詰めている。

今度、始祖さんが来たら労《ねぎら》っておこう。

とりあえず、今回はビーゼルに頼む。もちろん、ちゃんと代金は払うぞ。

アースからの手紙は、ウルザの部屋に保管しておく。

閑話　王都での生活　アルフレート編

僕の名前は、アルフレート。アルフレート＝マチオ。〝大樹の村〟の長《おさ》の息子の一人。

最初に生まれたから、将来は父さんの跡を継いで村長になりなさいと母さんたちから言われている。なので僕はその勉強と努力をしている。だけど、正直なところ無理じゃないかなと思っていた。

なぜって？　父さんの真似《まね》はできないと思うから。

例えば、広い畑を一日で耕すとか、すっごい細工を作るとか、グラップラーベアを一撃で倒すとか、槍を投げてすごく遠い場所にある城を崩すとか、怒るルー母さんをなだめるとか。できる気がしない。

僕が真似できると思うのは、動物の世話とクロの子供たちの喧嘩《けんか》の仲裁ぐらい。だけど、それも父さん並みではなく、残念ながらちょっと劣る。

僕が父さんに勝てると思っているのは……釣りかな。それに関しては、父さんより確実に上手《うま》いと思う。

でも、それだけで村の長を名乗るのは無理だろう。

父さんは、無理に跡を継ぐ必要はないと言ってくれた。

最初は諦《あきら》められたのかと思ったけど、違った。

世の中には、多くの職がある。それらを見てから、自分のやりたいことを探せばいいとの意味だ。

僕は十歳。自分の職を村長と定めるには、まだ早いらしい。

でも、多くの職を見て、よく考えたうえで村長になりたいのであれば、応援すると父さんは笑っていた。

それと、村長になるのだって父さんの真似をする必要はないとも言っていた。

世の中に百人いれば、百通りの村長になる方法があるそうだ。とても勇気をもらった。

村長になるかどうかはまだわからないけど、頑張ろうと思う。


そして僕はいま、魔王国の学園に通っている。

父さんが、村の子供たちには村以外の場所を見て学んでほしいのだそうだ。僕としては、多くの職を見ることができるいい機会だと思っている。

同行者はウル姉《ねえ》、妹のティゼル、土人形のアース、少し前まで温泉地の転移門の管理をしていた〝四ノ村〟のアサ、そして混代竜族のメットーラ。

ウル姉とティゼルは、僕と一緒に学園に通って勉強をする。

アース、アサ、メットーラは僕たちの生活のサポート……のはずなんだけど、そばにいるのはなぜかメットーラだけだ。メットーラ一人で、僕たち三人の生活のサポートをしてくれている。

大変かなと思っていろいろと自分でやろうとしたけど、メットーラが寂しそうな顔をするので諦めて任せている。服ぐらい、自分で着られるんだけどなぁ。

学園生活では大きな問題は起きていない。

ゴー兄たち……いや、ゴール先生だった。ゴール先生たちが事前に準備をしてくれていたからだ。

特にゴール先生たちの授業を受けている生徒とは、仲良くやっている。

まあ、初日の歓迎会で、僕が学園に持ち込んだ三十本の日持ちするケーキ、シュトーレンを全て放出することになってしまったけど。

ちょっとずつ楽しむつもりだったので、残念だ。父さんに連絡して送ってもらおう。

ウル姉は問題ない。

新しい友だちと、のんびりと学園生活を満喫している。


ティゼルは少し不満そうだ。

なんでも、学園での派閥闘争に興味があったらしい。

だけど、ゴール先生たちの授業を受ける生徒で構成されたグループが学園最大派閥であり、僕たちは入学と同時にそこに組み込まれたから闘争する必要がない。しかも、下ではなく上のほうに。

それが不満なのだそうだ。

そんなに派閥闘争がしたかったのだろうか？　一応、第二勢力がウル姉に絡んでくれたのだけど、勝負にならなかった。勝負になる以前の問題だった。

ティゼルは出番がなかったとさらに不満そうだったけど、最近は少し機嫌がいい。

なんでも、商人の知り合いができたらしい。学園に通っている者ではないそうだが、ティゼルの機嫌がいいのは嬉《うれ》しいことだ。

今日も平穏な日々。

そう思っていたけど、問題が起きた。

勝負にならなかった第二勢力が、助《すけ》っ人《と》を連れて絡んできた。

ティゼルは……不在。運の悪い妹だ。いや、運が悪いのは僕か。

ん？　あー……第二勢力の助っ人はなにを考えているのか、ウル姉に一騎打ちを挑んでいた。

ウル姉、目をキラキラさせないで。駄目だよー。

いや、たしかにこっちが挑まれた側だけど、ちゃんと交渉しないと。そう、なんでもかんでも引き受けてはいけないことを僕は知っている。

はいはい、面倒な交渉は僕がするから。

「勝負を公平にするための調整を希望する！」

僕はそう言った。

相手は望むところだと返事した。よかった、これで死人は出ない。

とりあえず、僕はウル姉を鎖で縛る。

ウル姉はどちらの手でも剣を使えるけど、得意なのは右手。なので右手も鎖で縛る。剣は左手で持って。あ、剣はやめよう。剣の代わりに木の棒で。

足に重《おも》りも必要かな。両足をまとめて、岩に繋《つな》いでおこう。

これでどうだろう？

僕が鎖で縛られたウル姉を見ていると、いつの間にかグラッツのおじさんが横にいた。

「足《た》りないな」

足りないとは、ウル姉の封じ方だろう。しかし、これ以上はどうすれば？

「ウルザを弱らせる方向ではなく、対戦相手を強くしよう」

グラッツのおじさんは、軍で使っている装備を相手に装着させた。

重武装だな。動けるのかな？　あ、魔法でさらに強化するのね。なるほど。

感心していたら、グラッツのおじさんが困った顔で僕のところに来た。

「あの男。魔法で強化された自分の身体をコントロールできない。慣らすのに時間が必要だ。半年ぐらい勝負を先延ばしにできないか？」

「こっちが勝負を挑まれた側なのだけど……」

「そうか。しかし、コントロールできる範囲だと……倍ぐらいの力しか出せないぞ？」

僕とグラッツのおじさんが悩んでいると、ビーゼルのおじさんがやって来た。

「こうすれば問題ない」

ビーゼルのおじさんはウル姉から棒を取り上げ、藁《わら》を一本、持たせた。

「藁以外での攻撃は反則負けだぞ」

なるほど、髪や衣服での攻撃を考えていなかった。さすがビーゼルのおじさん。これで準備万端。

さあ、勝負開始だ。

そう思ったら、対戦相手の男性が泣き崩れた。どうしたんだろう？

いや、プライドとか言われても……困る。こっちは死人を出さないようにするので精一杯だし。

たぶん、あれでもウル姉が勝つよ。

え？　ウル姉の勝ち筋？

例えば……持っている藁を相手の鼻の穴に突き立てるとか？　さすがに目は避けると思う。そう信じたい。

あ、ウル姉に目隠しすればまだ勝負になったかな？


とりあえず、勝負は流れた。よかった。

でも、勝負したかったウル姉の機嫌は悪くなった。あと、ウル姉を縛った僕の評判が低下した。

ちょっと大変だった。


後日。

第二勢力が絡んできた理由が判明。

なんでも、彼らはシュトーレンが食べたかっただけらしい。なので、父さんに送ってもらうのを待たず、みんなで作った。味はイマイチだったけど、楽しかった。

これをもって最大派閥が第二勢力を吸収。学園は平和だ。

閑話　王都での生活　ティゼル編　出発

私の名前はティゼル。ティゼル＝マチオ。〝大樹の村〟の長《おさ》の娘の一人。

跡継ぎはアル兄《にい》がいるから、私はのんきなポジション。だからと言って素直にのんきな生活をするとお母さんが怒るので、お父さんを助けるべく日々努力をしている。

まあ、大半の努力が無駄になるのだけど。

なぜなら、まだ私は若いから！　まだ十歳の私の考えなど、お父さんは軽く超えてくるから！　ときには斜《なな》め上に！　とても敵《かな》わない！　お父さん凄《すご》い！


さて、そんな私はいま、魔王国の王都に来ているわ。

学園に通うためなのだけど……正直、学ぶことがない。

友だち作りが大事だとお父さんたちからは言われているのだけど、その友だちもゴー兄たちによって用意されていた。物足りない。

学園には血沸き肉躍る派閥闘争を期待していたのに、それがない。なぜなら、ゴー兄たちの授業を受ける者でまとまった派閥が最大派閥だから。

私たちは入学と同時に、その最大派閥に自動的に所属。

第二勢力に期待したけど、初手でウル姉《ねえ》に絡んで撃退されてしまった。駄目だ、面白くなる見込みがない。

なぜウル姉を狙うの？　絡むならどう考えても、私でしょう？　ウル姉、アル兄、私の三人が並んだら、私が一番弱そうじゃない！

弱い私を狙わず、ウル姉を狙うなんて……まったくもう！


学園のシステムと魔族の寿命を考えれば、すごい権力を持った生徒がいてもおかしくないのだけど……考えてみれば、フラウ母さんが有望株をあらかた引っこ抜いて村に連れてきている。文官娘衆と呼ばれる魔族のお姉さんたちね。

そのあと、さらにユーリ姉さんが追加で引っこ抜いている。

そして、残った数少ない有望株は、ゴー兄たちが妻として囲い込んでしまった。

…………あれ？　引っこ抜かれたり囲い込まれた有望株って、全員女性よね？　とすれば、男性の有望株が残っているはず。なのに姿を見せないのはどうしてかな？　私の探索に引っかからない凄腕《すごうで》ってこと？　期待できる！

そう思った私に絶望を教えてくれたのは、ゴー兄の授業を受けている生徒の一人。

「陰謀《いんぼう》とか裏で動くのは女性が多く、男性は考えずに殴るタイプが多いです。その考えずに殴るタイプは、ゴール先生たちによってあらかた教育されましたので……ははは。実は私も考えずに殴るタイプだったのですが、今ではこうして考えながら農作業をしています。あ、ダイコン食べます？」

学園に私の求めるものはない。はっきりわかった。

私たちは、学園の敷地内に建てられた家に住んでいる。王都の職人が建てた、二階建ての家。ゴー兄……ではなく、ゴール先生たちが事前に用意してくれた。

村の家に比べたらすごく狭いけど、部屋から食堂、食堂から玄関までが近いのは嬉しい。

ここでウル姉、アル兄、アース、アサ、メットーラの六人で生活している。

一階には台所と食堂、風呂にトイレ。食堂はリビングも兼ねた形ね。

二階は個室。個室はベッドとテーブルぐらいしか置けない狭さだけど十分。壁がそれなりに厚いので、隣の部屋がうるさいということはないわ。

「アルーーー、ティゼルーーー、食事よーーーー！」

響くウル姉の声。

…………………。

コミュニケーションの取りやすい家とも言えるわね。

食後、私は方針を決めた。学園になければ、学園の外に求めるしかない。

魔王国の王都。期待できる。

そして、気合を入れて飛び出そうとしたところ、アサに止められた。

あの、アサ？　なぜ私を床に押しつけて、関節を極《き》めているの？　これ、今は痛くないけど、私が動いたら痛くなるやつよね？　自分を幼女と言うのは抵抗があるけど、幼女相手にちょっとやりすぎじゃないかな？

「アサ、ティゼルがまたなにかしたの？」

「ティゼル。アサに迷惑をかけるのは駄目だぞ」

……………ウル姉、アル兄、酷《ひど》い！


アサは、〝四ノ村〟の住人。

長く温泉地にある転移門の管理を任されていたのですが、私たちの同行メンバーに選ばれた。

担当が決まっているわけではないでしょうが、アースがウル姉を担当、メットーラがアル兄を担当している。つまり、アサは私の担当。

わかりました。

アサを無視してことを進めようとした私のミスね。ちゃんと説明します。

「王都で友だちを作りたいなと思って」

「駄目です」

ちゃんと説明したのに却下された！　なぜ？

「普段の行いね」

「普段の行いだぞ」

ウル姉、アル兄、ちょっと黙ってて。えーっと……。

「なにを言っても駄目です。絶対、ろくなことになりません」

私、アサとはそれほど長い付き合いじゃないと思うけど、その全て知ってますって顔はなんなの？

あと、そろそろ関節を解放してくれないかな？

「短い付き合いで把握できたということです。大人しく学園に通っていてください。学園内であれば、何があっても裏から手を回して事態を収《おさ》めることができますから。あと、〝はい〟と言うまで解放しません」

ぐぬぬ……こうなれば、仕方がない。最後の手段。

「〝大樹の村〟の長《おさ》の娘として命じます。アサ、私を自由にしなさい」

村長の娘という立場を強調して誰かに命じることは、兄弟姉妹のあいだでタブーとなっている。

お父さんが、そういったことを嫌うから。

しかし、今は手段を選んでいられない。自由のために！

「〝大樹の村〟の長《おさ》の息子として命じる。アサ、そのままティゼルを捕まえておいて」

アル兄ぃぃぃっ！

長い長い交渉の末、私は学園の外に出ることを勝ち取った。

頑張った。すごく頑張った。腰に紐《ひも》が巻かれてるけど。

…………私は赤ちゃんか何かかな？

紐の端はアサが持っている。そのうえで、アサに抱えられての移動。自分の足で歩くことも、飛ぶことも許されない。ほとんど自由がない。

これは、お父さんの言うところの人権侵害ではなかろうか？　人権の意味はよくわからないけど。

しかも、これだとアサも自由に動けないので、ウル姉からアースが貸し出された。

アースは絶望したような顔をしていたけど、それはウル姉から離れるからであって、私と一緒に行動するからではないわよね？


アサとアースは執事の格好をしているから、私は執事を二人連れまわす良家のお嬢さまみたいに思われるかな？

まあ、ともあれ私は念願の王都をぶらぶら……絡まれた。さっそく絡まれた。五人のチンピラに。

さすが王都！

でもアース、いきなり殴り倒すのはどうなのかな？　少しは相手の言い分も聞いてあげないと面白く……じゃなかった、駄目じゃないかな？

必要ない？　いや、一回ぐらいは聞いても……。

あ、チンピラたちは撤退しちゃった。根性がない。だけど、私は手を弛《ゆる》めない。

「アサ、アース。なにをしているの？　追撃よ」

「ティゼルさま、その必要はないでしょう？」

アサが反論し、アースが同意する。

しかし、甘い。大甘ね。

「あのチンピラ、逃げる前になにか言ったわよね？　なんだったかしら？」

「覚えていろ、でしたか？」

「そう、それ」

「それがなにか？」

察しが悪いわね。

「覚えていろ、というのは、必ず復讐《ふくしゅう》してやるから覚えていろ、ということよね」

これは私の勘違いだろうか？　そんなことはない。

まさか、「あとで謝りに行くから、賠償額を覚えておいてね」みたいな気持ちで言ったわけではないだろう。

「復讐すると言っている人を見逃すなんて、ありえないでしょ。しかも、復讐者は私たちを狙うとは限らない。ウル姉、アル兄、村の関係者……狙いどころは多いわ」

私の言葉に二人は頷《うなず》き、走り出した。

いいわね、二人の顔つきが変わった。村の外敵を排除する目だ。

「ティゼルさま、追撃しますが……収め方はお考えで？　いざとなれば処理しますが、村長が嫌う方法ですよ」

アサは確認してくる。

「大丈夫よ。殴り続けていれば、話せる相手が出てくるから」

「そうであることを期待したいですね。……連中が向かった先、アジトでしょうか？」

遠くに、さきほどのチンピラたちが路地裏にある怪しい建物に入る姿が見えた。

「アース。一人は喋れる状態でね」

「承知しました」

こうして、私たちの王都デビューが始まった。私と一緒に裏工作とか陰謀とかを楽しめる人がいるかな？

ふふ、とても楽しみだ。

閑話　王都での生活　アース編

私の名はアース。死霊王さまによって生み出された土人形。

死霊王さまはウルザさまに変わられてしまったが、私にとっての主《あるじ》であることには変わりない。

この命、全てをウルザさまのために捧げる。それが私の生きがいであり、使命！

「アース。今日からティゼルについて、アサをサポートしてあげて」

え？

…………。

え？

ウルザさまのお言葉なのに、二回も聞き返してしまった。


そんなわけで、私はティゼルさま、アサと一緒に王都を歩いている。

王都を歩くなら、ウルザさまと一緒がよかった。いや、ティゼルさまに不満があるわけじゃないのですよ。

ただ、忠誠心の方向というか……チンピラが絡んできました。おかしいですね？

私とアサ、それにティゼルさま。厄介そうに見えませんか？

それとも、服装だけで判断しているのでしょうか？　なんにせよ、ぶん殴ります。

相手の数は五人。気絶させてもご近所に迷惑なので、痛めつけるだけにします。

「お、覚えていろ！」

陳腐な捨てゼリフです。

私はそう思ったのですが、ティゼルさまがそう取りませんでした。

「覚えていろ、というのは、必ず復讐してやるから覚えていろ、ということよね」

衝撃でした。

たしかにそうです。その通りの意味です。そして、相手はそれを口にしました。

つまり、それは私たちに復讐してやると言っているのです。

目が覚めました。つまり、あのチンピラは敵。殲滅《せんめつ》すべき敵でした。

痛めつけるだけにせず、きっちりと息の根を……おっと、殺害はいけません。

殺しては、ウルザさまを讃《たた》える者が減ってしまいます。生かして改心させ、ウルザさまを讃えさせるのです。


逃げたチンピラは、路地裏にある怪しい建物に入っていきました。

見た感じ、掃除してなさそうで入りたくありません。ですが、チンピラを見逃すわけにはいかないので突入。

ティゼルさまから、意識があるのは一人で十分と言われたので、遠慮なく昏倒《こんとう》させていきます。

二十人ぐらいいますが、相手になりません。

ルーさまによって作られた魔粘土の肉体を得た私は、森の中で兎《うさぎ》を狩れるぐらいには強いのです。

数分で終わりました。

ティゼルさまの要望通り、一人は意識を保たせています。

「ゆ、ゆ、許してくれ……」

この場で一番偉そうな人を選んだつもりだったのですが、違ったのでしょうか？　必死に謝罪していま す。どうしましょうか？

とりあえず、判断をティゼルさまに任せます。

「アース。中途半端は駄目よ」

中途半端？　どこがでしょうか？

少し考えてもわからなかったので、素直に聞きます。

「その男。右足を折っているけど、左足は無事じゃない」

ああ、なるほど。

「しかし、それだと無事な両腕とのバランスがおかしくなりませんか？」

「もちろん、両腕も折らないとね」

私は本気でしたが、アサに止められました。

「まあまあ、彼が協力的であるならこれ以上、痛めつける必要はないのでは？」

「アサ、甘い。大甘よ。こういう手合いは、今は謝っても必ずあとで恨みに思うの。だから徹底的に。二度と逆らわないようにしないと」

私もその意見に賛同です。

この会話がよかったのでしょうか？　彼はとてもスムーズに私たちの質問に答えてくれました。

骨を折るのは足だけで許してあげましょう。

問題発生です。

このチンピラたちは、私たちを偶然狙ったのではなく、誰かに頼まれて狙ったそうです。

彼らに頼んだのは、トニーと名乗る男。まあ、偽名でしょう。

前払いで、それなりの額を差し出したので引き受けたそうです。なるほど。なるほどなるほど。

放置できない明確な敵です。

ティゼルさま、喜ばないように。いや、たしかに私たちを狙う存在に気づけたのは喜ばしいですが……わかりました。そのトニーと名乗る男を突き止めましょう。

ええ、ほかのチンピラを雇って、同じようなことを繰り返されても迷惑ですから。

しかし、どうやって捜しましょう？　チンピラへの連絡は、一方的だったそうですが？

「大丈夫よ」

ティゼルさまには何か手があるのでしょうか？

「手掛かりは、そこにいるから」

え？

……………あ、窓から誰かが覗《のぞ》いている。そして逃げた。

罠《わな》かとも思いましたが、私たちは追いかけました。ティゼルさまの判断です。

逃げている彼が、トニーと名乗る男でしょうか？　それともただの連絡員？　とりあえず怪しい男と名付けましょう。

全力で走れば怪しい男に追いつけますが、ティゼルさまの指示で一度、見逃します。泳がすわけですね。

そして、私がこっそりと追跡。

そういったことは得意ではないのですが……屋敷から脱走したウルザさまを追跡することに比べれば簡単です。


怪しい男は、二回ほど建物を素通りして、とある廃墟《はいきょ》に入りました。

廃墟とは怪しさ満点です。しかも、廃墟には地下があるらしく、下への階段を下りていきました。

アサとティゼルさまは、まだ到着していません。どうしたものでしょうか。

地下に別の出口があれば、追跡は失敗となります。

ここに怪しい男の仲間がいたりすれば最高なのですが……そう上手くはいかないでしょう。

私はアサとティゼルさまにだけ伝わるメッセージを残し、地下に向かいます。


「ここまで追ってくるとは……愚かな」

怪しい男は、地下の広い空間で私を待ちかまえていました。

追跡、バレていたのかな？　ちょっと反省です。

そして、怪しい男は体を変化させました。

なるほど、怪しい男は人間や魔族ではありませんでした。

アンデッド……リッチと呼ばれる死霊です。

怪しい男は指を鳴らし、地下にスケルトンを召喚します。百はいないけど、五十以上はいる感じかな？　広い空間が、一気に狭くなりました。

「我が名はトニー＝アルマージ！　死霊王が配下の一人！　そして、貴様に死をもたらす者だ！」

あー……本名を名乗っていましたか。残念な人のようです。

そして、死霊王の配下……死霊王の？

…………………。

「なーんだ。同僚でしたか。すみません」

こんなところで会えるとは世の中、奇妙なものです。いや、最初に言ってくれたらこんな追跡もしなかったのに。

あと、彼が雇ったチンピラには悪いことをしました。どういった目的だったのか知りませんが、申し訳ない。

「ど、同僚？」

あれ？　理解されていない？　ああ、失礼しました。

自己紹介をしていませんでしたね。

「死霊王が配下。アースと申します。私は西進《せいしん》トンネルを掘っておりました」

「トンネル？」

「はい。貴方《あなた》もトンネル掘りに参加していたのでは？　こう見えて、私は現場監督的なポジションにいまして……」

「なにをわけのわからないことを！　死霊王がそんなことを命じるわけがないだろう！」

…………。

「トンネルをご存知でない？」

「知らぬ！　死ね！」

…………。

……………………。

ああ、なるほど。騙《かた》りですか。そうですか。

死霊王さまは有名ですからね。なるほどなるほど。


ぶっ殺す。


私は廃墟の地下を清めながら、アサとティゼルさまの到着を待ちます。

地下には巧妙に魔法陣が隠されており、これでスケルトンを大量に召喚したのでしょう。小細工ですね。壊しておきます。

スケルトンぐらい、魔法陣を使わずに呼べなくてどうするのですか。私だって呼べますよ。トンネル掘りには向かないので呼ぶことはなかったですが。

しかし、どうしましょう。

トニーがどうして私たちを狙ったかを聞く前に、消滅させてしまいました。

この地下になにか手掛かりがあればいいのですが……期待はできませんよね。

アサとティゼルさまが到着する前になにか手を考えなければ、二人に怒られてしまいます。

ん？　誰かが廃墟に侵入してきました。アサとティゼルさまではありません。

数が多い……？　二十人……二十一人、いや、二十二人かな。

統率は……あまり取れてない。装備はバラバラ？　しかし、個々の動きは悪くない。役割分担はしっかりできている。

つまり……冒険者ですね。

「ここにいたか！　死霊王の配下め！」

えっと……たしかに私は死霊王さまの配下ですが……それ、私のことじゃないですよね？

どうしよう。

閑話　王都での生活　アサ編

私の名はアサ。アサ＝フォーグマと申します。

太陽城の運航、運営のために生み出されたマーキュリー種の一人となります。

マーキュリー種に関しては、いろいろとややこしいので後回しに。

大事なのは私の役割です。

私には、城主の私生活の補佐という仕事が期待されました。つまり、執事です。

執事に関して、特化した能力を備えていると自負しております。


「さて、アース殿。どうしてこのような事態になったのでしょう？」

私は目の前で正座をしているアース殿に聞きます。

彼は優秀な同僚で、同じ執事としてとても頼りになるという私の評価だったのですが……。

私がティゼルさまと共に、廃墟の地下に到着したときの光景を思い出します。

二十人を超える冒険者たちが倒れており、その中央で荒ぶっているアース殿の姿。

「この程度の実力で、死霊王さまの行いを邪魔できると思っていたのかぁ！」

アース殿はそんなふうに叫んでいましたねぇ。

「し、死霊王さまのことを悪く言われて、カッとなって……つい」

理解できないことはありません。

私だって、太陽城のことを馬鹿にされたら怒ります。ええ、全力でぶちのめしてしまいます。

そう思えば、アース殿は冒険者たちを殺していません。気絶させているだけです。その点は、すばらしい。

しかし、どうしましょう？

私が悩んでいると、私の腕に抱えられたティゼルさまがこう言いました。

「ゴー兄たちを巻き込みましょう」

むう。ゴールさまたちは、王都の冒険者ギルドに顔が通っていると報告を受けています。

ですが、ゴールさまたちを巻き込むと、事態を大きくしてしまうのではないでしょうか？

「すでに大きくなっているわよ。それに、ここで事態を収拾できないと、私たちが叱《しか》られるわ」

…………たしかに。

「アース。トニーはリッチで、死霊王の配下であると名乗ったのよね？」

「は、はい。騙りですが、しっかりと」

「騙りかどうかはこの際、どうでもいいから」

「どうでもよくありません！」

「どうでもいいの。とりあえず、アース。ゴー兄たちの誰かを捕まえて、ここに連れてきて」

「承知しました」

アース殿に連れられたゴールさま、シールさま、ブロンさまの三人は、ティゼルさまとの短い会話で理解されました。

信頼関係を感じられます。いや、諦めでしょうか。

ゴールさまたちは、手早くなにやら準備をしていきます。すみません。

私はティゼルさまを抱えているので、お手伝いできません。

お手伝いはアース殿が頑張ります。

「うう……俺は……生きているのか？」

一人目の冒険者が目を覚ましました。

「起きたなら、こっちに来てもらえるかな」

「え？」

目を覚ました冒険者に声をかけたゴールさまは、椅子《いす》に座り、目の前のテーブルにメモ用の板を放り投げます。

「まったく歯が立たなかったようだけど、反省点はわかっているかな？」

そして質問。

目を覚ました冒険者は、わけがわからずに周囲を見回します。そして気づきました。

ゴールさまの後ろに立つ、アース殿を。

「ちょ、そ、そいつは死霊王の配下だ！」

目を覚ました冒険者は剣を抜きましたが、アース殿は動きません。

その前に立つゴールさまはふてぶてしく、大きなため息を吐《つ》きながらこう伝えます。

「彼は僕が用意した試験官だ」

「し、試験官？」

「そう。今回の件は、冒険者たちの実力をチェックするための試験だ。そう聞けば、いろいろとおかしい点に気づくんじゃないかな？」

「試験？　…………あ」

「わかったかな？」

「あ、ああ。たしかに変なことが多かった」

アース殿が暴れたことは、冒険者たちへの試験ということで解決しました。

ティゼルさまの案です。

無茶《むちゃ》だと私は思ったのですが、案外いけるものなのですね。

「どうして、こんな試験を？」

「さあ？　僕たちも、冒険者たちを試験してくれと依頼されただけでね。ああ、僕たちの依頼主は怪しい相手じゃないから安心していいよ。身元はしっかりしている。クローム伯の知り合いだ」

それ、ティゼルさまのことですよね。

「くっ、そうか……こんなざまじゃ、俺たちは失格だな。報酬はどうなるんだ？」

「えっと……どういった報酬の約束だったかな？」

「前金で一人銀貨五枚、後金で一人銀貨二十五枚」

「受け取り方法は？」

「冒険者ギルドで受け取る手筈《てはず》になっていたのだが……」

「では、死霊王の配下は倒したということで、冒険者ギルドで報酬を受け取るように」

「いいのか？」

「いいよ。いろいろと迷惑をかけたしね。ただ、できればほかのメンバーが目を覚ますのを待ってほしいのと、説明の手伝いをお願いしたい」

「わかった」


ちなみに、この場にはシールさま、ブロンさまはいません。

シールさまは、少し前に私たちが襲撃した場所の調査に向かいました。

トニーと名乗る死霊王の配下がチンピラを雇って、ティゼルさまを狙った意味がわからないそうです。たしかにわかりません。

トニーが生存していればとも思いますが、アース殿を責めることになるので考えないようにします。アース殿、ティゼルさまから、ちくちくやられていますしね。

そしてブロンさまは、冒険者ギルドに今回の件を伝えに行きました。もちろん、嘘《うそ》の試験のことではなく、本当のことを伝えに。

王都に、死霊王の配下を名乗るリッチがいることがおかしいのです。なので、素直に報告することには私も賛成です。

私たちの下手な嘘で、大きな陰謀を隠してしまうのはよろしくありません。

「死霊王の配下を名乗るリッチを発見、殲滅に成功。後追いでやって来た冒険者たちには、ちょっとした試験を行った。治療費はこっちで持つ」

ただ、ニュアンスは少し変えたようですが……。

嘘は言っていませんので、大丈夫でしょう。きっと。


その日の夜。

ゴールさま、シールさま、ブロンさまが冒険者ギルドに集まりました。個室です。

もちろん、そこにティゼルさま、アース殿、私もいます。

「冒険者たちを雇って死霊王の配下を攻撃しようとしたのは、ダルフォン商会だ」

ゴールさまの報告です。

冒険者たちに死霊王の配下がいる場所を教えたのも、報酬を支払った者も、ダルフォン商会の息がかかった者だったそうです。

息がかかった者ということは、ダルフォン商会が直接というわけではないでしょうが……怪しいですね。

「ティゼルたちを襲った連中……アリシッド団とか呼ばれている連中なんだが、トニーがリッチだということは知らなかった。依頼を受けてティゼルをさらおうとしていたのだが、ティゼル以外にアルフレート、ウルザもターゲットになっていた。それと……関係あるかどうかわからないけど、このアリシッド団。ダルフォン商会が裏で動かす組織の一つだ」

シールさまの報告です。

なるほど。ティゼルさまだけでなく、アルフレートさま、ウルザさまも狙っていたとは……愚かですね。

ああ、アース殿。落ち着いて。殺気が溢《あふ》れていますよ。

いくらウルザさまが狙われたからと言って……大丈夫です。シールさまが、そんな連中を放置しておくわけがないでしょう。

「全員、バランスよく骨を折っておいた」

ほら。

アース殿、自分でやりたかったという顔をしないように。

「最後は僕か。冒険者ギルドに報告したあと、ダルフォン商会の者から接触があった。招待状だそうだ」

ブロンさまは、一通の羊皮紙《ようひし》を私たちに見せます。

そして、ティゼルさま以外が苦い顔をしました。招待状の宛名はティゼルさまだったからです。

「アサ。私のドレスはどれぐらいで用意できるかしら？」

「ザブトン殿が作られた制服で問題ありません。持ってきていますが……行く気ですか？」

「駄目なの？」

「もう少し熟考《じゅっこう》されてからのほうが……」

「熟考よりも急いだほうがいいのよ。ほら、招待状のインクの匂《にお》いから、急いで書いたのがわかるでしょ。ブロ兄、この手紙をもらってからどれぐらい？」

「ここに集まる直前だ。三十分も経《た》ってない」

「つまり、敵か味方かわからないけど、ダルフォン商会は焦《あせ》っている。時間をかけた分だけ、相手に準備されるわ。招待状があるのだから、堂々と乗り込めばいいのよ。幸いにして、この招待状には時間指定がされていないしね」

たしかに。

招待状には、ティゼルさまをダルフォン商会に招待する旨《むね》しか書かれていません。ですが、常識を考えれば日を改めるものです。なぜなら、今は夜だから。

「夜に訪ねることになりますが、よろしいのですか？」

「大丈夫よ。ゴー兄、シー兄、ブロ兄、護衛をお願いしてもいいかな？」

「ティゼルだけじゃなく、アルフレートやウルザが狙われたと聞いたら、駄目って言えない」

「もう、かわいい妹分が心配だって言ってくれたらいいのに」

ティゼルさま、ゴールさまの頬《ほお》を突《つつ》くのはお止《や》めください。怒られますよ。

「アース。貴方《あなた》は隠れて護衛。いざとなれば悪役になって」

「承知しました」

アース殿は丁寧に頭を下げる。

ティゼルさまが合図を出せば、乱入して場を掻き乱す役なのに大丈夫なのでしょうか？　場合によっては王都を歩けなくなりますよ？

まあ、そうなればなったで、ウルザさまのそばにずっと……あ、顔はいくらでも変えられるのでしたね。なるほど。今回は最初から顔を変えておくと。

「アサ。貴方は私の執事として同行しなさい。完璧な働きを期待するわ」

…………。

「どうしたの？」

「いえ、承知しました。お任せください」

「よろしくね。あと、腰の紐はそろそろ許してもらえると……」

「残念ながら、アルフレートさま、ウルザさまから絶対に解《ほど》くなとお願いされています。ご容赦ください」

「アサは私の担当でしょ！　私の意見が聞けないの？」

「はい、私はティゼルさまの担当です。ですので、私に縛られているのですよ」

ゴールさま、シールさま、ブロンさま、励ましのお言葉ありがとうございます。いえ、これも仕事ですので。

では、出発の準備をしましょう。

閑話　王都での生活　ティゼル編　交渉

ダルフォン商会は自他共に認める魔王国で一番の商会だが、商会が誕生したのも一番になったのも二百年ほど前。

ダンジョンイモだけが罹《かか》る疫病《えきびょう》が世界中で大流行したときまでさかのぼる。

世界規模の食糧難を乗り切るため、当時の魔王の命令によって二十三の商会が連合。そうして誕生したのがダルフォン商会。

以後、魔王国の食糧の生産、価格調整を行う商会として重宝されてきた。

二十数年前に起こったフェアリー小麦の大不作による飢饉《ききん》を魔王国が乗り越えられたのも、ダルフォン商会のお陰であるといえるらしい。

そのダルフォン商会だが、運営は候補者と呼ばれる十七人の合議によって決定される。

候補者である十七人は、連合した商会の代表の子孫や後継者。まあ、一部、連合当時の代表もいたりする。

連合に参加したのは二十三の商会なのに、候補者が十七人なのは……まあ、いろいろあったみたい。

時間があれば、詳しく聞きたいけど後回し。

私に招待状を出したのは、ダルフォン商会の候補者の一人。

リドリー＝ベイカーマカ。

「この度《たび》の件、本当に申し訳ありません」

四十歳ぐらいのふくよかなお姉さんは、謝罪してくれます。

ですが、私は聞き返します。

「この度の件って？」

今回の件をなかったことにしましょうと言っているわけではない。それは伝わっているだろう。

ダルフォン商会がやらかしたことが多すぎるので、どの件を謝っているのか私にはわからなかっただけ。

ダルフォン商会のやらかしたこと。

一つ、王都の地下にリッチ、トニーを囲い込んでいた。

一つ、トニーを使って、私、ウル姉、アル兄を狙わせたこと。

一つ、冒険者たちを使ってトニーを抹殺しようとした。

一つ、ダルフォン商会の建物に入った私たちに、攻撃を仕掛けてきたこと。

一つ、紐で縛られている私を見て、爆笑した。

うん、特に最後のが許せない。念入りに謝ってほしい。


「当商会のことはご存知？　私は候補者の一人でしかなく、代表者ではないのよ」

「知っているわ」

候補者は合議に参加して意見を言うことはできても、最終決定権はない。最終決定権は、十七人の候補者から選ばれた一人が文字通り代表者となって持つことになる。

任期は五年。連続して代表者になることはできず、また一度代表者になると三十年は代表者になれないルールがあるらしい。

「今回、私は貴女《あなた》を招待しただけよ」

「そうなの？」

「ええ。リッチを飼っていたのはギリング。そのリッチを利用して貴女たちをさらおうとしたのはマスクンド。冒険者たちを雇ってリッチを処分しようとしたのはライゼン。この屋敷で貴女たちに攻撃を仕掛けたのはルルサよ。私は無関係」

「私を見て爆笑したのは貴女だけどね」

「それに関してはごめんなさい。まさか、紐で縛られて……ぷっくっくっ」

……………どうしてやろう。

「本当にごめんなさい。えーっと。私は無関係だけど、同じダルフォン商会の一員がやらかしたことだから、謝るわ。ごめんなさい。それと、ギリングはもう捕まえているの。明日にでも城に突き出すつもりよ。マスクンドは……裏街の清掃に反対していたから、クローム伯への嫌がらせだったと思うわ」

「嫌がらせ？」

「そう。リッチを使ったのは、戦力をアピールするためでもあったのかしらね。ああ、マスクンドも捕まえているから安心して」

「リッチを処分しようとしたのは？」

「あれは完全にタイミングが悪かったのよ。ライゼンは貴女たちのことを知らないわ。リッチがダルフォン商会の致命傷になると判断して、潰そうとしたのよ」

「そう。ルルサってのは……」

「そこで倒れている彼女だけど…………あれ？」

私たちが建物に入ったところを襲ってきた二十人ぐらいの武装兵と一緒に倒れていると思ったけど、片付けられてしまったのかな？

違った。元気に立っていた。

そして、笑っている。なにが楽しいのだろう？

「馬鹿め！　余裕を見せたのが運の尽きよ！　こちらの最強戦力が到着したぞ！」

屋敷に乱入してきた、三つの影。

「猛虎《ティーガーズ》魔王軍三番、ライトのオージェスだ」

「猛虎魔王軍四番、センターのハイフリーグータ」

「猛虎魔王軍五番、レフトのキハトロイです」

「ふはははは！　ゆけ！　侵入者たちを倒すのだ！」

………三つの影は、知っている顔だった。


「すみません。私たちは金で雇われただけなんだ！」

「仕事内容を詳しく聞いていませんでした！」

「全部、こいつが悪いんです！」

知っている顔の三人は、私の姿を確認すると同時にルルサを裏切った。

楽だけど、それでいいの？　裏切るのに戸惑いが一切、なかったけど？

いや、貴女たちがそれでいいなら、いいんだけどね。


知っている顔の三人と縛られたルルサをゴー兄に任せて、話を戻す。

「ルルサは、ダルフォン商会を守りたいだけだから手荒なことは……あと、私の招待状を持っていても、夜に塀《へい》を乗り越えて入ってきたら攻撃すると思うのだけど……」

「招待状を持って正面から行ったら、追い返されたから仕方がないんじゃない？」

「たしかにそれは連絡していなかった私の落ち度ですが……まさか、招待状を渡したその日に来るとは予想していなかったので」

「まあまあ、こちらは塀を乗り越えたこと、そちらは連絡ミスということで相殺しましょう。リドリーさんはダルフォン商会の代表になった経験は？」

「え？　いえ、ありませんが……」

「そうですか。今回の件で候補者が減りますし、代表は辞任するでしょう。しますよね？　粘るタイプですか？」

「粘りはしないと思いますが……その、今回の件、代表は全然関与していないのだけど？」

「候補者が勝手にやったことと？」

「そうなるかと」

「では、代表が裏で糸を引いていたということにして、追い落としましょう。その後のダルフォン商会はリドリーさんが代表になって、私たちにいろいろと便宜を図ってください」

「待って、いや、待ってください」

「なにかおかしい点があったかな？」

「今の代表、それなりに優秀なので……追い落とすのはちょっと」

「でも、今回の件。誰かが責任を取らないと、魔王のおじさんとかビーゼルのおじさんが困ると思うのだけど」

「ギリングとマスクンドでは駄目かしら？」

「候補者を二人切り捨てて、商会を守る。それっていい手かな？　候補者の数だけ悪事ができるって思われない？」

「う……」

「今後を考えれば、代表辞任。商会は新しい指導者を得て、生まれ変わりましたってアピールしたほうが正解じゃないかな」

「そ、そうかもしれないけど……今の代表は、本当に優秀なのよ。今回の件というか、数ヵ月前から王都にいませんので、それで責任を取らせるのは……」

「代表が王都にいないって、なにかあったの？」

「ダルフォン商会の恥をさらすようだけど……ここ数年、〝シャシャートの街〟に本拠を置くゴロウン商会が勢いを増していまして、ダルフォン商会が担っている魔王国の食糧の生産、価格調整が安定しなくなってきたのよ。それで、その協力をお願いしに」

「〝シャシャートの街〟に行っていると？」

「ええ」

「その協力のお願いは上手くいっているの？　いってないから、戻ってこられないのよね？」

「まあ、ゴロウン商会に食糧関連での利益を捨てろというようなものだから、上手くいかなくて当然と言えば当然なのだけど」

「そういった魔王国全体が関わる話なら、ダルフォン商会の代表じゃなく、ランダンのおじさんが行く場面じゃないの？」

「あの……ランダンのおじさんって、四天王のランダンさまのことかしら？　私の持っている情報だと、ティゼルさまはクローム伯、それと後ろのゴールさま、シールさま、ブロンさまと親しい関係という認識なのだけど、ランダンさまとも？」

「そうよ。あ、ランダンさまって言ったほうがよかった？」

「い、いいえ。そのあたりはご自由に。えーっと……魔王国の食糧の生産、価格調整は当商会が担ってきた事案だから、ランダンさまにお願いするわけには」

「そうなの？　簡単にしか聞いていないけど、魔王国全体が絡むならマイケルのおじさんなら頷きそうだけど頷いていないのでしょ？　一番大きい商会から言われたら、頭を押さえつけられるようで素直に頷けないかな。うん、やっぱりこれはランダンのおじさんにお願いして、マイケルのおじさんに伝えたほうがスムーズにいくと思うわよ」

「確認するけど……マイケルのおじさんとは？」

「ゴロウン商会の会頭のマイケルのおじさん」

「ひょっとして親しいの？」

「私じゃなく、お父さんがね」

「ティゼルさまのお父さま……〝五ノ村〟の村長という話を聞いていたけど……事実だったのね」

「うん。そして、〝五ノ村〟にはゴロウン商会が、がっつり食い込んでいるから仲がいいの」

「ダルフォン商会は、ほとんど手が出ませんでした」

「あ、それでか。〝五ノ村〟、〝シャシャートの街〟近郊で、ゴロウン商会の畑が増えて、生産量や価格がコントロールできなくなったのね」

「そうよ。〝シャシャートの街〟は魔王国の王都と東部を繋ぐ街道の要所だから、あそこで値段が動くと、全体に影響が出るのよ」

「やっぱり、プライドを捨てて、ランダンのおじさんにお願いするのが簡単だと思うわよ」

「……そうしたいと思っても、代表でなければランダンさまとの面会は予約もできないわ」

「そうなの？」

「ランダンさまは、忙しい人だから」

「そう、じゃあ私が伝えておいてあげるね。ランダンのおじさんなら、明日の晩に私の家で食事することになっているから」

「え？」

「入学祝いに来てくれるのよ。少し遅くなったけどって」

「えーっと……」

「まあまあ、これでゴロウン商会の件は解決ね。どう？　この功績をもって代表になるってのは？」

「ね、根回しもせずに代表になっても、商会がバラバラになるだけだから……許してください」

えー。

閑話　治療

私の名はグーロンデ。夫を愛する竜です。

この気配は……夫が帰ってきたようですね。

すぐに私のもとに来るでしょう。私は頑張って元気な声を出す準備をしなければ。

……あれ？

いつもは決まった場所から夫が声をかけてくれるのですが、今日は止まりません。

どうしたのでしょう？　まさか、私のそばまで来るつもりですか？

それはいけません。

いまの私の体を見られたら、治癒する力が落ちていることがバレてしまいます。

ど、ど、どうしたら……。

予想外の夫の行動にパニックになるも、解決策が浮かびません。いえ、実際にはいくつか解決策が浮かんではいるのですが、魔法で夫をぶっ飛ばすとかの乱暴な策ばかりなので却下しているだけです。

そして、私がなにもできないままいると、夫が私の姿を隠しているカーテンを捲《めく》りました。

ああ……久しぶりに見ましたが、愛する夫の凛々《りり》しい顔です。その顔が曇っています。私の体を見たからでしょう。

治癒する力が落ちていることがバレてしまいました。誤魔化すことは……無理ですね。ここは素直に謝りましょう。

私が覚悟を決めると同時ぐらいに、夫が私に言いました。

「安心しろ。世界樹の葉を持ってきた」

ああ、アナタ……アナタが私のことを思ってくれるのは嬉しいです。ですが世界樹の葉を求めることはやめてください。


世界樹の葉。

世界樹は私が折って燃やしましたが、それ以前に収穫された葉は世界中にあります。

特に国の王や大貴族が、自身の安全のために確保していたことは私も知っています。

ですが、世界樹がなくなったことでその供給は止まり、減る一方。

今、世界中にある葉を集めても、私の治療には足りないでしょう。

夫が一枚二枚を確保したとしても、私の命が僅《わず》かに長らえるだけ。

それなら、私に使わず、娘に万が一があったときに置いておいてもらえたほうが……。

「百枚ほどあるぞ！」

……え？

「百枚ある」

…………………………え？


世界樹の葉を使い、私の体の治療が行われました。

うーん、神の御業《みわざ》ですね。

潰されていた私の七つの頭が、あっという間に復活しました。腐っている体はもうありません。

私は超健康です。

私は自分の体が万全なことを確かめたあと、世界に響くほど大きな咆哮《ほうこう》をしてしまいました。恥ずかしい。


夫に詳しい話を聞きます。

世界樹の葉を大量に持っていたのは誰なのか？

そして、それをどうやって入手したのか。

私としては、平和な方法で入手していてほしいと願うのですが、それはかなわないでしょう。

世界樹が失われたいま、世界樹の葉はお金を出しても手に入らない貴重品。

それを百枚もとなると、夫がどれだけのことをしたのか不安になります。

ただでさえ、私の悪行が夫の悪行にされているというのに……。

詳しく聞くのは怖いですが、私の治療に使われたのです。耳を塞《ふさ》ぐわけにはいかないでしょう。

「もらったのだ」

アナタ、私に気を使っているのかもしれませんが、奪ったことをもらったと言い換えるのはよくありません。

どこの誰が、世界樹の葉を百枚も渡すというのですか。

「いや、そう言われても……もらったのだから、もらったとしか……」

強情ですね。

私のことを考えてやったのでしょう？　私はアナタがどのような手段で世界樹を手に入れたとしても嫌いになったりはしませんよ。

「嘘じゃない。本当だ。ちゃんともらったものだから」

……………なるほど。

夫がここまで言うのですから、もらったということを認めましょう。

それでは、代価になにを払ったのですか？

「もらったと言ったろ。対価は払っておらん。俺は払おうとしたのだが、受け取ってくれなくてな」

……………殺したから返事できなかったのではなく？

「どうした？　そんなに疑《うたぐ》り深い性格だったか？　もしや、まだどこか不調なのか？」

いいえ、体は万全です。精神も……死を覚悟していたところに回復したので、高揚はしていますが問題のない範囲です。

「そうか……ともかく、俺は世界樹の葉をもらっただけだ。乱暴なことはしておらん。というか、あそこで乱暴な真似はできん」

……乱暴な真似ができない？

「ああ、俺でも村長を敵には回せん。死んでしまう」

村長？　アナタのお話に何度か出てきた〝大樹の村〟の村長ですか？　娘《グラル》がお世話になっているという。

「うむ」

村長としか聞いていませんが、名はなんというのですか？

「名？　名はえーっと……なんだったかな？　ヒラ……ヒラク、そうヒラクだ」

聞かない名ですね。その方がアナタに世界樹の葉を？

「そうだ。ああ、村長は娘の運命の相手であるヒイチロウの父親だ」

ヒイチロウはハクレンの子でしたね。つまり、ヒラクなる者は竜王《エンペラードラゴン》の娘の相手。なるほど、きっと立派な竜なのでしょうね。

「え？　いや、村長は人間だぞ」

……………え？　アナタを殺せる方なのですよね？

「うむ。直接やりあったことはないが、何度かその実力の片鱗《へんりん》は確認している。お前でも勝てんよ」

私を負かすことができる人間なのですか？

「そうだ」

その方が、世界樹の葉を百枚も譲ってくれたと。

「うむ」

正直な話、品行方正《ひんこうほうせい》な勇者ぐらいありえない存在です。


ですが、私の体は治りました。

世界樹の葉は本物。

夫も嘘は言っていないようです。

………。

わかりました。お世話になったのですから、挨拶《あいさつ》に伺《うかが》いましょう。

自分の目で確かめるのが一番です。それに、娘にも会いたいですしね。

幸いにして、私の体調は万全。数百年ぶりに空を飛びましょう。

「わかったが、無理はするなよ」

もちろんです。

私は体に対してあまり大きくない翼を広げ、巣から羽ばたきました。


ちなみにですが、飛んですぐ、私は墜落しましたが……不調ではありません。これまでずっと動けなかったので、飛び方を忘れていただけです。

アナタ、心配そうに見ないでください。大丈夫です。ちゃんと思い出しましたので、飛べます。

ですが、まあ、その、ちょっと練習時間を取るのも悪いことではないと思います。

Farming life
in another world.
Presented by Kinosuke Naito
Illustrated by Yasumo

11

登場人物辞典

Characters
Isekai Nonbiri Nouka

◉人間

【街尾火楽】
転移者であり〝大樹の村〟の村長。夢だった農作業を異世界で頑張っている。

【ピリカ＝ウィンアップ】
若くして剣聖の道場に入門。才覚をみせるも、道場のトラブルで道場主に。剣聖の称号に相応しい強さが欲しいため、現在は剣の修行中。

NEW
【ナーシィ】
ガットの奥さんで、ナートの母親。

◉インフェルノウルフ族

【クロ】
村のインフェルノウルフの代表者であり、群れのボス。トマトが好き。

【ユキ】
クロのパートナー。トマト、イチゴ、サトウキビが好き。

【クロイチ クロニ／クロサン／クロヨン 他】
クロとユキの子供たち。クロハチまでいる。

【アリス】
クロイチのパートナー。おしとやか。

【イリス】
クロニのパートナー。活発。

【ウノ】
クロサンのパートナー。強いはず。

【エリス】
クロヨンのパートナー。タマネギが好き。凶暴？

【フブキ】
クロヨンとエリスの子供。変異種であるコキュートスウルフ。全身、真っ白。

【マサユキ】
クロニとイリスの子供。パートナーが多い、ハーレム狼。

◉デーモンスパイダー族

【ザブトン】
村のデーモンスパイダーの代表者であり、衣装制作担当。ジャガイモが好き。

【子ザブトン】
ザブトンの子供たち。春に一部が旅立ち、残りがザブトンのそばに残る。

【マクラ】
ザブトンの子供。第一回、〝大樹の村〟武闘会の優勝者。

◉グノーシスビー種

【蜂】
村の被養蜂者。子ザブトンと共生(?)している。ハチミツを提供してくれる。

◉吸血鬼

【ルールーシー＝ルー】
村の吸血鬼の代表者。別名、「吸血姫」。魔法が得意。トマトが好き。

【フローラ＝サクトゥ】
ルーの従兄妹。薬学に通じる。味噌と醤油の研究を頑張っている。

【始祖様】
ルーとフローラのおじいちゃん。コーリン教のトップ。「宗主」と呼ばれている。

【アルフレート】
火楽と吸血鬼ルーの息子。

【ルプミリナ】
火楽と吸血鬼ルーの娘。

◉鬼人族

【アン】
村の鬼人族の代表者でありメイド長。村の家事を担当している。

【ラムリアス】
鬼人族のメイドの一人。主に獣人族の世話係をしている。

◉天使族

【ティア】
村の天使族の代表者。別名、「殲滅天使」。魔法が得意。キュウリが好き。

【グランマリア／クーデル／コローネ】
ティアの部下。「皆殺し天使」として有名。村長を抱えて移動する。

【キアービット】
天使族の長の娘。

【スアルリウ／スアルコウ】
双子天使。

【マルビット】
キアービットの母親。天使族の長。

【ルインシア】
ティアの母親。

【ティゼル】
火楽と天使族ティアの娘。

【オーロラ】
火楽と天使族ティアの娘。

NEW
【スアルロウ】
スアルリウ、スアルコウの母親。

◉リザードマン

【ダガ】
村のリザードマンの代表者。右腕にスカーフをしている。力持ち。

【ナーフ】
リザードマンの一人。二ノ村にいるミノタウロス族の世話係をしている。

◉ハイエルフ

【リア】
村のハイエルフの代表者。二百年の旅で培った知識で村の建築関係を担当（？）。

【リグネ】
リアの母親。かなり強い。

【リース／リリ／リーフ／リコット／リゼ／リタ】
リアの血族。

【ラファ／ラーサ／ラララーシャ／ラル／ラミ】
リアたちに合流したハイエルフ。

◉ガルガルド魔王国

【魔王ガルガルド】
魔王。超強いはず。

【ビーゼル＝クライム＝クローム】
魔王国の四天王、外交担当、伯爵。苦労人。転移魔法の使い手。

【グラッツ＝ブリトア】
魔王国の四天王、軍事担当、侯爵。軍略の天才だが前線に出たがる。種族はミノタウロス族。

【フラウレム＝クローム】
村の魔族、文官娘衆の代表者。愛称、フラウ。ビーゼルの娘。

【ユーリ】
魔王の娘。世間知らずな一面がある。村に数ヵ月滞在していた。

【文官娘衆】
ユーリ、フラウの学友または知り合いたち。村ではフラウの部下として活躍。

【ラッシャーシ＝ドロワ】
文官娘衆の一人。伯爵家令嬢。三ノ村にいるケンタウロス族の世話係をしている。

【ホウ＝レグ】
魔王国の四天王、財務担当。愛称、ホウ。

NEW **【アネ＝ロシュール】**
魔王の妻。貴族学園の学園長。

NEW **【アレイシャ】**
貴族学園に商人枠で入学。卒業後、学園の事務員として就職。

NEW **【エンデリ】**
プギャル伯爵の七女。貴族学園でゴールたちと知り合う。

NEW
【キリサーナ】
グリッチ伯爵の五女。貴族学園でゴールたちと知り合う。

◉竜

【ドライム】
南の山に巣を作った竜。別名、「門番竜」。リンゴが好き。

【グラッファルーン】
ドライムの妻。別名、「白竜姫」。

【ラスティスムーン】
村の竜の代表者。別名、「狂竜」。ドライム、グラッファルーンの娘。干柿が好き。

【ドース】
ドライムたちの父。別名、「竜王」。

【ライメイレン】
ドライムたちの母。別名、「台風竜」。

【ハクレン】
ドライムの姉（長女）。別名、「真竜」。

【スイレン】
ドライムの姉（次女）。別名、「魔竜」。

【マークスベルガーク】
スイレンの夫。別名、「悪竜」。

【ヘルゼルナーク】
スイレン、マークスベルガークの娘。別名、「暴竜」。

【セキレン】
ドライムの妹（三女）。別名、「火炎竜」。

【ドマイム】
ドライムの弟。

【クォン】
ドマイムの妻。父親がライメイレンの弟。

【クォルン】
セキレンの夫。クォンの弟。

【グラル】
暗黒竜ギラルの娘。

【ヒイチロウ】
火楽とハクレンの息子。人間と竜族のハーフ。

【ギラル】
暗黒竜。

NEW
【グーロンデ】
多頭（八つ）首の竜。ギラルの奥さん。グラルの母。

◉古悪魔族

【グッチ】
ドライムの従者であり知恵袋的な存在。

【ブルガ／スティファノ】
グッチの部下。現在はラスティスムーンの使用人をしている。

◉悪魔族

【クズデン】
四ノ村の代表。村の悪魔族の代表。

◉獣人族

【ガルフ】
ハウリン村から移住してきた戦士。
村長の護衛を任務としている。

【セナ】
村の獣人族の代表者。ハウリン村から移住してきた。

【マム】
獣人移住者の一人。一ノ村のニュニュダフネたちの世話係をしている。

【ゴール】
幼少期に大樹の村に移住した三人の男の子の一人。真面目。

【シール】
幼少期に大樹の村に移住した三人の男の子の一人。喧嘩っ早い。

【ブロン】
幼少期に大樹の村に移住した三人の男の子の一人。しっかり者。

NEW
【ガット】
ハウリン村村長の息子で、セナの兄。村の鍛冶屋さん。

NEW
【ナート】
ガットとナーシィの娘。父方の種族である獣人族として生まれた。

◉エルダードワーフ

【ドノバン】
村のドワーフの代表者。最初に村に来たドワーフ。酒造りの達人。

【ウィルコックス／クロッス】
ドノバンの次に村に来たドワーフ。酒造りの達人。

◉シャシャートの街

【マイケル＝ゴロウン】
人間。シャシャートの街の商人。ゴロウン商会の会頭。常識人。

【マーロン】
マイケルさんの息子。次期会頭。

【ティト】
マーロンの従兄弟。ゴロウン商会の会計担当。

【ランディ】
マーロンの従兄弟。ゴロウン商会の仕入れ担当。

【ミルフォード】
ゴロウン商会の戦隊隊長。

◉山エルフ

【ヤー】
村の山エルフの代表者。ハイエルフの亜種（？）で、工作が得意。

◉ラミア

【ジュネア】
南のダンジョンの主。下半身が蛇の種族。

【スーネア】
南のダンジョンの戦士長。

◉ミノタウロス

【ゴードン】
村のミノタウロスの代表者。大きな身体に、頭に牛のような角を持つ種族。

【ロナーナ】
駐在員。魔王国の四天王の一人であるグラッツに惚れられている。

◉ケンタウロス

【グルーワルド＝ラビー＝コール】
村のケンタウロスの代表者。下半身が馬の種族。速く走ることができる。

◉ニュニュダフネ

【イグ】
村のニュニュダフネの代表者。切り株や人間の姿に変化できる種族。

◉大英雄

【ウルブラーザ】
愛称、ウルザ。元死霊王。

◉巨人族

【ウオ】
毛むくじゃらの巨人。性格は温厚。

◉マーキュリー種（人工生命体）

【ゴウ＝フォーグマ】
太陽城城主補佐。初老。

【フカ＝ポロ】
男爵だけど女の子。

【ベル＝フォーグマ】
種族代表。太陽城城主補佐筆頭。メイド。

【アサ＝フォーグマ】
太陽城の城主の執事。

【フタ＝フォーグマ】
太陽城の航海長。

【ミヨ＝フォーグマ】
太陽城の会計士。

◉九尾狐

【ヨウコ】
何百年も生きた大妖狐。竜並の戦闘力を有すると言われる。

【ヒトエ】
ヨウコの娘。生後百年以上だけど、まだ幼い。

◉妖精

【妖精】
光る球（ピンポン球サイズ）に羽根がある。
甘いものが好き。五十四ほどが村にいる。

【人型の妖精】
小さな人型の妖精。十人ぐらい村にいる。

【妖精女王】
人間の姿をした妖精の女王。大人の女性で背は高め。人間の子供の守護者として、人間界ではそれなりに崇められている。ただし、ドラゴンは妖精女王を苦手としている。

◉フェニックス

【アイギス】
丸い雛。飛ぶよりも走るほうが速い。

◉蛇神族

【ニーズ】
人の身を得た蛇。蛇の神の使徒でもあり、蛇と会話をすることができる。

◉その他

【スライム】
村で日々数と種を増やしている。

【牛】
牛乳を出す。しかしながら、元の世界の牛ほどは出さない。

【鶏】
卵を産む。しかしながら、元の世界の鶏ほどは産まない。

【山羊】
山羊乳を出す。当初はヤンチャだったが、おとなしくなった。

【馬】
村長の移動用にと購入された。グルーワルドに対抗心を抱いている。

【酒スライム】
村の癒し担当。

【死霊騎士】
鎧姿の骸骨で、良い剣を持っている。剣の達人。

【土人形】
ウルザの従士。ウルザの部屋の掃除を頑張っている。

【猫】
火楽に拾われた猫。謎多き存在。

Farming life
in another world.
Presented by Kinosuke Naito
Illustrated by Yasumo

あとがき

こんにちは、内藤騎之介です。

順調に巻数を伸ばし、異世界のんびり農家も、なんだかんだで十一巻に到達しました。

ここまでは私一人では到達できませんでした。

編集さん、校正さん、広報さん、営業さん、それとイラストのやすも先生、コミカライズ担当の剣先生などの協力あってこそだと思います。

もちろん、この本を手に取り、読んでくれた読者さまのお陰でもあります。

ありがとうございます。

私はそれなりに欲張りなので、このまま、このペースでの刊行を頑張っていきたいと思います。

目指せ……地道に一歩ずつ、十二巻ですね。

応援、よろしくお願いします。

………。

こういったことは、十巻のときに書けばよかったのかなと反省しつつ。


さて、個人のお話です。

実は！　というほどではありませんが、私はマンションの一室で一人暮らしをしています。そこで信じられないものを見たのです。

それはカビです。

おおっと、壁や床にできる普通のカビではありませんよ。

私が見たのは、ふっくらとしたフワフワなカビです。そう、まるでキノコのようなカビでした。見た場所は台所横に置いてある生《ナマ》ゴミ入れの中。蓋《ふた》を開けたら一面のカビ畑でした。びっくりしました。いや、もう、ほんとうに。深夜じゃなかったら声をあげてましたね。間違いなく。こんな光景を家で目にする日が来るとは想像もしていませんでした。まあ、生ゴミを捨てるのを数日さぼった結果なんですけどね。

世界は生命に満ち溢《あふ》れている。はっきりとわかりますね。


ちなみに、そのカビまみれの生ゴミは、厳重に縛って即座にゴミ回収に出しました。ええ、しっかりと出しました。

心優しき人たちよ、申し訳ありません。我が家にはカビを飼う余裕はないのです。

夏場の生ゴミは毎日処分。そう心に刻みました。

私もそれなりの年齢なのですが、まだまだ学ぶことは多い毎日です。

そして、学んだことを作品に反映できればなと思います。

カビの出番はなさそうですけどね。

では、今回はこのあたりで。次の巻でお会いしましょう。

内藤騎之介

著 内藤騎之介

Kinosuke Naito

こんにちは、内藤騎之介です。
エロゲ畑で収穫された丸々と太った芋野郎です。
誤字脱字の多い人生を送っています。
よろしくお願いします。

イラスト やすも

Yasumo

ゲームやったり絵描いたりしてる
イラストレーターです。
色々描けるようになっていきたいです。

異世界のんびり農家

2021年 9 月30日　初版発行
2022年12月10日　第2刷発行

著　内藤騎之介
イラスト　やすも

発行者　山下直久
編集長　藤田明子
担当　山口真孝

装丁　荒木恵里加（BALCOLONY.）

編集　ホビー書籍編集部

発行　株式会社 KADOKAWA
〒102-8177
東京都千代田区富士見 2-13-3
電話：0570-002-301（ナビダイヤル）

印刷・製本　図書印刷株式会社

ISBN 978-4-04-736796-8　C0093　Printed in Japan

ラスティムーン&リアの次号予告ト〜ク

こんにちは。ハイエルフのリアです。

竜族のラスティムーンです。よろしくお願いします。

あ、あの……ラスティさん。

どうしました?

私たち、あまり絡みがありませんよね? だから、どう接していいかわからなくて……。

気楽にしてください。ハクレンお姉さまに接しているような感じで。

ハクレンさんに気楽に接したことなんて、ほとんどないのですけど……。

出番比率から、一回や二回はツッコミを入れたことがあるのではないですか?

絶対にないのかと言われると、断言はできませんね。ひょっとしたら一回ぐらいは……。

では、私にも気楽に。接してください。

わ、わかりました。ではラスティさん、次の巻の予告をやっていきましょう。

12

2022年2月発売予定!!

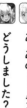

Next
Farming life
in another world.

はい。次の巻では……えーっと、ウルザが王都で活躍するお話がありますね。

〝五ノ村〟でのオークションの話もあるようです。

どちらの話でも、私の出番がないようですが……。

そ、そうみたいですが、ラスティさんが中心の話もあるようですよ。

本当ですか？

ええ、いま作者が原稿を文字検索して調べましたから。確実に出番はあります！　どこかに！

ああ……こんなに嬉しいことはありません。よかったこの作品のヒロインをやっていて。

え？　ヒロイン？

ということで、私が活躍する次の巻も、よろしくお願いします！

ヒロインの件を追及したいのに空間《スペース》がない。ええい残念。次の巻もよろしくお願いします！

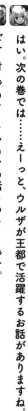